Le terrible secret de Clara

Paul Constant

Le terrible secret de Clara

Roman

LE LYS BLEU
ÉDITIONS

ISBN : 979-10-377-1359-9

Avant-propos

La fatalité est une question qui ne nous échappe pas forcément dans tous les cas.

Elle est perçue comme intangible si nous ne prenons garde d'agir en adéquation avec les lois naturelles qui régissent notre monde. Pour la faire varier, il est nécessaire d'avoir un but précis que nous devons nous fixer individuellement ou collectivement afin d'obtenir un résultat fidèle à nos espérances.

L'humanité subit les conséquences de ses non-choix par défaut, depuis la nuit des temps, malgré les nombreux enseignements dont elle dispose et les retours de flamme récurrents qu'elle essuie sans quasiment jamais en tirer les leçons, pourtant souvent évidentes, qui en découlent.

Il existe sur terre de nombreux êtres éclairés, qui tentent de limiter les dégâts et portent la conscientisation de la masse vers le haut. Leur tâche est rude, car ils se heurtent à de nombreux obstacles, et non des moindres.

En parallèle, d'autres tristes personnages poussent leurs congénères ignorants de ces choses, la masse, aux bassesses les plus abjectes de manière à tirer profit financier et pouvoir de ces manipulations. Ce sont ceux que j'appellerai les entités grises. Leur objectif est de conditionner cette population pour en faire de bons petits esclaves indifférenciés et dévoués naturellement à leur service.

Pour ce faire, ils ne sont jamais à court d'idées et connaissent parfaitement les techniques d'ingénierie sociale qui ont été développées à cet effet.

Ils ne sont pas forcément plus intelligents que d'autres au sens propre du terme. Disons que si un certain nombre d'entre eux peuvent croire à cette chimère, je penserais plutôt qu'ils sont plus malins dans le sens sombre du terme. Ils poursuivent un but purement matériel et émotionnel qui leur donnera satisfaction dans ce monde tout aussi matériel, et sans se soucier plus avant de leur avenir spirituel. Et encore moins de celui des milliards d'individus qui ne demandent qu'à vivre en paix et à se rapprocher de la flamme qu'ils perçoivent dans les ténèbres, à se libérer du carcan d'asservissement politique, religieux, idéologique ou autre que leur imposent ces représentants d'une petite « élite » mal intentionnée, et ce depuis toujours, à de rares exceptions près.

Des forces opposées sont présentes dans l'univers de façon naturelle. Elles font partie d'un tout. Il appartient à l'homme conscient de pouvoir s'en servir dans un sens ou dans l'autre comme il appartient à l'ignorant de ne pas vouloir ouvrir les yeux et de subir les conséquences de la direction choisie par pure volonté ou non, ou par omission tout simplement. Qu'ils suivent donc du regard de l'âme, le vol des oiseaux…

Certains peuples ont pourtant des soubresauts de conscience, de volonté, et se montrent capables d'atteindre un but commun. C'est vrai parfois pour de petites choses, ce qui démontre que de grandes choses sont donc possibles. Comme le fut par exemple la marche pour la libération de l'Inde proposée avec succès par Gandhi, lorsque les indiens se sont fédérés pour se débarrasser du joug anglais.

Au dix-huitième siècle, dans le sud de l'Italie, les tarentelles, ces danses folkloriques festives, prirent naissance afin de contourner, dit-on, l'interdiction de l'Église de s'adonner à des danses païennes. Les gens du cru affirmèrent donc que si quelqu'un se faisait mordre par une tarentule, afin de dissiper le poison et éviter la mort, il fallait que la victime danse, accompagnée par tout le village, sur un rythme effréné. Ils firent alors de la tarentelle un besoin thérapeutique indispensable à la survie.

C'est donc en hommage à cette volonté d'affranchissement des dogmes asservissants que je fais référence dans cet ouvrage, à cette petite araignée, l'instigatrice (bien malgré elle) de ce mouvement populaire célébrant la vie dans ce qu'elle a de plus euphorisant et naturel.

La lumière, par essence, dissipe l'obscurité. Mais elle a sans nul doute besoin d'un petit coup de main pour en accélérer le délai. L'univers a tout son temps et l'humain, lui dont la vie est éphémère, est tributaire de cette notion de temps.

Cet ouvrage est une pure fiction.

Les personnages sont fictifs et toute ressemblance avec des personnes existantes ou ayant existé serait purement fortuite. Je cite cependant le nom de personnalités très connues du grand public uniquement dans le but de situer l'époque relatée et sans aucune volonté d'orientation quelconque. Que ce soit dit.

J'en appelle cependant, avec un grand enthousiasme, à une prise de conscience collective élevée, à la fraternité raisonnée, à la paix raisonnable sans oublier de rester pragmatique, et surtout, oui, surtout au respect des lois naturelles de l'univers. Le respect de celles-ci est en effet primordial, faute de quoi les conséquences sont toujours désastreuses. Bien que ces lois puissent paraître très dures parfois, dans une réalité de haute fréquence, celle qui nettoie. Celle qui pousse à la vie et aide à évoluer plutôt qu'à involuer. De mes aspirations, j'en suis sûr, rares sont ceux qui pourraient me tenir rigueur. À moins qu'ils aient eux-mêmes choisi le côté sombre… Qui sait… Bonne lecture.

I

On veut te rattraper dans ta chute, Loïse, on veut t'agripper au collet, Loïse. Prends garde aux cochons du veau d'or, ce sont les plus vicieux ! S'ils accrochent ta croupe, tu auras le vent en poupe.

C'est ce que disait ma grande sœur tout en tricotant des jambes, lorsqu'elle m'apercevait.

À ces moments-là, son sexe sécrétait un fil soyeux de couleur argentée avec lequel elle confectionnait une toile. Elle utilisait ses jambes exactement comme on peut utiliser des aiguilles à tricoter.

Dans son activité, elle avait une fâcheuse tendance à s'oublier, laissant pendre sa longue langue hors de sa bouche, ses gros yeux globuleux d'un rose pâle sans iris ni pupille roulant dans leurs orbites comme des boules de billard. Tant et si bien qu'il était impossible de dire où se portait son regard.

— Je te vois, Loïse. Je te vois et te regarde, Loïse !

S'ensuit alors un ricanement semblable au grincement des gonds usés d'une porte ancestrale.

Tarantula est son nom. C'est une idée de papa et maman.

Lorsqu'elle était encore dans le ventre de maman, ils voulaient l'appeler Angélique. Mais ô malheur, ils ont changé d'avis dès qu'ils l'ont vue à la naissance. Ils se sont ravisés sans se concerter, pensant avec beaucoup de justesse qu'un tel prénom ne serait pas en phase avec l'apparence de leur enfant.

Moi, ils m'ont appelée Loïse. Ne me demandez pas pourquoi. Je ne l'ai jamais su et ne le saurai probablement jamais… Quoi qu'il en soit, j'estime avoir eu plus de chance que ma sœur, sur ce plan du moins.

Je suis née cinq ans jour pour jour après « la chose ».

C'est son surnom, ou plutôt c'est ainsi que papa se plaît à l'appeler. C'est qu'il ne l'aime pas beaucoup, ma grande sœur. Et je sais que surtout, il en a peur.

Évidemment, vous me direz qu'il n'y a pas besoin d'être doctorant en psychologie pour s'en douter. Mais tout de même, j'ai une intuition très pointue. Je ressens vite ce genre de choses. Une perception extra-sensorielle que quasiment personne n'utilise jamais parce que les gens n'y croient pas, ou ne veulent pas en entendre parler.

Tenez ! Je pressens que dans quelques secondes, papa Léon va dégringoler les escaliers qui mènent à la cave, en trébuchant sur une bouteille de mezcal vide abandonnée sur la première marche.

Le mezcal est un alcool mexicain dans lequel macère une chenille morte. Beurk !

Un de ses jeux favoris, stupide ceci dit en passant, consiste à poursuivre maman en brandissant l'insecte imbibé entre le pouce et l'index, pour le croquer goulûment devant celle-ci, qui ouvre alors des yeux effarés en hurlant d'horreur. Elle déteste ça, et elle entre dans une colère noire tandis que lui ricane bêtement de sa mauvaise blague.

(À ce moment, un grand bruit de chute, un vacarme de verre brisé et des cris rauques se firent entendre, interrompant net Loïse dans son monologue.)

Et voilà, qu'est-ce que je vous disais… Papa n'a pas tardé à me donner raison.

Un râle inhumain, poignant et tonitruant monta instantanément de la cave, appelant à l'aide.

— Maman ! S'il te plaît, peux-tu fermer la porte ? On ne s'entend plus, ici.

Clac !

— Merci m'man.

— Léon, petit Léon, tu as taché ton plastron.

Tu es un vilain cochon, petit Léon. L'esprit du mezcal a encore eu raison de toi, petit cochon.

Léon cochon, le groin cassé, gisait sur le sol moite de la cave au milieu d'un amas de bouteilles entières ou brisées. Encore sous le choc et tenaillé par la douleur, il avait un certain mal à recouvrer ses esprits.

La première chose qui accrocha son regard lorsqu'il ouvrit ses yeux de porcelet fut une tache de sang qui imprégnait le coton blanc de sa chemise, au niveau de sa poitrine.

Lorsqu'il entendit la voix de « la chose », une montée d'adrénaline fusa dans ses veines meurtries et lui fit perdre tout contrôle de lui-même.

Ses pupilles se dilatèrent, un frisson glacé lui parcourut l'échine de haut en bas puis de bas en haut. Ses dents s'entrechoquèrent si fort que l'émail faillit en éclater.

Et le goût âpre du sang faisant des bulles dans sa bouche…

Incapable du moindre mouvement, il resta prostré ainsi durant deux bonnes minutes, réceptif au moindre bruit, au moindre frôlement.

Il percevait la respiration de sa fille aussi sûrement que s'il s'agissait de celle de la mort elle-même. Il ne la connaissait que trop bien, cette respiration, pour l'avoir entendue les nuits où

« la chose » venait se glisser silencieusement jusqu'au pied de son lit, droite et immobile comme la grande faucheuse, les yeux roses grands ouverts et presque phosphorescents dans l'obscurité.

Ce souffle sinistre, régulier, obsédant même était gravé pour l'éternité dans sa mémoire.

La clarté diffuse qui émanait du soupirail ne suffisait pas à détailler les objets environnants dans leur totalité, ce qui rendait l'atmosphère encore moins engageante.

Du revers de la manche, Léon essuya la sueur poisseuse perlant sur son front.

Son regard cherchait à localiser l'endroit où pouvait bien se tapir sa fille aînée.

Mais quoi, qu'attendait-il donc de la sorte ? La situation devenait ridicule.

« Ramasse-toi, Léon, tu ne vas tout de même pas passer l'éternité couché sur le sol crasseux de la cave à attendre que quelque chose se passe… Il s'agit de ta fille, après tout. Allons, montre-lui qui est le chef dans cette famille ! Que tu n'as pas peur d'elle ! »

Il s'appuya sur un coude. La douleur due à la chute lui vrilla l'articulation.

« Tes craintes sont injustifiées », se dit-il, « puisque jusque-là, elle n'a jamais fait de mal à personne. Enfin, je crois »…

« Mais en es-tu sûr, Léon ? En es-tu vraiment certain ? Et Diablo, le chien de la voisine, qu'on a retrouvé le 19 novembre d'il y a deux ans, empalé sauvagement sur les pointes d'acier garnissant le sommet de la grille d'entrée du jardin ?!

C'est le facteur qui l'a découvert dans cet état, et en a immédiatement averti la propriétaire ».

« Pauvre madame de Vivaret, sa maîtresse, qui en a eu l'appétit coupé pendant plus d'une semaine. Es-tu sûr, Léon, que Tarantula n'y est pour rien ? »

— Ça suffit !!!

Ce cri, Léon le laissa s'échapper du fond de sa gorge. Il se répercuta un bref instant sur les murs environnants… Contraste du silence qui s'ensuivit.

Surpris par l'intensité de sa propre peur, Léon était maintenant debout. Hagard, hébété, la bouche encore ouverte sur un vide abyssal. Les bras crispés et les poings serrés.

— Foutaises, tout ça, ce ne sont que des foutaises !

« La sortie, vite ! C'est ça, je vais aller m'en jeter un à la cuisine et tout rentrera dans l'ordre », se dit-il.

À grand renfort de coups de pied, comme un beau diable, il tenta de se frayer un chemin dans le monceau impressionnant de bouteilles et de tessons de verre qui jonchaient le sol et les marches d'escalier, lorsque…

— Papa ?!

— … ?!

— N'essaye pas de fuir.

Léon se liquéfia littéralement.

— Hein ?! Que… Que dis-tu, ma fille ?

— Ça ne servirait à rien, la porte est fermée. Il est trop tard, maintenant. Trop tard ! Hihihihihi !

— Mais… Que veux-tu dire ? Tarantula, je… Je ne comprends pas.

Sa bouche pâteuse balbutia ces quelques mots dans un gargouillis de sang et de salive épaisse.

— Rien ne va plus, petit papa chéri, c'est fini maintenant. Viens, viens t'asseoir sur mes genoux. Tu seras bien.

Je vais te raconter une belle histoire et tu t'endormiras.

Quelle voix suave et envoûtante… D'un coup, Léon sentit un état léthargique l'envahir. Une fréquence vibratoire étrange et délicieuse.

La peur panique, palpable et presque matérielle qu'il y a quelques instants, lui collait à la peau comme une sangsue fit place de façon tout à fait inattendue à la paix de l'esprit, induisant un sentiment d'expansion, d'amour enveloppant.

Une sensation que Léon n'avait encore jamais expérimentée, ne fut-ce qu'une seule seconde dans sa courte vie.

Une toute petite voix aigrelette, dans son tout petit esprit, lui murmurait :

« C'est l'heure, Léon. Tu le sais. Alors vas-y car l'heure c'est l'heure, n'est-ce pas ?! Et quand c'est l'heure, il faut y aller. »

Sans plus réfléchir, comme un pantin désarticulé, il se dirigea brinquebalant et à pas comptés, le regard vide, en direction d'une petite niche située dans le coin le plus sombre de la cave. En vis-à-vis de l'escalier.

Les gros yeux roses de Tarantula lui apparurent en premier car ils luisaient dans la pénombre et exerçaient sur Léon une attirance lunaire, semblable à celle qu'exerce un aimant sur un bout de fer.

Il reconnut en ces deux sphères luminescentes les astres jumeaux d'un monde intemporel.

Il se souvint de l'époque où il aimait, lors des longues nuits glacées d'hiver, interroger la pleine lune du regard.

L'air limpide était figé. Rien ne bougeait.

Cette lumière blanche, si blanche, diffusée par cet astre rond, si rond, comme le ventre d'une femme, si femme, énorme dans le ciel noir étoilé est obsédante. Hypnotisante.

Elle projette jusqu'au plus profond de l'être sa clarté prégnante.

L’envie de s’y noyer, le sentiment que les molécules se disloquent… S’éparpillent, vous quittent. Oublier ce corps de chair et ne plus exister sur cette lourde dimension.

Alors la peur se liquéfie et se métamorphose en une fontaine d’amour d’une beauté et d’un éclat sans nul autre pareil qui vous baigne l’âme de paix cotonneuse.

Léon, à ces moments, touchait du bout des doigts la grâce divine au travers du pâle reflet de la lumière purificatrice. Ses larmes coulaient de bonheur.

Ce monde grandiose s’offrant à lui, pur et vivifiant, est la mort d’un état d’être.

Et la mort est suave.

Attirante comme une catin.

Elle est une naissance à l’envers. Un passage si lisse d’un plan d’existence à un autre.

Mais ce que Léon ressentit à cet instant même alors qu’il se préparait à s’abandonner à la volonté de sa fille n’avait aucune comparaison d’intensité avec ses expériences passées.

Il pourrait maintenant toucher Tarantula en tendant simplement le bras, tant il en est proche.

Il la distingua enfin dans son entièreté, complètement nue, comme à son habitude.

Lovée au centre d’une toile d’argent aux mailles serrées, tendue entre les murs sales, laquelle étant parsemée d’innombrables gouttelettes d’eau scintillantes.

Une toile confectionnée ainsi que l’aurait fait une araignée géante.

Mis à part ses yeux, son sexe à soie et sa langue longue, Tarantula n’a pourtant rien d’une araignée.

Le spectacle offert au regard de Léon laisse apparaître une très belle jeune femme de grande taille, aux jambes interminables, à la silhouette élancée et aux courbes harmonieuses.

Il se dégage de cet être étrangement atypique, une aura de sensualité presque bestiale.

Elle était parfaitement immobile et ses très longs cheveux d'un noir corbeau aux reflets bleutés, lourds comme la soie de la meilleure qualité, retombaient mollement sur son épaule gauche avant de souligner le buste, la taille et les hanches, pour enfin s'arrêter au niveau du pli fessier.

Sa peau mate était si blanche et filigrane que l'on pouvait aisément en voir les méandres du réseau bleuté de ses veines palpitantes.

C'était la toute première fois que Léon pouvait la contempler de cette façon, dans son antre, sur sa toile.

Très troublé et ne sachant que faire, il attendit.

Il se sentit piteux.

Pendant ce temps, dans la cuisine, affalée sur la table et les yeux mi-clos, Loïse se prit à rêver d'un autre lieu et d'un autre temps, où les vidanges de mezcal n'encombrent pas les marches d'escalier.

C'est le temps de Loïse, il lui appartient entièrement. Propriété privée.

Et ce temps d'évasion, elle le garde si précieusement, si jalousement, comme une reine son joyau ou une enfant sa poupée… Un moment, un lieu secret de ressourcement.

Il faut qu'elle en profite, car de tels moments s'envolent si vite, dès que se lève le vent.

Pfffuuiiiiittt !!!

Cette idée l'attriste. Pauvre, pauvre Loïse, avec ses grands yeux couleur de jaspe, pleure sur la table de la cuisine.

De longues larmes se fraient un chemin sur la peau d'abricot mûr et lisse de son beau visage juvénile. Contournant l'aile du nez, le rebondi de la joue, tentent de s'infiltrer sournoisement par la commissure de ses lèvres pulpeuses teintées de carmin. Peau de pêche, pêche d'amour.

Ces mêmes larmes s'éclatent au contact du formica de la table lorsqu'elles se désolidarisent du bout du petit menton de Loïse.

Formica se ronge, se ronge et se perce pour laisser s'écouler le malheur acide qui emplit les larmes de l'ange qui sait.

La pauvre enfant pleure sur son instant bientôt perdu et sur sa résignation face à l'inéluctable qui est encore à venir.

Elle a tellement envie d'être protégée dans les bras d'une personne aimée et aimante, d'être serrée très fort !

La table craque, les pieds s'effondrent sur eux-mêmes, comme quatre tours jumelles, complètement rongés qu'ils sont par l'acide lacrymal corrosif.

Comme pour l'humilier davantage, Loïse fut entraînée dans l'écroulement de la table et se meurtrit la joue et les genoux sur les pavés en granito de la cuisine, se retrouvant dans une position peu avouable.

Très lentement, encore dans sa peine, elle se ramassa, releva son visage, se mit à croupi, les talons bien à plat et les bras enserrant ses genoux comme pour se protéger.

De qui ? De quoi ? À défaut de bras consolateurs extérieurs, elle utilise les siens pour se donner de l'amour à elle-même.

Dans la jointure du pavé, le ciment y a disparu. Laissant place, au fond, à un aggloméra de saleté noirâtre, déchets de toutes sortes accumulés depuis bien des années de nettoyage aléatoire.

Cet interstice est fin et long comme un canal de Suez en miniature.

Les parois abruptes forment un précipice où peut se perdre la pensée de Loïse, où peut se nicher l'agonie de ses sens, d'où lui parvient l'écho de son passé.

Un filet de salive filtra d'entre ses lèvres et noya le canal tel un raz de marée, brouillant du même coup ses songes et la ramena au temps présent.

Sa maman, assise sur la poubelle à pédale d'où dépassait lamentablement une spirale de pelure de pomme, l'observait depuis déjà un bon moment en silence.

Le vent aussi était présent, provenant d'une fenêtre entr'ouverte, mais ne soufflait guère que pour soulever quelques légères mèches de cheveux.

En bonnes spectatrices, les blattes de dessous du frigo se mirent à applaudir si fort qu'on aurait pu se croire à la Scala de Milan un soir de gala, lorsque le public acclame avec force la clôture d'un opéra grandiose.

Loïse, flattée par tant de succès, se redressa et salua son public de vermines avec vive émotion, découvrant chez elle un talent qu'elle ne se connaissait pas pour les rôles tragico-comiques.

Maman éclata d'un rire nerveux.

— Maman, déploie tes ailes et emmène-moi chez toi… S'il te plaît…

— Hihihihihihihi…

— Réponds-moi, maman, s'il te plaît…

— Hohohooohohohaha !!!

— Maman ! Maman ! Maman !!!

Les cancrelats, oscillant de la tête, observant tour à tour comme sur un court de tennis, l'une puis l'autre des deux protagonistes, éclatèrent de rire tout en continuant à applaudir, se moquant à tout va de maman et de Loïse qu'ils jugèrent toutes deux hautement grotesques.

Les yeux embués et maintenant excédée par ces railleries, Loïse fendit l'air de sa main qui s'écrasa en plein milieu du petit public, envoyant ad patres sept ou huit cancrelats d'un seul coup.

Les autres cessèrent de rire instantanément, médusés par la violence de l'attaque, et surtout par l'aspect peu engageant qu'ont pris leurs congénères maintenant silencieux, après coup.

Les survivants filèrent toutes pattes dehors se réfugier en lieu sûr, dans le sterput le plus proche, en hurlant : « Pearl Harbor ! C'est Pearl Harbor !!! »

Ils y copulèrent tant allègrement qu'instantanément, afin de pallier le manque cruel qui venait de survenir au sein de leur communauté.

Pendant ce temps, maman manifesta sa désapprobation en s'arrachant vivement quelques poignées de cheveux, en signe de solidarité envers son défunt public.

— Maman, laisse tes cheveux flotter au vent et emmène-moi chez toi, je t'en prie !

Comprends-moi, maman, mon corps ondule au rythme de ta respiration et j'aspire à humer les effluves embaumés de tes chairs, à caresser du bout de mes doigts ton sens du frisson, à laper de ma langue le miel de ton amour pour moi.

Maman, laisse-moi rentrer en toi, retourner d'où je viens, d'où j'aurais dû ne jamais sortir.

Laisse-moi toucher ton âme, maman, pour une fois…

— …

— Tu ne dis rien ? Tu n'as donc vraiment rien à me dire ?!

Mais où donc se niche ta conscience ? Sors-la au grand jour, qu'on puisse à l'aise la contempler, les yeux effarés !!!

Ta conscience est un repaire de brigands, l'antre de Satan !!!

Épinglons-la au tableau d'honneur des plus fangeuses car elle a donné plus qu'à son tour dans le désamour.

Comment peux-tu encore tolérer ta propre existence, toi qui es la hideuse enveloppe d'une âme aussi visqueuse alors que moi, je me traîne à tes pieds à te quémander en vain, toujours en vain, quelque manifestation d'amour, de tendresse ou de compréhension ?!

Que ton corps se purge et tu sueras tout au long de ta triste vie le pus de tes crimes.

Tes lèvres crispées et grimaçantes forment, d'une commissure à l'autre, trois méandres de dégoût.

Un pour papa, un autre pour moi et le dernier pour cette pauvre Tarantula.

Cesse de sourire ! L'indécence de ton comportement ne fera qu'alourdir le poids de ton karma.

Ta vilaine carcasse renferme pourtant de si jolies ailes. Montre-les-moi, maman…

Dussé-je te déchirer le dos à coups de dents, je les trouverai, tes ailes, et te les déploierai de force si besoin est !

— La haine de tes paroles envers ma délicieuse personne chatouille à peine mon ego, ma petite fille.

Ne t'ai-je donc jamais inculqué le respect par le passé ?

Mon âme n'a de comptes à rendre à personne !

Sache également que si l'impertinence devait être personnifiée, en toi, elle trouverait sa place de prédilection.

Cela lui suffit. Loïse sortit.

La porte d'entrée donne sur une terrasse bordée d'une rambarde aux boiseries finement chantournées.

Les murs de briques de couleur rouge sombre sont envahis de vignes vierges qui semblent déterminées à engloutir la demeure tout entière de son feuillage pourpre d'automne.

Le jardin à l'anglaise est vaste et entoure notre cottage victorien de toutes parts. Il est planté de centaines de rosiers de variétés anciennes, rivalisant en couleurs et en parfums.

À l'abri d'un saule pleureur dont les branches souples oscillent sous l'emprise d'une brise légère, attend un petit banc peint en blanc.

Loïse y posa son séant et s'y recueillit. Seule cette fois, et en paix. Elle porta son regard sur la maison et se mit à penser :

« Elle a beaucoup de charme cette bicoque, et est faite en partie de bois. C'est ça qui me plaît, hihi, en bois… C'est que ça brûle beaucoup mieux ainsi… »

Nous n'avons qu'une voisine car tout autour, c'est rase campagne. Collines, bosquets et vallons à perte de vue.

La première bourgade se situe à trente-trois kilomètres exactement. Comme l'âge du Christ à sa crucifixion… La route qui y mène comporte tant de virages que cela en fait un véritable calvaire. Est-ce par hasard ?

Petite, je pensais que papa était à l'origine du tracé de cette route car il était toujours saoul et un matin, alors qu'il me conduisait à l'école, je lui ai posé la question qui fâche.

— Papa, c'est toi qui as fait la route ? Parce qu'elle tourne tout le temps. Tu avais encore bu !

Il me répondit que j'étais une vilaine petite fille malpolie, qu'il n'a jamais travaillé aux ponts et chaussées et que je ne dois pas l'accuser de boire trop car ce n'est pas vrai. Enfin, que de toute manière il n'est jamais ivre.

Satisfait de ses paroles, il prit un air suffisant tandis que je me renfrognais sur le velours du siège arrière et sombrais une fois de plus dans une profonde tristesse.

J'avais des nausées de tristesse tout le temps, ou presque.

Je frottais fort et vite le velours de la paume de ma main gauche jusqu'à ce que cela chauffe, ça me calmait.

Je savais évidemment pour quelle raison il buvait. J'étais bien plus maligne et rusée qu'il ne le croyait.

D'ailleurs, ma grande sœur n'était jamais assise à côté de moi sur la banquette de la voiture. Elle ne pouvait pas aller à l'école.

C'était pourtant son droit le plus élémentaire, mais mes parents refusaient obstinément de l'y inscrire en raison de ses différences. Ils en avaient honte.

Ils ne l'emmenaient nulle part. Ni au supermarché, ni en balade, et jamais nous ne partions en vacances. Ils ne l'amenaient qu'au cimetière à la Toussaint, sur la tombe de nos grands-parents. Mais uniquement la nuit, lorsqu'ils étaient assurés que tout visiteur avait déserté le lieu.

Cela sentait fort le parfum des chrysanthèmes qui étaient posés sur chaque pierre tombale.

Je ne parvenais pas à détester cet endroit où tout le monde ou presque finit par se coucher un jour ou l'autre, pour toujours.

Tarantula, elle, ne se pose pas de questions à ce sujet. Elle s'y rend seule régulièrement chaque nuit de pleine lune. Elle s'y ressource, y puise l'énergie dont elle a besoin.

Je ne l'ai jamais accompagnée car elle veut y aller seule. Elle dit qu'elle profite de la glace et du vent du royaume des morts… Brrr ! Cela me fiche des frissons dans le dos. Mais c'est toujours ce qu'elle me répète inlassablement lorsqu'elle vient m'embrasser dans mon lit juste avant d'y aller.

C'est chaque fois pareil. Elle apparaît du côté gauche, comme par enchantement et sans faire de bruit. Me récite cette phrase comme d'habitude, puis m'embrasse sur les lèvres.

Je sens alors son souffle étonnamment froid, puis elle s'en va comme elle est venue.

J'adore ce moment, ça me rend toute « chose ».

Je ressens, au contact de ses lèvres, tout l'amour du monde. Je suis en attente de ce moment tous les mois. Avec grande excitation.

Elle m'aime beaucoup, ma grande sœur. Et moi aussi, c'est réciproque. Je suis sûre que si vous étiez à ma place, vous me comprendriez.

Elle est si belle, si douce… Si mystérieuse. Alors quand elle sort de ma chambre, je reste là à rêver de longues heures durant, les yeux largement ouverts, à scruter la nuit par-delà les fenêtres à croisillons.

Je l'imagine parcourir campagnes et bosquets, baignée de rayons de lune, si belle dans sa nudité qu'il est impensable d'imaginer le moindre vêtement sur elle. Cela équivaudrait à voiler la nudité de nos émotions face à l'essence même de l'amour inconditionnel. Elle est pure.

C'est également de cette fenêtre que je prends un malin plaisir à observer chez elle ma chère voisine, madame de Vivaret qui avait un chien mais qui n'en a plus.

De ma fenêtre, le soir, si je dirige mon regard vers la gauche, j'aperçois au travers de la baie vitrée de son séjour, ses pieds. Juste ses pieds enfilés dans de grosses chaussettes de laine, posés sur un passet, face au feu ouvert. Parfois ils remuent, elle les frotte l'un sur l'autre. À d'autres moments, elle se positionne devant sa fenêtre et se gratte le nez puis les oreilles.

Je passe mon temps comme je peux. Je m'ennuie tellement… Surtout les jours d'été, lorsque le soleil est haut dans le ciel. Il me nargue, moi qui me sens si terne… J'aimerais qu'il meure, qu'il crève comme le chien de la voisine. Qu'il explose et nous pulvérise tous, qu'il nous grille comme des pommes de terre pétées ou je ne sais quoi d'autre, mais qu'il disparaisse de ma vue.

Oh ! Je ne le pense pas vraiment, je suis juste aigrie par ma piètre existence.

Le soleil de ma vie, c'est ma sœur. Elle est mon soleil d'argent. La raison même de mon existence. Je ne vivrais plus sans elle.

Elle est parfaite, sereine, forte et courageuse. Je voudrais être comme elle. Avoir toutes ses qualités. Quoi qu'en disent les gens qui se permettent de la juger et s'effraient de son apparence. Ils pensent l'avoir vue, mais en fait ils n'ont fait que de l'effleurer du regard, en surface, et n'y ont vu que leurs propres peurs.

Ils n'ont jamais vu ce qu'ils auraient dû voir.

Ils n'ont aucune idée du niveau de qualité de l'être qu'ils ont eu la chance de contempler.

J'ai dix-sept ans, mais je suis devenue adulte prématurément. Car lorsque l'on grandit dans les conditions qui ont été les miennes, soit on se détruit, soit on mûrit plus rapidement que si la vie avait été plus facile.

Et au bout du compte, malgré le regret de n'avoir pas eu une enfance insouciante, malgré le permanent et encombrant sentiment de frustration que cela engendre, on sait qu'on a une longueur d'avance. Bien qu'il soit vrai que l'évolution d'un être ne soit pas uniquement relative aux degrés de difficultés qu'il rencontre dans sa vie. Une embûche ne reste qu'une embûche et rien d'autre, si dure soit-elle.

Elle se présente afin qu'on la franchisse, et qu'on passe par-delà. Il faut éviter de bloquer dessus et au contraire, comprendre pourquoi elle existe. Accepter qu'elle soit là et se remettre en question.

C'est du moins mon point de vue, il n'engage que moi et m'a toujours permis de m'en sortir.

Ma famille est atypique. C'est ce qu'a dit le canard régional qui a relaté l'affaire de « l'incendie ». Il y a de cela quelques semaines à peine.

Je ne suis pas tout à fait étrangère à cet événement qui a mis du piment dans mon existence trop monotone.

Bien sûr, personne n'en a jamais rien su, sauf ma sœur. Elle sait tout.

C'était magnifique ! Je comprends mieux maintenant la jubilation qui s'est emparée de l'empereur romain « Néron » quand il a ordonné d'incendier le cœur de Rome afin d'obtenir l'inspiration ultime qu'il attendait pour composer ses poèmes. C'est excitant.

J'ai pu écrire moi-même environ dix-huit feuillets entiers de proses sur le temps qu'a duré ce sinistre.

La maison de ces gens s'est consumée jusqu'au bout, et même la cheminée de pierres s'est écroulée. Exactement comme je l'avais imaginé.

Située à quelques kilomètres de chez nous en direction du bourg, je m'y suis rendue à vélo un peu avant le crépuscule, ce moment entre chien et loup où le soleil va mourir derrière la colline Sainte-Jeanne. À cet instant précisément, où la pénombre bienveillante étend son suaire sur le monde créé.

Un bidon d'essence sur le porte-bagages et une boîte d'allumettes à la main.

Lorsque les flammes ont commencé à lécher les murs de bois, mon excitation était à son comble et au plus fort de l'incendie, alors que le brasier était infernal, je ne pus m'empêcher de sauter des deux pieds et de battre des deux mains en un applaudissement frénétique, bouche ouverte sur un cri de joie couvert par le fracas du désastre.

L'inspiration était à son comble. Je m'assis dans l'herbe fraîche et à la lueur dansante des flammes, je notais dans mon carnet tout ce qui me passait par la tête.

La chaleur libératrice atteignait mon visage et me réchauffait le cœur.

Quel beau cadeau d'anniversaire ! Je venais juste de fêter mes dix-sept ans.

Maman et papa ne m'ont jamais fêté mes anniversaires, alors j'ai pris depuis longtemps l'habitude de me les fêter toute seule.

Pour ce cas précis, les gens qui habitaient cette maison, cet antre puant, m'ont donné eux-mêmes l'idée et l'occasion de me faire un tel cadeau.

Ils ont un jour, par hasard, croisé Tarantula. J'ai bien perçu dans leur regard une moquerie insolente et insultante lorsqu'ils l'ont interpellée méchamment, la traitant de « grande mygale dégueulasse ».

AAAHH !!! Les chiens !!!

Ils ont eu ce qu'ils méritaient. Je suis bien contente. Leurs pensées odieuses suintaient d'eux comme le pus d'un abcès crevé. Ça se voyait comme s'ils s'en étaient tartinés le corps.

Une aura de pus. Beurk !

Alors il ne faut pas s'étonner, quand on sème des petits pois, on récolte des petits pois.

Ils ne doivent surtout pas venir se plaindre, maintenant... Mais non, ils ne se plaindront plus jamais...

Je ne les aimais pas et ils n'auraient pas dû s'en prendre à ma sœur chérie. C'est tout !

Les policiers ont mené leur enquête et sont venus nous interroger, mais n'ont jamais rien pu prouver. Les journalistes parlaient du « Diable incendiaire ».

Ce soir-là, j'étais effectivement un espiègle et bien joli petit Diable. Hihi ! Je n'ai presque pas honte.

Loïse, toute à ses pensées, s'aperçut soudain qu'elle déambulait dans le jardin, sous la pluie, trempée jusqu'aux os, depuis plusieurs heures maintenant.

Oh ! Il faut que je rentre me sécher, que je m'assoie. Je suis fatiguée. Je dois me reposer pour être en forme cette nuit. C'est le grand passage. Chouette ! Je me réjouis.

Mon esprit est constamment en état de veille. Il s'agit certainement de la seule chose vraiment vivante en moi, mon esprit. Le reste, le corps, est de l'ordre de l'illusoire, d'une importance limitée. Accessoire, support ou outil… Mon esprit, lui, englobe l'infini. Il peut tout. Il est tout.

Ce fauteuil est le plus confortable de la maison.

Une imposante bergère Louis seize d'époque, magnifiquement restaurée. Boiseries cérusées et finement travaillées, tissu velours bleu pétrole… Je m'y sens bien. Il trône dans le coin le plus sombre de ma chambre, sous mansarde.

Un rayon de soleil crépusculaire perce les nuages et filtre par la fenêtre.

On y voit, dansant et tourbillonnant allègrement, de petits grains de poussière qui se sont soulevés de l'assise de mon fauteuil lorsque je m'y suis lovée.

Ils cherchent maintenant comme moi un endroit où se poser, là où le hasard les conduira. La pénombre est maintenant la maîtresse des lieux et tolère encore dans sa grande bonté, ce dernier rayon de lumière déclinant qui, malgré tous ses efforts, parvient à peine à dessiner le contour des objets d'un subtil liseré fin et fragile comme un fil d'or pur.

J'aime cette atmosphère à la fois paisible et mystérieuse, loin de papa, maman, des cancrelats et toute cette folie… Ce grand théâtre d'improvisation dans lequel nous sommes parachutés sans texte ni metteur en scène.

Le monde.

Mes paupières sont aussi lourdes que des écoutilles de navire et je glisse inexorablement vers le sommeil. Je prends conscience que le monde est en moi et non le contraire.

Suis-je sur le point de sortir d'un vieux schéma comme l'œuf sort du cul d'une poule ? Qu'importe, je me sens bien. Je sais que je vais bientôt mourir.

Quand je meurs, je nais à la vie nouvelle et quand je nais, je meurs d'une vie passée.

À mon ego, cette petite chose soluble, oserais-je lui expliquer qu'il se présente sous forme de spirale ? Oserais-je lui dire qu'il tourne en rond dans son monde construit de toutes pièces, comme une toupie affolée qu'un gamin trop nerveux aurait lancée rageusement dans le but de se moquer de son désarroi ?

S'il met la main sur ce gamin, ça risque de chauffer ! Mais qui est-il ce gamin, sinon lui-même ? Pensez-vous, ce n'est pas Dieu le responsable, non, juste ce gamin. Celui-là même qui m'a dit d'allumer cet incendie.

Qu'il gare ses fesses, sinon le martinet va sévir et semer le désordre dans ses molécules fessières jusqu'à en faire un tartare de fesses de sale gamin !

Mon sommeil est profond, maintenant. Je me dirige en rêve vers ces sublimes montagnes bleues, là-bas, que j'aperçois à l'horizon. Sur la virgule du monde.

J'y rends visite à Tarantula. Elle vit en solitude apparente. Le monde dans lequel elle évolue nous est bien étranger en réalité. Tout au plus ai-je pu en voir quelques bribes de-ci, de-là, mais sans pour autant avoir eu la chance d'imprégner mon être de cette perfection qu'est l'univers de ma sœur bien-aimée. Mon âme se meurt et se languit d'y parvenir mais nul n'est tenu d'être son propre maître et nos aspirations ne peuvent que trahir nos faiblesses. À trop vouloir brûler les étapes d'une lente progression, par notre maladresse et trop souvent, nous créons les circonstances de notre propre perte.

Alors, le chemin qui nous mène vers ce but tant désiré est semé de plus grandes embûches encore et d'autant plus cruelles qu'elles ne sont, à notre insu, que nos propres et sombres desseins tapis au plus obscur de notre subconscient.

Le désir escamotant l'envie, le plaisir succédant au désir, la montée de la jouissance supplantant le plaisir et en guise de cerise sur ce gâteau tout flasque, la déception du sentiment de « l'obtenu », anéantissant le coït final.

Ne s'agit-il pas là de notre lot quotidien ?

Qui peut se targuer d'une plénitude totale, presque insolente ? Si ce n'est le vantard ou le fanfaron ?!

Pour ce faire, j'ai décidé de faire confiance à Tarantula, elle me guide dans cette quête et je m'en remets à elle car son amour pour moi et d'ailleurs la création tout entière est si puissant qu'il peut, tel un glaive de vérité tenu par un bras ferme, percer les cuirasses d'ignorance aussi facilement que s'il s'agissait de simples ventres mous.

Le temps lui appartient, mais elle sait que le genre humain est au bord du gouffre et est tributaire de conditions temporelles.

Ma sœur adorée, au contraire de moi, n'est pas humaine.

Telle est ma frustration, mon lot. Épargnez-moi moqueries et quolibets car nous sommes tous par notre sottise, nous les humains, au menu de la risée de l'univers. Fous que vous êtes du haut de votre orgueil. Vous avez, vous comme moi, encore besoin d'être tenus par la main comme de petits enfants maladroits. Apprenons l'humilité.

Nous sommes encore loin de l'accomplissement dont ma sœur bien-aimée jouit naturellement, bien que le chemin soit, pour elle aussi et à son niveau, encore long à parcourir.

Mais sans doute faites-vous toujours la sourde oreille, c'est dans votre nature.

Tarantula est venue pour vous venir en aide, mais sa beauté vous effraie car vous ne percevez pas les choses subtiles, vous qui n'êtes que de pâles projets à l'essai.

Représentants d'une humanité défaillante.

Piètres esquisses grossièrement gribouillées.

Prototypes de pacotille.

Ou alors feignez-vous de ne rien voir ?! Sans doute, les hommes sont assez fourbes pour cela. Dans ce cas, je suis donc en train de prêcher des convertis aux pieds fourchus ?!

Bien le bonjour Méphisto, contemplez le monde, voici votre œuvre sublime !

Le résultat vous plaît-il ? Nul doute que vous y preniez tant de plaisir que votre langue gluante, d'entre vos lèvres froides et humides, darde comme celle d'un crotale.

Vous jouissez de jouer aux dés l'avenir de ce bas monde, aux dépens de l'humanité ignare de laquelle vous tournez la tête. Votre manège à vous, c'est nous.

Cependant, prenez bien garde que le pouvoir ne bascule un jour en notre faveur.

Ce moment venu, je vous le promets, Satanas, que vous danserez à l'égal de ce que vous chantiez.

Il est vrai que pour l'instant, et pour l'instant seulement, nous vous appartenons. Mais le maître devient vite l'esclave de son esclave.

Prenez conscience que vous êtes tributaire de notre bon vouloir à nous laisser posséder par votre essence perfide.

Vous danserez à votre tour de vos jambes de chèvre aux muscles saillants et aux poils exubérants.

Soulevez-les donc en cadence et faites claquer vos sabots fourchus sur le pavé de votre propre ruine, pauvre cornu pédant en sursis d'anéantissement !

Mes yeux s'ouvrent, le soleil a disparu depuis belle lurette. L'obscurité est envahissante et la poussière au repos.

Chaque grain a trouvé sa place.

Méphisto semble toujours danser là, devant moi, une gigue effrénée, silencieuse. Un rictus déformant encore sa face hideuse de bouc malfaisant.

Je souris.

Un songe plus vrai que nature… Laissant ce beau Diable à ses affaires, mes yeux glissent lentement vers le cadran de la vieille horloge sur pied. Elle indique une heure et vingt-trois minutes du matin.

Mon sommeil fut de courte durée mais je me sens fraîche et dispose. Tant mieux car je ressens l'appel de la nuit.

Je quitte mon fauteuil et attrape entre le pouce et l'index mon petit Diable qui continue à s'agiter.

Je le plie en deux puis en quatre et ainsi de suite jusqu'à ce qu'il puisse prendre place dans une petite boîte d'allumettes qui sent encore le soufre.

J'irai l'enterrer au pied de l'amandier fleuri du bord de la rivière qui coule derrière le jardin. Comme ça, il dansera pour les vers de terre. Ça les fera rire.

Chacun à sa place. Et pour le Diable, c'est sous terre. Ma chambre, elle est à moi.

Je fis glisser la boîte dans une pochette lorsque je vis, par la fenêtre, passer subrepticement Tarantula dans le jardin. Blanche et entièrement nue. Vision surréaliste.

Oh ! Mais… Oui, elle est suivie de près par papa… Ça alors ! La démarche mal assurée, maladroite, titubant à chaque pas. Il est dans un drôle d'état. Sa chemise est tachée de sang…

Son visage affiche un air abruti mais cette fois, ce n'est pas à cause du mezcal, non, mais la douleur qui l'étreint est celle du cœur. La douleur d'un père qui intègre ses erreurs, qui découvre sa fille sur le tard. L'effet n'est que passager. Grâce à l'amour de Tarantula qui agit comme une pommade, il sera bientôt soulagé.

Cette bouteille de mezcal si judicieusement oubliée sur la première marche de l'escalier lui a ouvert le crâne et l'esprit.

Contemplez donc cette scène improbable, cette jeune femme si belle, si bestiale, si pure, procréée par cette épave chancelante, cet agglomérat désordonné de matière organique dont on est en droit de se demander ce qu'il fabrique sur terre…

Bon, je sais qu'il ne faut pas juger, mais je m'étonne tout de même. C'est mon papa. Ceci dit, tout cela est de très bon augure.

Ma sœur, ma douce, marque un temps d'arrêt, se tourne vers moi et me regarde un long moment. Je comprends. Elle n'a pas besoin de parler.

Oui ma sœur, le moment est proche, maintenant… Oui, je serai prête. Je te le promets ! Je suis si heureuse qu'enfin cette nuit…

Je t'aime aussi… Mon Dieu, qu'elle est belle !

Mon cœur se consume et doit présenter des similitudes avec une braise incandescente.

Elle m'instruit du regard. Je suis fascinée. Son message me parvient aussi clairement que si nous conversions par téléphone.

Léon, stoïque, patiente sagement tout à côté d'elle, les bras ballants, les yeux rivés au sol. Une bulle de bave saignante au coin des lèvres.

Je sais qu'elle s'applique à l'instruire, lui aussi. Il apprend…

Sous la brise fraîche, les cheveux « noir de jais » de Tarantula flottent au vent, de concert avec le feuillage du grand saule pleureur, ce qui ajoute à l'étrangeté de la scène. Quelques longues mèches, bleutées et si soyeuses, effleurent son visage et le bout rosé de ses seins, son ventre et ses hanches parfaites à damner le plus saint des papes, à embraser le Saint-Sépulcre. Puis le bruissement doux et léger de ces feuilles sous le vent froid…

Son regard posé sur moi, semblable au repos d'un papillon sur un bouton de rose, me convie à m'abandonner en elle jusqu'à l'avènement de cette nuit qui sera éternelle.

Une petite voix ramena mon attention dans ma chambre.

— Loïse, ma petite, que fait papa depuis tout ce temps dans la cave ?

Je me sens bien seule. Même les blattes ne se montrent plus…

— Maman ?!

Oh ! Les blattes, tu sais, pour ce qu'elles sont occupées à faire… Hihi ! Elles n'ont pas besoin de toi. Elles se repeuplent, maman. Hihihi !

— Mais viens, approche, viens voir maman comme c'est beau, il est dans le jardin avec sa fille.

Je t'en prie, rentre dans ma chambre, mais doucement.

Quitte le sol. Ôte tes pieds du plancher, surtout. Il ne faut pas faire de bruit.

Viens jusqu'à moi ainsi, glisse dans l'air du temps, d'un rayon de lune à l'autre. Danse avec grâce et émotion sur ce chemin céleste, à pâmoison, et rends hommage à ce moment d'éternité.

Sois heureuse, maman, Tarantula présente papa devant l'autel de Dieu.

Avec le langage de l'amour, maman.

L'amour pénétrant les ténèbres, c'est toujours beau.

Plonge avec délectation tes yeux dans les miens, approche encore un peu… Oui, c'est bien.

Stop ! Laisse-toi porter par ce rayon, il te sied merveilleusement bien.

Ne bouge plus et observe mon iris, halo de pupille, cercle magique.

N'y vois-tu pas l'œil du cyclone ?! Le vent violent de ta conscience te tourneboule et t'emporte dans ce tourbillon ahurissant, t'engouffrant inexorablement au centre de ma pupille, trou noir au fond duquel toute chose perd corps, antimatière.

Tu comprends maintenant, maman, que je t'aime ?

Maman resta figée à égale distance du sol et du plafond le temps de faire le tour de sa conscience. Cela lui fera du bien. Il faut la préparer pour le « grand moment ».

Elle ira dormir d'elle-même quand le formatage sera terminé. Elle en a pour un moment.

Je passai par jeu sous maman en prenant un malin plaisir à soulever la poussière du sol à grands coups de semelles.

La poussière étincelante, telle une nuée d'étoiles dans un espace galactique miniature, tournoya autour de maman et ajouta à la scène un avant-goût de grâce éternelle.

Mon enfance ressemble en tous points à une omelette, mais mon esprit a évolué de manière inversement proportionnelle. Je sais des choses. J'ai ma place dans ce monde et un rôle à y jouer, comme tout un chacun. Comme chaque planète a également sa place et son rôle, comme chaque grain de poussière aussi, dans l'espace environnant maman en lévitation, dans ma chambre. Aussi curieuses que les choses puissent paraître, maman est à sa place, flottant au centre d'une galaxie de poussières aux reflets d'argent, dans un rayon lunaire.

Je sortis de ma chambre en claquant effrontément la porte. Il faut que j'aille enterrer le petit Diable qui danse encore dans sa boîte d'allumettes. Ce que je fis.

Alors que je creusais la terre, je me pris à repenser à l'un de mes souvenirs d'enfance.

Je devais avoir environ cinq ans quand un jour, papa Léon s'est dressé devant moi, affublé d'un long tablier blanc. Il avait, à l'époque, une certaine prestance. De haute taille, il me dominait de toute sa superbe. Une montagne pour moi qui faisais à peine la hauteur de trois pommes. Je croyais voir le Fuji Yama en personne. Il se montrait peu sympathique et arrogant avec moi. Je ne sais plus pour quelle raison. Il n'avait pas besoin de raison pour l'être.

Je voulais l'abattre et le poussai de toutes mes forces avec mes petits bras. Mon visage devenait cramoisi sous l'effort intense. Et…

Stupéfaction, il s'écroula de tout son long.

Sous ma seule poussée, dites donc !

Depuis ce jour, je sais que par ma foi je peux abattre des montagnes.

C'est Jésus qui l'a dit. Il avait vachement raison, Jésus. On devrait l'écouter plus attentivement.

Depuis cet événement extraordinaire, je suis importante. Je m'étonnais d'ailleurs, à l'époque, que les journaux nationaux n'en aient jamais parlé… Pas même un article. Alors que pour Superman, on crée même des films. Il est pourtant bien moins doué que moi…

J'ai de la chance d'être forte comme ça. À part Tarantula, papa et maman n'ont pas cette force. Surtout cette pauvre maman. Ne nage-t-elle pas frénétiquement dans un océan de larmes, de chagrin, de peurs et d'incompréhensions ?

Elle se débat, la pauvre, pour garder le nez hors de l'eau. Juste le nez. Ses petits trous de nez. Cela lui suffit pour se maintenir en vie pour l'instant.

Mais que cherche-t-elle donc à respirer ? Quelle substance cherche-t-elle à capter avec tant de force et de rage par ses tout petits trous de nez ? Battant de ses petites mains et de ses petits pieds pour ne pas couler… Dans cette fange immonde ?

Elle ? Elle ne s'en doute même pas. Ni pourquoi.

L'amour. Pour s'épanouir. Pour fleurir.

Une fois mon petit démon dansant confié aux bons soins des esprits de la terre, je regagnai l'étage du cottage.

Maman sort à présent de ma chambre comme un automate et va se coucher. Elle est fatiguée.

Il faut attendre encore un peu, le grand moment arrive. Je dois faire preuve de patience.

Je tourne en rond, désœuvrée.

Je décide alors de regagner mon fauteuil et de me replonger dans mes pensées en attendant que le temps passe.

Autant me reposer.

Tarantula m'a enseigné mon rôle futur, en relation avec les cochons gris du veau d'or. Elle appelle comme ça la caste en lien avec l'asservissement des peuples. Pourquoi du veau d'or ? Je ne sais pas. Peut-être s'agit-il d'une fantaisie de sa part. Cette vie présente n'est qu'un temps nécessaire d'enseignement et de préparation à ma future mission.

Dehors, le temps évolue. Un orage fait gémir et gronder le ciel.

Les flashs successifs des éclairs illuminent par intermittence les millions de gouttes qui s'écrasent sur les fenêtres, propulsées à pleine vitesse par le vent du sud.

Chaque éclatement produit une petite détonation dans une dispersion de molécules d'eau.

Les restes éparpillés, aussitôt se rassemblent en de petits fleuves verticaux se tortillant joyeusement sur la surface vitrée, dans une danse pleine d'allégresse.

Cela me force à penser que la mort de toutes ces gouttes-kamikazes est récupérée par la vie afin de célébrer sans aucune perte de temps la puissance de création, d'évolution qui pousse naturellement toute chose à se transformer sans cesse.

Voilà pourquoi la mort n'est donc que la perception que l'on a du phénomène d'évolution et de transformation. Le passage d'un état à un autre.

D'une forme d'existence à une autre. La nature et tout dans notre environnement nous le démontre. Il suffit d'être un peu observateur.

Il s'agit d'une loi naturelle intangible qui s'applique indifféremment à tout ce qui y est naturellement soumis. Au Diable le côté dramatique de la chose. Tout n'est que vie.

Et pourquoi échapperions-nous à cette règle, nous, les humains ? Serions-nous orgueilleux à ce point ?

Enfin, le moment tant attendu arriva.

Loïse s'arracha à ses pensées et se leva. Elle prit la direction de la cave. Franchissant le pas de la porte de sa chambre. Grincement des gonds... Gémissement des marches de l'escalier.

À l'étage du dessous, elle risqua un regard par l'entrebâillement de la porte de la chambre de maman.

Elle dort dans son lit comme une bienheureuse.

Loïse est rassurée. Elle la contemple longuement. Ce corps affalé sur le matelas, enroulé dans la couette, les jambes nues mal épilées pendant en-dehors du lit, cheveux ébouriffés, bouche ouverte bavant sur l'oreiller. Loïse sourit.

Une bouffée d'amour la submergea.

« À très bientôt, maman. »

Refermant avec précaution la porte, Loïse descendit les volées d'escaliers suivantes, calmement, tout en ôtant un à un ses vêtements qu'elle éparpilla de-ci, de-là, au gré de son inspiration.

Le dernier rempart de son intimité, elle le laissa choir juste devant l'entrée de la cave. À même le carrelage.

À présent nue et belle comme la muse Clio, fille de Zeus et Mnémosyne, elle hésita un court instant. Immobile, magnifique et grave.

Elle respira un grand coup, retint ses larmes, larmes de joie cette fois.

« Vas-y Loïse », se dit-elle. C'est maintenant !

La porte s'ouvrit soudain, violemment, claquant avec fracas sur le mur.

Une lumière jaillit de l'orifice, éblouissante de paillettes virevoltantes d'or et d'argent et inonda le corps de Loïse, le faisant apparaître en ombre chinoise devant cet éblouissement merveilleux, l'invitant à descendre au sous-sol comme au fond de son âme.

Littéralement métamorphosé, le lieu a perdu son aspect sombre et sordide.

La cave d'avant a fait place à un somptueux sanctuaire éclatant, un palais de pierres précieuses lumineuses, toutes couleurs confondues.

Sans parois ni plafond, la lumière étant l'unique matériau composant cet endroit.

À la source de ce jaillissement apparurent deux êtres.

Tarantula, majestueuse, trônant sur sa toile d'argent, tient dans ses bras un petit cocon tissé du même fil, au centre duquel, emmitouflé comme un nouveau-né, le visage halluciné de papa Léon. Il se laissait bercer. Un sourire d'ange se dessinait sur ses lèvres meurtries.

Tarantula lui parlait doucement. Lui chuchotait une douce mélopée dans une langue inconnue. Ou universelle.

Une suite de notes toutes plus belles les unes que les autres. Une musique si douce à l'oreille que Loïse, sous le charme, transportée, semble s'envoler, remplie de bonheur.

— Viens Loïse, viens à moi. Plus près, approche… paraissait dire cette jolie mélodie magnétique.

Ce qu'elle fit.

Elle touche à présent du genou le bord de la toile, tend la main et sent les doigts doux, fins et longs de sa sœur s'enrouler autour des siens comme de petites lianes souples et froides.

Elle bascula en avant et vint s'étendre sur ce lit de tendresse, juste entre les jambes écartées de la créature qui, tout en continuant à émettre des sons mélodieux, fit, de ses pieds, tournoyer Loïse avec grande dextérité. L'enveloppant au fil des circonvolutions d'une soie d'argent tirée de son sexe.

Lorsqu'elle fut parfaitement encoconnée, Tarantula la prit tendrement au creux de son bras gauche, tandis qu'elle tenait toujours Léon sous son bras droit. Le mâle du côté du feu et la femelle du côté de l'eau.

Chacun installé confortablement contre un splendide et palpitant sein blanc d'allaitance.

Et cette mélodie qui ne cessait de sortir des molécules mêmes de Tarantula leur disait :

« Voyez, mes amours, voyez ce fil d'argent qui vous enveloppe, c'est le fil de votre vie.

Et j'en suis la matrone, la matrice originelle.

Je suis la création à l'état latent. Je suis le livre vierge. Je suis votre mère nourricière et la mère de tout ce qui est. Frigg, Isis ou la vierge Marie.

Peu importe le nom que vous me donnez, car je suis. »

Léon s'agita, réagit violemment à cette révélation.

— Mais, comment ?! Ce n'est pas possible puisque je suis ton père !!!

— Tais-toi !!! gronda Tarantula.

Il ne t'est pas demandé d'émettre un avis ! Que cela te soit plaisant ou non n'y changera rien ! Je suis ce que je suis et il en sera toujours ainsi ! Ton jugement ne fera qu'accentuer ta noirceur, vilain goret !

La colère de Tarantula rendit à la cave un aspect plus sinistre que jamais. Inhospitalier, dépourvu de tout amour, de sérénité.

Le changement fut si violent qu'il a été perçu comme un choc traumatisant. Léon et Loïse crurent que la vie les quittait, que leur cœur s'arrêtait.

Ils n'osèrent plus bouger. Stoïques.

Heureusement, la douce musique se fit à nouveau entendre et Tarantula rendit au décor son aspect précédent.

Un monde de bonheur absolu.

Ce fut un bref aller-retour du paradis à l'enfer et vice-versa. Un voyage aux confins de deux extrêmes.

— Maintenant, il est l'heure de mourir, mes enfants.

La musique s'intensifia et les yeux de Tarantula grossirent, grossirent encore et encore, continuant à rouler dans leurs orbites, roses et impressionnants, ils tournaient de plus en plus rapidement pour atteindre une vitesse vertigineuse. Englobant tout dans leur mouvement.

Loïse et Léon se disloquèrent. Leurs cellules se séparèrent pour se disperser. Passèrent de poussière à gaz, puis plus rien… Du moins en apparence. Les deux cocons vides tombèrent à terre.

Plus rien ne bougea.

Seules deux consciences subsistèrent. Deux consciences posées là comme en observation.

Ni corps ou quoi que ce soit d'autre. Ni temps ni espace. Ni obscurité ni lumière. Ni bien ni mal, une unicité hors séparation. Juste un état latent où l'on pourrait croire palper l'inconsistance des possibilités en sommeil.

II

Maman se réveille

C'est le petit matin. Ses paupières collées la gênent. Elle passe le dos de sa main par-dessus, détachant et faisant rouler les croûtes de sommeil sur la peau flasque de ses joues, et repousse avec dégoût l'oreiller humide.

Elle se sent défraîchie et se dégoûte elle-même.

Les effluves de sa propre haleine lui donnent envie de vomir.

Une pensée pour Léon, son grand amour. Enfin c'était le cas avant, avant que tout cela n'arrive.

Elle se lamente et ressasse avec nostalgie ses vieux souvenirs.

Qu'il était beau et fier, son Léon en ce temps-là…

Sobre et les idées bien ancrées. Mais maintenant, ses yeux ne reflètent plus rien.

Même plus mon image, se dit-elle. Ils sont vides et comme tournés vers l'intérieur de son crâne. En quête de je ne sais quelle réponse, ou refuge.

Mon Léon, reviens-moi ! Tout comme moi, tu explores les bas-fonds à la recherche d'un peu de lumière. Nous avons tous deux la tête enfoncée dans la cuvette des chiottes de nos erreurs passées. Nous n'y trouvons que larves visqueuses et démons assoiffés qui se nourrissent du peu de vie qu'il nous reste.

Mon Léon sucé de l'intérieur et moi sur ses pas, nous chutons ensemble sans même plus nous voir. Une belle descente aux enfers.

Adam et Eve ont inauguré ce chemin de perdition longtemps avant nous et depuis, il est emprunté par tant de gens… hélas !

Perdue dans ses souvenirs, maman n'a pas vu venir la troupe des cancrelats qui, pendant la nuit ont gravi l'étage pour lui passer le bonjour et un message personnel.

Tout en pénétrant dans la chambre à coucher à la queue leu leu, ils chantaient à tue-tête sur un air carrément moqueur :

« L'heure est venue pour toi, vieux débris ! De toute ta triste existence tu n'as rien voulu comprendre ! Le jugement et la peur, tu ne vois que ta misère, et tu t'es coulée toute seule, vieille tarte ! Quelle misère ! Quelle tristesse ! Wapwapdouwap ! »

Ils sautillaient, légers, sur leurs ignobles petites guiboles, tout en se moquant de maman qui écoutait la litanie d'un air goguenard et l'oreille molle.

De prime abord, cela lui était égal. Ces misérables cloportes pouvaient chanter, danser et même relâcher leur sphincter sur son malheur et sur son plancher s'ils le voulaient, elle n'en avait rien à faire. Son esprit était ailleurs.

Il fallait bien, cependant, qu'elle se lève, prenne sa douche et entame sa journée comme d'habitude.

Allez, courage ! Au passage, elle tente bien d'éliminer d'un coup de savate quelques-uns de ces petits monstres inopportuns, mais cela ne la console pas. Au contraire, le crissement de leur carapace s'écrasant sous sa semelle intensifie ses nausées.

Mon Dieu, quelle lourdeur ! Ses charentaises lui paraissent peser chacune le poids d'un semi-remorque.

Les petits survivants, téméraires, la poursuivent et la harcèlent de leurs vociférations jusque sur le palier.

Trois d'entre eux se sont accrochés aux brins de laine des pantoufles et, décidés jusqu'à la mort à faire enrager maman, hurlent à l'assassin.

Enfin exaspérée, maman, d'un grand mouvement circulaire et très artistique de la jambe, envoya sa charentaise voler par-dessus le garde-fou. Les trois insectes y accrochés atterrirent avec cette dernière, sur le carrelage du hall d'entrée, un étage plus bas.

Juste à côté de la petite culotte de Loïse.

Dans la chute, les trois protagonistes virent leur vie en kaléidoscope et, en rebondissant sur le sol, ils crièrent :

« Yeaahhh ! Mieux qu'à Disneyland, les gars ! »

Mais l'attention de maman fut aussitôt happée par la porte de la cave restée ouverte et l'étrange lumière qui en jaillissait.

Elle abandonna aussi sec l'idée d'envoyer sa deuxième savate bombarder les trois comiques d'en bas pour les faire taire, subjuguée qu'elle était par la beauté de ce qui s'offrait à son regard.

Elle s'oublia un long moment, penchée par-dessus le vide pour mieux voir. Bouche ouverte, à nouveau apparut à la gouttière de sa lèvre inférieure, un filet de salive qui en coula pour filer en droite ligne sur la tête d'un des trois cancrelats.

Il le reçut sur son crâne, qui éclata comme une noisette sous un maka.

Laissons maman à sa surprise et revenons auprès de Loïse et Léon.

Les deux consciences s'aperçurent de leur nouvelle situation.

Léon s'étonna de son nouvel état d'être.

Loïse, quant à elle, se souvenait qu'elle savait déjà à quoi s'attendre. Et le fait de le « vivre » l'émoustilla.

Tarantula, elle, en étant l'instigatrice, assurait une présence différente, indécelable bien qu'englobante. Elle les guidera et les protégera comme ses bébés.

Léon, soudain, émit un léger sursaut.

L'amorce du début d'un commencement de pensée.

Suite à cela, un mouvement fit immédiatement son apparition dans ce néant apparent où rien ne semblait avoir de consistance.

Comme un tout léger tourbillon qui se propagea en un ensemble dans un même rythme.

C'était très « joli » et amusa beaucoup Léon et Loïse.

Ce rythme se fit donc joyeux et harmonieux.

Ils se laissèrent porter et jouèrent avec cette « danse » si gaie…

En fait, le temps n'était curieusement plus perçu comme tel mais comme une certaine sensation d'un enchaînement successif d'événements.

Ils sont en conscience et point.

Léon prit peur. Son amusement fit place à de l'inquiétude, puis à la panique. Il se sentit seul et abandonné.

Le rythme se fit alors angoissant et appuya au centuple les sentiments de Léon.

L'atmosphère devint vite très hostile, remplaçant les arabesques harmonieuses précédentes par un vent de panique insupportable. Tout devint dense et lourd.

Léon se mit à délirer et ne put s'empêcher d'imaginer des créatures hideuses et menaçantes.

Le mouvement s'intensifia encore et se peupla d'une variété inouïe de monstres malfaisants inidentifiables.

Plus Léon tentait de les fuir et plus elles le harcelaient. Plus il fixait son attention sur elles, plus elles étaient nombreuses. Bavantes, rugissantes, gluantes. Elles s'aggloméraient à lui.

— Non ! cria Léon.

— Allez-vous-en, laissez-moi tranquille !

Mais plus il hurlait et pire c'était.

— Je veux sortir de là, retrouver ma maison et ma vie d'avant ! Laissez-moi partir, je veux rentrer chez moi !!!

— Mais tu y es chez toi, papa, tu y es.

— Non ! Ça, ce n'est pas chez moi. C'est pire ! Et maman n'est pas là…

— Maman viendra, papa, mais en temps voulu. Elle est presque prête.

— Alors maintenant !

— Non, voyons, tu ne voudrais pas lui imposer ça…

Loïse lui désigna l'environnement hostile dans lequel ils évoluaient.

Calme-toi, je vais te donner des explications.

— Et Tarantula, où est-elle ?

— Elle est très occupée, papa. Mais elle est près de nous. Bien plus près que tu ne le penses. Elle te voit, t'entend, te sent, elle t'aime aussi. Si fort ! C'est si vrai !

Calme-toi maintenant.

Aussitôt dit, aussitôt fait. Tout s'apaisa. Le calme et la paix étaient à nouveau les maîtres des lieux et les immondes apparitions avaient aussi disparu.

— Tu vois, papa ? Ton esprit s'est calmé et la réalité a suivi le mouvement. Comprends-tu ce que je viens de dire ?

— Non.

— Bon, alors, juste avant « le passage » dans la cave, lorsque Tarantula s'est mise en colère contre toi, tu as fait une expérience semblable. Tu t'en souviens ?

— Oui.

— Papa, nous ne sommes pas là par hasard. Je suis avec toi afin de t'aider à comprendre qui tu es.

— Pas besoin de toi. Je suis Léon de Castelbajac, né en Gascogne et descendant d'une famille noble déchue de ses terres à la révolution. Maudits républicains !

— Tu es bien plus que cela.

— Ah ! Pour ça, tu as raison ! Je suis une grosse poire d'avoir demandé ta mère en mariage alors que…

— Papa ! Oui, une grosse poire si tu veux, mais encore bien d'autres choses.

— C'est ça ! Tu commences à m'agacer avec toutes tes histoires !

Maintenant, c'est moi qui vais t'en apprendre une bien bonne.

C'est que je vais te filer une sacrée raclée sur tes fesses si tu ne me ramènes pas à la maison immédiatement ! Sur le champ !

— Je n'ai plus de fesses, papa. Tu recommences à t'agiter.

Tes petits monstres vont revenir si tu continues. Tais-toi et laisse-moi parler.

— Mouais ! Si c'est encore pour me débiter tes âneries, tu as l'autorisation de la fermer et de me ramener chez moi.

Que je sache, je suis toujours ton père et tu me dois le respect.

— Pour le moment, tu n'inspires guère le respect.

— Tudieu ! Où est mon pied, que je te l'envoie dans le fondement !?

— Tu n'en as plus.

— Et mes mains, où sont passées mes mains pour te corriger, insolente !?

— Tu n'en as pas, plus. C'est bien fait ! T'as plus rien ! Confisquées les mains. Tu n'as plus que ta conscience.

Ça m'arrange d'ailleurs, puis tu es plus beau comme ça.

— … Je, je veux une explication !

— Ah ! Tout de même ! Alors, je peux parler maintenant ?

— Grmmblll !

— Bon. Alors voilà, je ne mettrai pas de gants et si tu as des questions, n'hésite pas à me les poser. J'y répondrai dans les limites de mes connaissances.

— Mouais !

— Dans cette dernière vie, tu t'en souviens, j'étais ta fille. Mais maintenant, je suis ton guide. Ton phare dans la brume.

Tu peux tout de même m'appeler Loïse ou ma fille, comme tu veux. Soit !

— Et Tarantula, où est-elle ?

— Nous sommes en elle.

— Pardon ?!

— Tu as bien entendu, nous sommes en elle.

— Elle nous a bouffés !?

Je m'en doutais que ça finirait comme ça !!! Je savais qu'elle finirait par me bouffer, celle-là !!! Nom d'un chien !!!

— Non, non bien sûr. Elle n'a plus rien à voir avec la fille que tu connaissais, papa. Plus rien à voir avec l'image d'elle que tu conserves dans tes souvenirs. Rappelle-toi, elle nous a révélé qui elle est vraiment juste avant notre « départ ». Bien que moi, je le savais depuis le début. Depuis toute petite.

Sans doute n'as-tu pas pris la peine d'écouter avec ton cœur… Comme à ton habitude. Et c'est bien pour ça que je dois te coltiner actuellement, pour t'enseigner. Tu parles d'une veine ! Il faut bien, puisque tu as passé ta vie à n'écouter et ne voir que la surface des choses ! Tu te laissais aveugler par les apparences et refusais tout ce qui ne correspondait pas à ta propre interprétation des choses… À ta conception de la vérité… Ton jugement tombait comme un couperet, n'est-ce pas ? Borné et obtus comme une plie ! Tes yeux ne voient qu'un côté et pas l'autre.

Et tu n'imagines même pas qu'il puisse exister quoi que ce soit que tu ne puisses voir et palper… Pfffftt !!!

— Je suis mort ?

— Ben oui évidemment ! Enfin, ton corps physique. Léon est mort quoi, si tu veux.

Ici, nous sommes dans une dimension qui nous sert de terrain d'essai. Puis un peu de salle d'attente pour une nouvelle incarnation. En l'occurrence.

Et ce que tu viens de vivre là est ton premier essai. Pas fameux mais lourd en enseignements. As-tu remarqué que ton environnement était perçu en fonction de tes sentiments et émotions ?

Tout était gai et harmonieux tant que ton esprit était joueur. Puis il a suffi que tu émettes un léger doute, que tu aies semé une graine de crainte, pour que comme par magie, ton environnement bascule et se transforme pour se charger d'hostilité. Comme pour justifier l'orientation de ton esprit. Comme pour te donner raison. Eh bien, c'est le cas !

Comprends bien, ce n'était pas ton environnement qui était agressif gratuitement, il n'a fait qu'obéir à ton jeu. À tes injonctions. C'est ton état d'esprit qui a engendré cet environnement agressif et non le contraire. Et aussi tous ces petits monstres hideux.

— Attends, tu voudrais me faire croire que tout ça était de ma faute ?!

— Et hop ! Te voici de retour avec ton ego et ta susceptibilité ! Il faudra apprendre à laisser ça de côté. Hum ! Il y a du boulot !

Attends-toi à revoir toutes les notions qui façonnent ta compréhension de la vie. Toutes tes certitudes, ce qui a fait ton quotidien durant cette dernière vie. Un gros nettoyage de printemps va remettre un peu d'ordre dans tout ce fourbi.

Il y a quelque part dans ton subconscient, un vieil archiviste réduit au silence par ton ego qui, lui, est un despote ultra bruyant qui ne laisse de place à personne mis à part à lui-même.

Ce vieil archiviste détient un secret. Et ce secret, on l'appelle de différents noms. La source de jouvence, la pierre philosophale ou le royaume des cieux. Il s'agit du Christ, de l'énergie Christique qui transforme le plomb en or. D'une fréquence vibratoire très élevée.

Mais cet archiviste refuse de parler aux importuns. Il faut se montrer capable de le dénicher et de l'amadouer. Et ce n'est réservé qu'à ceux qui peuvent ouvrir leur esprit et leur cœur.

— Dis donc, ma fille, tu parles comme une sorcière. Tu sais pourtant bien que je ne supporte pas ces fadaises de bonnes femmes ! Ça me hérisse les poils. Si je détenais le pouvoir et les fonctions de ce cher Torquemada, je te condamnerais au bûcher aussi sec !

Dis donc Loïse, il faudrait peut-être péter le ballon et retomber les pieds sur terre. Qu'en penses-tu ? Loïse !

- Ah ! Zut ! Mais pourquoi est-ce que je perds mon temps avec toi, moi ?! Peux-tu me le dire ?

Il va falloir t'y faire à ces fadaises, papa ! Tu es bien libre de te hérisser les poils ou péter tous les ballons que tu veux si ça te chante, mais je ne suis pas responsable du fait que tu ne veux rien entendre.

D'ailleurs, tu n'as plus rien à hérisser puisque tu n'as plus de corps, même pas un seul petit poil de rien du tout !

— Dis-moi ma puce, sérieusement, où sommes-nous ?

— Tu m'énerves !!!

— Tu vois, tu es bien ma fille.

— M'en fiche, tu m'énerves quand même !

Bon, alors imagine quatre murs, un plafond, un sol. Comme tu veux. En bois, carrelage ou autre. Peu importe. Une belle décoration, plein de bibelots. Du mobilier, tout ce que tu veux. Une horloge qui te donne l'heure exacte, du café dans les tasses, des tas de gens qui discutent, tout nus ou habillés… Mets-y tout ce qui peut déterminer un lieu précis.

— Ça y est.

— Bien. Maintenant, tu supprimes tout dans les moindres détails, en totalité, aussi les couleurs et les odeurs. L'air et tout le saint touin et tu auras l'endroit où on se trouve.

— Tu te moques de moi ?!

— Pas du tout.

— Mais il n'y a rien.

— Si.

Il y a la potentialité d'un nombre incalculable d'univers, de mondes et de choses à l'état latent.

Ce n'est pas rien, ça !

Et Tarantula en est la force créatrice.

Léon ne sait plus que penser. « Mes filles sont folles. » se dit-il.

« Le sang de Tarantula charrie la vie que nous lui avons donnée, la transporte inlassablement au fil des artères et veinules pour entretenir cette fabuleuse architecture organique, et ce depuis sa conception.

Et voilà que Loïse me dit qu'on est à l'intérieur d'elle… Puis dans une potentialité de je ne sais plus quoi… Bon Dieu !

Que oui, je l'admets volontiers aujourd'hui, mis à part ces quelques éléments étranges comme ses yeux et sa langue, elle est drôlement belle, la chose.

J'en ai toujours eu peur, mais sa beauté troublante m'a infligé des blessures ouvertes tout au long de ces années où je l'ai vue grandir.

Sa présence mystérieuse sous cette apparence hors du commun m'a lacéré l'esprit.

Ma structure moléculaire de faible intensité vibratoire se disloque littéralement face au rayonnement fulgurant émanant de cet être.

Oh ! Il ne s'agit pas d'une destruction au sens premier du terme, je perçois cela plutôt comme une réorganisation douloureuse de mon esprit et de mes cellules, réorganisation cependant bénéfique.

Comme due à l'intervention de Dieu.

La lumière disperse l'ombre pour mieux nettoyer et ranger le désordre.

Quant à Loïse, je suis un peu inquiet à son sujet. Je pense sérieusement qu'elle a du jeu dans les rivets…

Pour quelles bonnes raisons ai-je donc passé cette vie insipide qui enchaîne catastrophes sur échecs ? Pourquoi la venue de cette enfant dont la vue m'a tout d'abord horrifié ?

Toutes ces souffrances… Lorsque je passe mon existence en revue, je me demande comment j'ai trouvé la force de tenir toutes ces années.

Peut-être grâce au mezcal…

Je n'ai jamais rien voulu de tout ça.

J'abhorre cette vie, l'alcool, les chenilles mortes et les enfants-araignées ! Ma femme absente, froide et gourmande, qui se laisse aller, qui me méprise… Le manque de tout, d'argent, d'amour surtout.

Le manque de tout ce qui fait le bonheur sur terre… Celui d'un homme, d'une famille.

Moi, j'aurais juste voulu une vie normale. Sans grandes pompes. Juste un peu d'insouciance, d'harmonie et de sérénité.

Mais au contraire, j'ai porté ces fardeaux qui pèsent si lourd sur mes épaules, je suis fatigué !

Je ne suis même pas sûr de vouloir ou d'avoir la patience d'écouter Loïse s'épancher dans ses explications.

Je voudrais que tout s'arrête. Que ma conscience s'éteigne comme on éteint la lumière, car cela fait du bien !

Me coucher par terre, dans la poussière et me confondre avec elle, me décomposer pour que mes plus fines particules toutes séchées puissent s'éparpiller dans la brise fraîche du matin du monde, puis se disperser dans le néant. Je voudrais que même Dieu m'oublie et qu'on me fiche la paix ! C'est tout ! »

— Papa… Tu parles de quoi, là ?

— Tais-toi, Loïse ! Je ne veux plus de questions, plus rien savoir. Laisse-moi tranquille !

Tiens ! Là, je ferme mes yeux inexistants pour dormir. Laisse-moi me décomposer tranquillement ! Fiche-moi le camp ! Allez, ouste !!!

— Comme tu voudras ! Décompose-toi si tu veux. Moi, je vais voir où en est maman. Tout discrètement. Juste pour voir comment elle se débrouille. Elle doit venir nous rejoindre d'un instant à l'autre.

Quand tu auras fini de te décomposer, je reviendrai te secouer un peu.

Et je te promets que tu en auras pour ton compte ! Je vais t'activer tes molécules virtuelles ! Vilain caractère !

Tu es vraiment le même que quand nous étions encore sur terre, un mauvais coucheur ! Te décomposer… On n'a pas idée de dire des bêtises pareilles !

C'est fou ça !!! Je n'en reviens pas !

— Oui Loïse, tu n'en reviens pas ?! Eh bien, restes-y alors ! Moi, ça m'ira très bien comme ça ! Au moins, tu me ficheras la paix !

— Profite de mon absence pour te remettre un peu d'aplomb, tiens, toi qui entonnes à tout qui veut l'entendre que c'est maman qui se laisse aller… Pfff ! Regarde-toi donc avant de critiquer ta femme, Papa.

Loïse décrocha son attention de cet amer personnage pour rendre visite à sa maman, dans la dimension physique.

Elle fit donc glisser sa gracieuse conscience le long du fil de vie menant tout droit au sujet de son attention du moment.

Maman, toujours en contemplation de la lumière provenant de l'entrée de la cave, à l'étage inférieur, un peu trop penchée par-dessus le vide et déséquilibrée par sa tête trop lourde, bascula en avant, comme au ralenti.

Slow motion.

Jambes poilues tendues, les pieds décollant du sol. Les ongles de ses orteils, trop longs, raclèrent le plancher et arrachèrent de petites particules de fibre de bois pour les envoyer en l'air par un effet « catapulte ».

La cellulose tournoya, fendant l'air et suivit une trajectoire elliptique.

La raideur du corps de maman accentua l'effet balancier qui venait de s'amorcer.

Les aines et le bas-ventre, recouverts de la nuisette de soie, faisaient office de point pivot alors que le poids du corps exerçait une pression considérable sur la main courante.

Le chuintement du tissu sur celle-ci capta l'attention des cancrelats qui pleuraient sur la dépouille de leur regretté camarade à la tête éclatée.

Ils levèrent une dernière fois les yeux au ciel, horrifiés de voir la mort leur parvenir en direct du premier étage, sous cette forme inattendue.

Les longs cheveux de la pauvresse, légers comme du fil à coudre, s'étiraient en éventail sur l'arrière de la tête.

Mis à part quelques mèches qui, ayant rencontré sur leur passage le visage de maman, s'y plaquèrent et s'y croisèrent pour en strier la surface d'un quadrillage évoquant le réseau Hartmann de façon anarchique, mais au sens artistique quasi parfait.

Arrêt sur image, cette scène est d'une beauté époustouflante.

Bras tendus et battant l'air par saccades, doigts crispés dans le vide à la recherche de quelque chose à quoi se raccrocher, les veines du cou et des tempes saillantes et gonflées à bloc sous la pression sanguine, et enfin les yeux écarquillés exprimant dans un ordre chronologique l'étonnement, la surprise, la peur, l'effroi… Puis la résignation devant l'évidence que sa dernière séquence de vie, elle la verra en technicolor.

Ses pupilles se dilatèrent au maximum pour ne rien rater de cet instant exceptionnel.

L'occasion fait le larron.

Et tous les détails s'y engouffrent. Rien n'échappe au regard de maman, pas même son propre reflet sur la carapace luisante du cancrelat se trouvant le plus à l'aplomb de sa funeste trajectoire.

Elle sentit le glissement de ses cuisses sur le bois lisse de la rambarde. Dernier contact avec l'étage avant le grand saut.

Elle se dit qu'il lui reste encore le temps que dure sa chute pour profiter une dernière fois de sa vie incarnée.

Elle remplit une ultime fois ses poumons d'air, lequel étant chargé de l'odeur de la tarte aux cerises qu'elle a laissé traîner sur le meuble de la cuisine, la veille au soir.

La vitesse croissante de la chute fit floper le tissu de sa nuisette comme le drapeau des États-Unis sur le Capitole, un quatre juillet.

À l'instant même de l'impact de la tête de maman sur le carrelage du hall, les petites particules de cellulose finirent également leur course sur le plancher du palier, un étage plus haut.

C'en est également fini des cancrelats médusés et maintenant aplatis.

Loïse, ayant assisté à toute la courte scène, applaudit vivement de ses mains inexistantes, émerveillée par tant de brio.

— Bravo !!! Bravissimo !!! Quelle belle réussite ! Du grand spectacle, vraiment !

Quel talent d'improvisation !

Dis-moi, maman, que fais-tu ?

— Ah ! Euh, je ne sais que dire… Je viens juste d'arriver…

— C'est que ce n'était pas vraiment prévu comme ça, tu sais, maman…

Tarantula t'attendait sur sa toile, dans la cave. Tu étais censée descendre par l'escalier.

Enfin, le principal est que tu sois bien arrivée. Tu m'as bien fait rire ! Je vais t'offrir une citronnade.

— Bon, excuse-moi. Ce n'était pas intentionnel.

Ouf ! Quel choc ! Curieusement, la peur de ce qui allait m'arriver était bien plus éprouvante que la mort en elle-même.

Je n'ai pas souffert du tout.

— Bienvenue à la lisière du palpable, maman.

— Loïse, tu sais, juste avant de perdre l'équilibre, quand mon regard se fondait dans le jaillissement lumineux de la cave, il m'a semblé t'apercevoir.

— Tu as bien vu. Je venais m'assurer que tu allais bien et que tout se déroulait comme prévu. Mais là, tu m'as scotchée ! Wow !

Maman vit son corps inanimé, grotesque et tout disloqué au sol. Les membres étaient désarticulés et le sang rouge profond formait comme une auréole autour de la tête.

Elle prit conscience de l'ignorance dans laquelle elle était engluée alors qu'elle était incarnée dans cette carcasse aux parois épaisses.

Elle s'en détourna sans sourciller, pensant avec soulagement qu'elle n'a plus à présent ce sentiment d'identification à ce corps et que ce n'est que tant mieux.

Elle se sent si légère, comme si elle s'était débarrassée d'une pelure lourde et encombrante. Cette sensation est délicieuse.

— Je suis morte, hein Loïse ?! Je suis bien morte, dis-moi… C'est magnifique ! Quel bonheur ! Je suis enfin un esprit libre ! Il m'arrivait souvent d'en rêver, autrefois.

La lourdeur de la chair me clouait dans cette incarnation… Tu sais, ma fille, il me tarde de goûter aux facettes de l'existence de ce côté du voile, mais il me tarde encore plus de retourner sur terre, mieux née, pour me réinventer une nouvelle mission, une nouvelle personnalité bien plus positive et plus consciente.

— Houlà ! Maman, tu brûles les étapes.

Je n'ai pas encore eu le temps de t'expliquer le topo que tu as déjà compris le principal.

— Oui, je suis déjà comme… partie.

L'enthousiasme s'empare de moi si bien qu'il me fait l'effet d'un vent fort me tirant les cheveux en arrière, me rafraîchissant le visage, évacuant ridules, scories et parasites.

Un véritable gommage rajeunissant qui me teinterait la peau de rose bébé pour le côté puéril et ludique, sensuel et léger.

Je t'accompagne auprès de papa pour le convaincre du merveilleux de ce qui nous arrive, puis promets-moi d'intercéder auprès de notre petite Tarantula en faveur de mon retour rapide sur terre, et dans une belle incarnation, cette fois.

Oui, c'est bien. Mais avant, je voudrais créer les circonstances propices pour lui demander pardon d'avoir été si aveugle de mon vivant, concernant le merveilleux cadeau qu'elle nous a fait, à papa et moi, de venir au monde par notre entremise.

— Je pense que tu es pardonnée d'avance, maman.

Tarantula vous a choisis comme parents bien avant sa conception, comme tous les enfants de cette terre, d'ailleurs. Parce que vous étiez les plus à même de lui offrir les conditions nécessaires pour cette vie de préparation à ce qui nous attend plus tard.

Tout en douceur, maman, heureuse, glisse sur le toboggan du désir, portée par le parfum enivrant de roses blanches et pures, toutes perlées de rosée matinale, bercée de projets grandioses pour sa nouvelle vie à venir.

« Je suis une fragrance », se dit-elle. Légère et libre, présente mais insaisissable. Colorée et épicée…

Les pieds de son âme s'enracinent déjà dans le terreau d'une belle existence, plus responsable et forte d'une meilleure perspective.

Une mission d'importance incombera à tous les membres de la famille dès leur prochain retour sur terre.

III

Un ange passe… Le voile tombe. Voici une nouvelle vie pour Loïse, qui maintenant est incarnée dans un nouveau corps.

… Clara se réveilla ce matin-là avec un mal de tête épouvantable et un souvenir très réel de ce rêve, un de ces rêves dont on a l'impression de l'avoir vraiment vécu.

Les images s'entrechoquaient dans sa tête et l'émotion engendrée lui serrait encore la poitrine.

La radio diffusait du Mylène Farmer, « Fuck them all ».

Ses yeux fixaient avec horreur les petits chiffres rouges luminescents du réveil matin.

Ils indiquaient huit heures et quarante-deux minutes !

Elle sauta du lit, catapultant littéralement sa couette par-dessus son joli corps encore chaud et merveilleusement marbré par les plis du drap.

Il ne faudrait pas être en retard chez le dentiste, et le rendez-vous est à neuf heures sonnantes. Pas de temps à perdre !

Elle prit la douche la plus rapide de sa vie et, mal épongée, enfila ses vêtements, se brossa les dents furieusement, se coiffa, se parfuma et, sans avaler quoi que ce soit, claqua la porte de son appartement derrière elle.

Ce n'est qu'une fois en bas de l'immeuble, pressant le pas sur le trottoir, qu'elle jeta un coup d'œil fébrile sur sa montre.

Neuf heures et douze minutes.

« Ça y est ! Je suis en retard ! » pensa-t-elle.

« Il me reste à espérer qu'il me reçoive tout de même… »

Arrivée à destination, essoufflée, elle appuya l'index sur le bouton-poussoir de la sonnette du cabinet dentaire du docteur Lapsus Henri. Quel nom !

« J'espère qu'il sera doux… Et peu rancunier au sujet de mon retard. »

— Aïe !!! Mais vous me faites mal !

Cet homme brut et grossier penché sur moi paraissait vouloir entrer tout entier dans ma bouche.

Il y avait déjà introduit ses gros doigts. Les poils drus de ses phalanges me chatouillaient le palais et me donnaient l'envie de vomir.

Suivirent ses instruments de torture employés sous l'inquisition et son œil glauque dont les veinules striaient de sillons rouges le blanc jauni entourant son iris.

Salaud de dentiste !

Je regrettai instantanément d'avoir pris rendez-vous chez ce type. Je commence à comprendre pourquoi il était le seul à me proposer une date si rapide pour me recevoir… Son agenda est vide.

Il a une vraie tête à claques. C'est un punching-ball en puissance. Et je compte bien m'en servir en tant que tel s'il continue sur cette voie.

Pour me changer les idées, je repensai au rêve étonnant de cette nuit. S'agissait-il de relents du passé ? Qui étais-je dans une vie précédente ? Le voile du souvenir de ces choses est épais et le peu qui peut filtrer au travers de rêves est, ma foi, très flou.

Y a-t-il une bribe de vérité dans ce songe ?

Quoi qu'il en soit, l'impression de « réellement vécu » est si forte que cela continue à m'impressionner.

— Aïe !!! Mais aïeuuuh !!!

Cette fois, c'en est trop !

Je pris ma main gauche, celle qui prend, pour m'aider à me redresser sur mon fauteuil de torture.

Ensuite la droite, celle qui donne. Et lui envoyai une gifle magistrale en plein sur sa vilaine face de gros sadique.

Pafff !

L'ennemi vaincu recula de trois pas, l'air hébété.

J'en profitai pour bondir hors du siège, ramassai mes affaires sans le quitter des yeux et pointai un index menaçant dans sa direction afin de le tenir en respect, puis claquai la porte sans plus de façons, derrière moi.

Furieuse, je me jurai que la prochaine fois, j'irai en terre connue, quitte à supporter un délai un peu plus long.

Aussitôt, tenant mes joues endolories des deux mains, je mis le cap en direction de mon port d'attache habituel, la taverne « Fiorino », Boulevard d'Avroy.

Liège est une ville aux énergies lunaires, donc qui possède une âme très attachante.

À bientôt quarante ans, je commence à peine à prendre mes marques dans cette vie, dans cette ville que j'adore.

Je pousse la porte vitrée, encore sous le coup de la colère, tandis qu'un tonitruant :

— Buon giorno Clara mia ! Content de te voir ! M'accueillit avec ardeur. C'est Luigi, le patron de l'établissement qui m'embrassa vivement et s'exclama à nouveau :

— Mamma mia, ma chérie, que t'est-il arrivé, dis-moi ? Tu as les joues toutes gonflées, c'est horrible !!!

— Merci pour le compliment, Luigi ! Franchement, tu veux m'achever ?

Mais puisque je vois que je dois m'expliquer sur mon état, sache que j'ai déterré la hache de guerre avec un dentiste sadique, et je crois qu'il est toujours en train de se demander ce qu'il lui est arrivé… C'est lui qui m'a fait ça.

Quand je pense que je me suis dépêchée pour arriver à temps à son rendez-vous, ce traquenard devrais-je dire.

— Ah !? Attends, je vais le tuer… Je reviens de suite !

— Tu es bête ! Console-moi plutôt, va, et prépare-moi le cappuccino le plus onctueux du monde, comme tu sais si bien le faire.

Et accompagné d'un croissant au beurre bien croustillant, s'il te plaît, je n'ai rien avalé au saut du lit.

— Si signora, presto !

Luigi me dévisagea, le regard plein de tendresse, mais aussi avec un soupçon de moquerie canaille.

— Finalement, ça te va bien. C'est mignon. Ça te donne un petit air d'écureuil qui fait ses réserves de noisettes pour l'hiver canadien. Hahaha !

— Luigi ! Tu arrêtes, oui ?! Si tu ne me fais pas mon cappuccino sur le champ, je m'en vais illico presto à la concurrence !

— Bene ! Madonna ! Tu sais que je t'adore. Tu seras de toute façon toujours la ragazza più bella di Liègi.

Il se mit sur la pointe des pieds pour m'embrasser sur le front, entre les deux yeux, sur mon troisième œil, m'enserrant la tête entre ses mains affectueuses et poilues.

Ça me fait toujours craquer quand il fait ça et il le sait bien.

— Heureusement que tu es toujours là pour moi, Luigi.

Tiens, tu es définitivement pardonné, maintenant.

— Cappuccino si, subito mia bellissima ragazza ! Tu sais combien je suis sincère, Clara, quand il s'agit de toi ! Amore mio.

Il fila derrière le comptoir en chantonnant, tout guilleret.

— Luigi, cela fait combien de temps qu'on se connaît, maintenant ?

— Porca miseria ! Ça ne nous rajeunit pas.

J'avais sept ans quand tu es arrivée à mon secours dans la cour de récréation.

C'était mon premier jour d'école en Belgique et je ne parlais pas le français.

Tout en se remémorant ses souvenirs, Luigi s'affairait sur sa machine à café.

— Oui je me souviens. Tu arrivais à peine de Sicile et ce grand bêta de Piotr t'avait coincé contre la porte des toilettes et se moquait de toi en te refilant des coups de pied dans les jambes. Il répétait sans cesse : « Il est laid le macaroni ! »

C'était la guerre des clans entre les polonais et les italiens, dans cette école.

Luigi posa le cappuccino fumant accompagné du croissant, sur la table. Sous le nez de Clara.

— Prego signora.

Oui, je me souviendrai toute ma vie de la tête qu'il a tirée quand tu lui as mis ta main dans la figure, à toute volée.

C'est ta spécialité ça, Clara, les baffes. Haha ! Se faire battre par une fille !

Il a eu tellement honte qu'il nous évitait et c'est à peine si on remarquait encore sa présence à l'école. Hahaha !

L'année suivante, je suis devenu fort comme un taureau et c'est moi qui te protégeais à mon tour.

— Alors comme ça, il y a un peu plus de trente ans de cela, Luigi, tu te rends compte ?!

— Nous ne nous sommes jamais quittés, jamais vraiment…

Sauf pour mieux se retrouver. C'est une belle amitié !

Et si ce foutu dentiste te transforme encore en écureuil géant, il aura affaire à moi, je te le dis !

— Oh ! Celui-là ne t'en inquiète pas, il a reçu un échantillon de mes talents et je jure de ne plus jamais remettre un orteil chez lui.

Le regard attendri de Luigi se posa sur le visage de Clara et elle y trouva de la force. Comme toujours depuis toutes ces années.

L'amitié indéfectible de Luigi est sa source de jouvence.

Les italiens sont nombreux à Liège.

Mes parents sont originaires de Latina, ou plus exactement Sezze. Un petit village situé au sommet d'une colline au sud-est de Rome.

Clara da Sezze… Ça sonne plutôt bien.

Je me souviens de ces vacances passées chez mon grand-père il y a vingt-deux ans. Il faisait torride en ce mois d'août.

Toute la famille ou presque était réunie et un soir, avant notre retour en Belgique, nonno a organisé une grande fête réunissant les amis et les voisins.

Pour l'occasion, nous avions dressé de longues tables au milieu des vignes.

Toutes recouvertes de grandes nappes d'un blanc immaculé qui flottaient doucement dans le vent chaud du début de soirée.

C'était très poétique. Tous s'affairaient pour que rien ne manque. Cela grouillait de tous les côtés. On entendait crier partout et les mains s'agitaient frénétiquement.

Quelle excitation !

Les mammas, à l'abri dans un cabanon en bois qui servait habituellement à ranger les outils, préparaient sur un fourneau à gaz improvisé, les gnocchis à la tomate et au basilic, moulés un par un à la petite cuillère. Les meilleurs qu'il m'a été donné de manger.

La nuit venue, à la lueur des bougies, insectes et papillons virevoltaient autour des flammes et s'y brûlaient les ailes. La fête battait son plein, et le vin blanc capiteux de grand-papa coulait à flots.

Je me souviens d'une grande fatigue, l'alcool faisant son effet. Mes yeux, en fin de soirée, se sont fermés sur le visage d'Elizabetta, une jeune fille de trois ans mon aînée.

La belle me souriait et ne m'a pas quittée de toute la soirée.

Lorsque les garçons venaient s'asseoir à nos côtés et se montraient un peu trop pressants, elle les chahutait et les faisait déguerpir aussi sec.

Je ne comprenais pas pourquoi et lui reprochais d'ailleurs, au début.

Mais elle était drôle, me faisait rire à gorge déployée et me tenait la main plus qu'à son tour. Je ne savais pas d'où elle sortait, mais j'étais bien en sa compagnie.

Elle portait une petite robe rouge à mi-cuisses qui tranchait sur sa peau bronzée.

Cela la mettait en valeur. Les garçons n'osaient plus trop l'aborder tant elle les disputait.

Ils se contentaient donc de nous regarder à distance, l'air de deux airs, tout en faisant entre eux des commentaires qu'on ne comprenait forcément pas, mais que l'on pouvait aisément deviner, avec un petit sourire aux lèvres et les yeux toujours pétillants.

Je finis par trouver cela amusant et rentrai dans le jeu d'Elizabetta.

Je ne recouvrai tous mes esprits que le lendemain matin, en fin de matinée.

Tout le monde nous cherchait. J'entendais crier nos prénoms de tous les côtés.

Elizabetta ! Clara ! Où êtes-vous ?

J'eus la surprise de me réveiller dans les bras de la fille.

Nous étions encore pleines de sommeil, couchées sur une couverture de laine posée à même le sol, dans une arrière-pièce contiguë à la salle d'embouteillage du vignoble de grand-père.

Le genre d'endroit où personne ne pense aller, un genre de débarras encombré de vieilleries poussiéreuses.

La fille, penchée sur moi, si près que son souffle doux me chatouillait la joue, me souriait d'un air espiègle.

Elle s'amusait de mon regard confus et me chuchota tendrement à l'oreille :

— Bon anniversaire, ma Clara…

C'était vrai, je fêtais tout juste mes dix-sept ans ce matin-là.

Elle resserra l'étreinte de ses bras autour de mon corps encore engourdi des excès de la veille.

Le contact de son torse écrasé contre le mien, le frottement de ses cuisses pleines et musclées sur mes jambes nues, je les garderai en mémoire à tout jamais. Je ris, mais j'étais également terriblement troublée par cette situation incongrue. Elle me fit monter la chair de poule et je me trouvais bien incapable de lui résister.

Un rayon de soleil filtrait par une lucarne en éventail garnie de grandes toiles d'araignée, et illuminait la pièce d'une lumière dorée et chaude comme on n'en voit qu'en Italie. Cela donnait à la scène une atmosphère inoubliable.

Comment pourrais-je oublier cela ?!

J'ai plongé mon regard dans ses magnifiques yeux marron, j'avais le souffle court.

Ses longs cheveux noirs bouclés, tirebouchonnés et vivants encadraient son superbe visage au caractère typiquement italien, me caressaient le cou et les joues.

Elle sentait bon, sa peau brûlante était parfumée de senteurs de miel et de romarin.

— Elizabetta, dis-moi, a-t-on fait, euh… A-t-on fait l'amour ? Balbutiai-je, candide.

Elle me répondit par un regard lourd de sens, mêlé d'un petit reproche amusé et d'une tendresse infinie.

Elle sourit, m'embrassa sur le coin des lèvres puis enfouit son visage dans le creux de mon cou, respirant fort.

Je compris que non.

Car mon corps, lui, se souvenait et gardait dans ses chairs l'extrême volupté du désir inavouable, de la tentation trouble encore toute fraîche, cependant inassouvie.

J'eus du mal à réaliser que pour elle, cet amour émergent est complètement désintéressé.

Elizabetta a entrouvert chez moi une porte que je n'ai jamais refermée complètement depuis. Ce que je sais, c'est que cela m'a permis de comprendre un peu mieux mon propre fonctionnement et le sens de l'amour platonique.

Peut-être me laisserai-je un jour tenter, à l'avenir… Qui sait ?

C'est donc à l'occasion de ce merveilleux matin de mes dix-sept ans que je pris la résolution personnelle de me permettre cette ouverture éventuelle à une sensualité « interdite » qui, je le pense, pourrait aider à ma construction en tant que femme.

Je n'en ai jamais eu honte, je n'en fais pourtant pas l'apologie. Certainement pas. Nous avons tous notre libre arbitre et ce choix m'appartient. Le débat est clos.

C'était la dernière fois que je vis Elizabetta.

Elle a disparu peu de temps après et actuellement encore, personne ne sait ni d'où elle venait, ni qui elle était, ni ce qu'elle est devenue.

Je l'aimais et ai profondément regretté de n'être pas restée auprès d'elle en Italie.

Un coup de klaxon provenant de la rue me tira de mes songes.

Je cherchai Luigi du regard, il était en grande conversation avec un client au comptoir.

Je jetai ensuite un coup d'œil dehors, à travers la vitre de la taverne.

Je vis un automobiliste à l'arrêt qui hurlait en agitant les bras. Il s'en prenait à une charmante petite dame très âgée qui peinait à traverser la chaussée.

Mon Dieu, comme les gens peuvent être bêtes ! me dis-je.

Il doit être bien mal embouché, celui-là, pour réagir de la sorte… Qu'est-ce qu'il a l'air énervé !

Il sort peut-être de chez le docteur Lapsus…

Il voit pourtant bien que cette pauvre petite dame fait ce qu'elle peut pour avancer au plus vite.

Je vais aller lui mettre ma main dans sa figure s'il ne se calme pas dans les cinq secondes. Compte à rebours… 5… 4… 3… Soudain, alors que j'entamais ma sortie de table pour jouer les chevaliers blancs, je m'aperçus que cette femme me regardait fixement, droit dans les yeux, tout en se dirigeant dans ma direction et en m'adressant de grands signes amicaux de la main, comme si elle me reconnaissait.

Une expression de joie très intense, évidente, sur son joli visage fripé.

Je sursautai, j'étais clouée sur place, avec des frissons partout dans le corps. Je dus prendre appui sur la table pour ne pas chanceler tant l'impression que me faisait cette femme était forte. Ces traits, ces yeux… M'étaient étrangement familiers.

Mon cerveau tournait à cent à l'heure, mais malgré mes efforts pour retrouver dans ma mémoire une trace du souvenir de cette vieille dame, je ne parvenais pas à la situer. Rien à faire. Et pourtant…

Je me rassis et détournai mon regard, très mal à l'aise. Puis machinalement, je mordis un bout de mon croissant.

J'eus à peine le temps de déglutir que de nouveaux cris se firent entendre depuis la rue.

Les cris des passants qui tentaient, comme ils le pouvaient, de venir en aide à la femme.

Elle gisait maintenant face contre terre.

L'automobiliste incivique la contourna et s'en alla en faisant crisser ses pneus, mais il ne l'a pas renversée.

L'un des passants, un jeune étudiant, ouvrit la porte du Fiorino et cria :

— Vite ! Téléphonez aux urgences, elle a une crise cardiaque !!!

Luigi, très réactif bien qu'il n'ait rien vu de cette scène, interrompit illico presto sa conversation et fouilla ses poches pour trouver son smartphone.

Intriguée, je me rapprochai de la baie vitrée et observai, au travers de celle-ci, cet événement improbable.

Pourquoi me regardait-elle avec tant d'insistance ?

Pourquoi cette sensation si forte d'avoir déjà connu ce regard, ce visage ?!

Pourquoi ces signes de la main, et pourquoi m'étaient-ils adressés ?!

Et que lui est-il donc arrivé, d'un coup ?

Elle ne bougeait plus et les ambulanciers, arrivés sur place à une vitesse éclair, l'emportèrent sans grand espoir, alors que les policiers dispersaient déjà la foule de curieux.

Les bouts de mes doigts étaient scotchés à la vitre. Mon souffle formait une auréole de buée sur celle-ci alors que je restais prostrée là, à ne savoir que penser…

C'est étrange, elle souriait encore. Un sourire serein figé dans la mort.

Un énorme frisson s'empara soudain de tout mon corps qui se mit à convulser, à trembler si fort que mes jambes ne me portaient plus et je tombai genoux à terre, le front appuyé sur la surface vitrée.

C'est comme si un vide venait soudain de se remplir en moi. Une foule d'images au débit trop rapide pour savoir en détail de quoi il s'agissait, me traversa l'esprit l'espace de deux ou trois secondes à peine.

Le souffle coupé, je me relevai.

Une jeune fille se précipita pour m'aider à me redresser, me demandant si tout va bien…

Je la remerciai brièvement et filai sans demander mon reste, sortant de chez Luigi si rapidement qu'il ne s'est aperçu de rien, occupé qu'il était, en cuisine.

Mon cappuccino, abandonné sur la table, fumait encore tandis que la buée laissée sur la vitrine, encadrée de mes traces de doigts, se dissipait à vue d'œil.

J'étais bouleversée.

Il fallait que je marche et arpentai donc les rues commerçantes de Liège jusqu'en fin d'après-midi, léchant frénétiquement les vitrines et les étalages pour me changer les idées.

Mais en vain.

De retour dans mon appartement, entre chien et loup, mon malaise subsistait encore. Je me sentais changée, différente. Ce n'était pas un sentiment forcément désagréable, mais c'était comme si j'avais perdu un peu de mon insouciance.

Puis cette dame restait souriante alors que ce démon d'automobiliste lui hurlait dessus comme un dératé... Une personne normale aurait dû montrer des signes de nervosité ou de stress, dans pareille situation. Mais elle paraissait l'ignorer et conservait son attention dirigée sur moi... Mon Dieu, cette joie qui illuminait son visage, quand elle me fixait du regard, juste avant de mourir ! Elle voulait me voir. Je suis sûre qu'elle voulait me parler... Je ne fabule pas, nom d'un chien !

J'ai téléphoné à l'hôpital où elle a été emmenée, mais ils n'ont jamais accepté de me dire quoi que ce soit d'autre qu'elle était décédée avant que l'ambulance n'arrive sur place. Ils n'ont évidemment pas voulu me donner son identité et encore moins accepté que je puisse voir la dépouille. Et c'est normal. Je ne suis ni de la famille ni de la police... A priori.

Qui était-elle ?

Que me voulait-elle ?

D'où me connaissait-elle ?

Toutes ces questions s'entrechoquaient dans ma tête.

Vraiment, cette journée n'était pas ordinaire.

Je me préparai à l'arrache quelques farfalles arrosées d'un peu d'huile d'olive de Sicile, de l'ail et du piment d'Espelette, sans oublier les sempiternels copeaux de « parmigiano reggiano » et quelques câpres. J'adore les câpres.

Je glissai un CD de Cécile Corbel, cet ange breton à la voix divine, dans le lecteur de ma mini-chaîne et augmentai le son pour tenter d'oublier.

J'eus un peu de mal à avaler mon maigre repas en solitaire.

Trop lasse pour prolonger la soirée plus avant, je pris une longue douche chaude bien méritée et hop ! Ni une ni deux, direction la couette et nue comme à mon premier jour, boum dodo, au lit.

Il faut avouer que je ne demandai pas mon reste.

Mesdames et messieurs, attachez vos ceintures. Dans un instant, décollage pour le pays des songes, dans l'astral mystérieux.

On embarque avec Morphée Airlines pour de nouvelles aventures.

Le réveil matin déclenche la radio. Atterrissage en douceur, on applaudit le pilote et on peut débarquer dans une longue plainte souvent grinçante.

Du genre grognement de morse à la saison des amours.

Je tends mon corps engourdi, l'étire encore et encore… Dieu que ça fait du bien !

Je cambre le dos, ce qui rend mes fesses sensuellement callipyges, puis tire les bras le plus loin possible en arrière, le corps complètement arqué.

Mmmmh ! Quel bonheur, le frottement délicieux des draps de pilou sur ma peau nue !

Je voudrais prolonger ce moment pour toujours.

Mais il faut que je me lève. Horaire oblige. Boulot…

C'est à ce moment de la matinée qu'en règle générale, mon esprit s'ombrage.

Mince de mince, c'est à chaque fois pareil ! C'est quand le lit est tout chaud qu'il faut le quitter.

Allez, encore deux minutes pour en profiter. Je jure de me lever après.

Mmmmh ! Mon gros plumard adoré…

Là, quelques bribes de mon rêve font leur apparition, mais de façon bien désordonnée.

Un escalier sombre encombré de bouteilles vides, une drôle de grosse araignée sur sa toile, une odeur de tarte aux cerises… Des blattes qui parlent et applaudissent. Une terrible chute dans ces escaliers, la pluie qui ruisselle sur une vitre, une prison de Londres, un Fokker…

Des clichés du même rêve que la veille, comme des pièces de puzzle qui se rajoutent petit à petit, mais de manière désordonnée.

À la radio, passe « Immortelle » de Lara Fabian. Je repense à la dame trépassée hier…

La cafetière italienne crache à grands bruits pendant que je choisis dans mon dressing les vêtements que je vais porter aujourd'hui.

Zut !

Je n'ai rien à me mettre !

Un coup d'œil par baie vitrée du living, et je me rends compte qu'une fine pluie tenace tombe sur Liège et le boulevard d'Avroy.

La statue équestre de Charlemagne, main et bras tendus, évoquant curieusement un salut se voulant apaisant ou sympathique, sans doute est-ce un hasard, me fait un clin d'œil ironique, comme tous les matins.

Bref ! Un pépin (sans jeu de mots) déployé à la main, pleine de bravoure, me voilà marchant à grands pas sur le trottoir mouillé, en direction de la place Cathédrale.

Des embouteillages sans fin à cette heure matinale immobilisent les autos dont les essuie-glaces se balancent au rythme de mes pas et me saluent au passage.

Je bifurque en Vinâve d'Ile et aperçois le coin arrière de l'Opéra Royal de Wallonie, mon lieu de travail.

Il trône face à la place Saint-Lambert et son superbe palais des princes-évêques.

De côté, la place de la République Française et ses terrasses de cafés à l'abri de grands auvents, faisant face aux petites aubettes des marchands de fleurs qui colorent joyeusement la grisaille de ce matin maussade d'une multitude de taches jaunes, roses, rouges, oranges ou vert tendre…

— Bonjour, Clara ! Me lance au passage Henriette, la fidèle et adorable petite femme de ménage grâce à qui le hall d'entrée somptueux de l'opéra, tout en marbre, est toujours propre et sent toujours bon.

Elle a tant frotté le sol depuis toutes ces années qu'elle a dû en user une couche d'au moins trois centimètres.

Elle fait quasiment partie du décor.

Je ne peux imaginer un seul instant l'opéra sans elle. Impossible !

Sans âge, elle passe avec vigueur la serpillière au sol depuis toujours. À croire qu'elle a été offerte en option à la livraison de l'édifice.

Elle a toujours le sourire et un petit mot gentil pour vous accueillir, Henriette.

— Ça va, fèfèye ? Tu es belle comme un trognon, ce matin !

Je l'embrasse comme chaque jour que Dieu fait, sur sa petite joue sèche et ridée, puis me dépêche d'arriver jusqu'à mon atelier car il est déjà huit heures passées et je dois impérativement finir de concevoir le costume du roi Nabuchodonosor pour la première de l'opéra qui aura lieu dans une quinzaine de jours. Je suis scénographe et ai en charge la conception des décors et des costumes.

La matinée passe à une vitesse extraordinaire, mon travail absorbant toute mon attention. Je suis une passionnée.

Mes collègues sont partis depuis un moment pour la pause de midi et je me retrouve seule dans les locaux, mais je tiens à terminer l'esquisse d'un modèle de galon cousu de fil d'argent.

Le prototype déterminé sur papier, je me lève et me dirige vers l'atelier de couture pour relever la référence du fil que je désire utiliser.

Mes mains farfouillent dans le tiroir à la recherche de la bobine… Ah ! La voilà !

Je déroule quelques centimètres de ce fil et il scintille sous la lumière.

Un trouble s'empare de moi.

Des sueurs froides me prennent, je dois me poser. Je suis faible. C'est ce fil d'argent. Il m'obsède. L'étrange sensation de me souvenir de… Mais de quoi ? Ça me rappelle… Mon pouls s'accélère. Je m'assieds sur une caisse en carton qui ploie sous mon poids dans une plainte ridicule, respire à fond à plusieurs reprises et retrouve mes esprits.

Mon estomac me rappelle à l'ordre.

Il est temps pour moi aussi de prendre ma pause de midi et d'aller manger.

Je me ramasse et décide d'aller chez Luigi. Jamais je ne déroge à la règle.

Il m'a promis que des gnocchis alla romana figureraient à la carte aujourd'hui. Cela me rappellera de bons souvenirs.

Au passage, je dépose un échantillon de ce fil, accompagné de sa référence, sur mon bureau.

Mes pas résonnent, le décor file et défile alors que mes talons claquent au sol en faisant gicler l'eau accumulée sur les pavés du piétonnier.

Dire quoi ?! Ne rien dire, laisser mon esprit vagabonder.

Oui, c'est ça… C'est un vagabond, il n'a même pas cent balles en poche et m'emmène là où il veut, il suit les feuilles mortes emportées par le vent du nord et atterrit là où d'autres entités volatiles le feront à nouveau voyager.

Je suis sa suivante. Mon corps déambule dans les rues de Liège, sous la pluie qui ruisselle sur mes cheveux trempés. J'ai oublié mon parapluie.

Je ressens le besoin soudain de la présence à mes côtés de ma belle Elizabetta d'Italie, de son souffle chaud dans mon cou, de sa peau soyeuse et de son odeur de miel et romarin si rassurante. J'ai besoin d'être rassurée.

Un frisson me parcourt l'échine. L'air est frais et la pluie persiste.

Luigi m'apparut sur le seuil de son établissement.

Il me presse de rentrer bien au chaud, me prend fort, très fort dans ses bras comme s'il avait deviné mes envies, mes émotions.

Il me dit qu'il était très inquiet de ne pas m'avoir vue venir plus tôt.

— Tu es en retard, Clara chérie ! Habituellement, tu arrives bien plus tôt ! Je me faisais du mouron, moi…

J'ai pensé que tu ne viendrais pas manger tes gnocchis et ai tenté de t'appeler sur ton portable, mais tu ne répondais pas.

Alors j'ai imaginé tout un tas de choses à cause de cette femme qui est morte hier, ici devant. Tu semblais affectée par cet événement. Tu es partie si vite que tu n'as même pas fini ton cappuccino… Je me suis dit que tu étais peut-être choquée et que tu as préféré rester chez toi aujourd'hui…

Est-ce que ça va ? Tu es sûre ?

— Serre-moi encore dans tes bras, s'il te plaît, Luigi. Ça me fait du bien.

Il s'exécuta et m'enserra à nouveau tendrement entre ses bras, qu'il a petits et poilus, mais solides.

— Mamma mia, je m'en doutais ! C'est donc bien cela ! Tu es sous le choc !

E terribile ! E terribile !

— Calme-toi, Luigi, tout va bien.

Je t'assure…

Un client nous bouscule pour rentrer dans la taverne en baragouinant un « S'cusez », et en secouant son parapluie qui nous éclabousse.

— Tu me dis cela pour me rassurer. Je te connais bien, tu sais… Et je vois bien que quelque chose ne va pas, Clara.

Tu es marquée par ce qui s'est passé hier.

Quelle idée aussi de venir mourir là, sur le bitume, juste devant ma petite Clara !

Pfff !!!

Le regard de Luigi se fit grave et, agitant son index tendu devant mes yeux, il paraissait me gronder comme on réprimande un enfant.

Je crus devoir me justifier.

— Tu sais Luigi, c'est bizarre mais cette pauvre femme, comment te dire, euh…

Mais Luigi ne m'écoutait plus. Il balaya l'air de sa main comme pour chasser mon trouble et enchaîna aussitôt, l'air plus jovial…

— Madonna !

Viens, Clara, j'ai réservé ta table habituelle. Je te porte les gnocchis que je t'ai promis. Tes préférés. Comme en Italie, ma chérie.

Ça va te réchauffer, puis tu me raconteras tes histoires plus tard.

En attendant, monte chez moi et sèche-toi les cheveux dans la salle de bains. Tu es trempée. Tu risques d'attraper la mort comme ça.

Il me prend par la main avec autorité. Comme il l'aurait fait avec une gamine qui rentre toute crottée de promenade, et me tire en avant…

Me fait traverser ainsi la salle devant les regards étonnés de la clientèle attablée, me débarrasse de mon imperméable dégoulinant qu'il accroche d'un geste rapide au perroquet et me désigne du doigt la volée d'escaliers menant à ses appartements privés.

— Tu connais le chemin, fais comme chez toi. Allez, ouste !

Je gravis l'escalier sous l'œil intéressé d'un client sur le retour d'âge qui, tout en mâchouillant un spéculoos, scannait mes jambes au passage et, ma foi, de façon fort peu discrète.

Le vieux vicieux !

La salle de bains de Luigi est d'un style très contemporain.

Une douche à l'italienne, bien sûr, en carrelage anthracite et robinetterie chrome haut de gamme.

La baignoire d'angle fait aussi office de jacuzzi et le tout est d'une propreté irréprochable.

Ouf ! Le grand miroir fumé offre une image de moi-même peu avantageuse.

Le sèche-cheveux tournoie autour de ma tête et fait virevolter mes cheveux qui retrouvent leur texture et leur volume.

Satisfaite du résultat, je redescendis dans la salle, au rez-de-chaussée, avec figure humaine.

Celle-ci est bondée de monde. Le personnel s'active en tous sens et les clients attablés mangent et parlent, qui d'un air sérieux, qui de manière complètement débonnaire et joyeuse, tout cela dans un brouhaha soutenu.

Cela me fait du bien. Je me sens chez moi, ici.

En sécurité.

Je m'assieds à ma place habituelle. Ma main gauche, comme toujours, paume déployée, frotte le velours de la banquette dans un mouvement de va-et-vient.

Velours passablement usé à cet endroit du fait que mes passages au Fiorino sont de l'ordre du quotidien depuis de nombreuses années… Depuis l'ouverture très exactement. Ce qui ne date pas d'hier.

Sens du poil et contre-sens. Cette sensation divine de sentir ces milliers de petits poils qui accrochent ma peau, puis se couchent et glissent… J'adore !

Je suis une tactile invétérée.

Petite, je pratiquais déjà ce rituel dans les moments nécessitant une intense concentration. Puis au fil du temps, c'est devenu une addiction.

Ce ne sera ni l'alcool ni la cigarette, mais bien le velours sous ma main gauche. J'en ai toujours un petit carré dans une de mes poches ou dans mon sac à main pour le cas où je n'en trouverais pas dans mon environnement direct si le besoin s'en faisait sentir.

C'est comme ça et on ne me refera pas.

Luigi s'affairait, allant des tables au bar et de la cuisine en salle. Tel un chef d'orchestre, il dirige son établissement de main de maître.

Il recueille les louanges de clients satisfaits, motive son personnel, mais est toujours souriant et dynamique, même en plein coup de feu.

Il sait que je le regarde du coin de l'œil et esquisse à mon intention un petit sourire satisfait qui en dit long.

Un véritable sicilien. Il sait, il comprend.

Il est fier de moi, de notre amitié si proche de l'amour. Mais jamais nous n'avons franchi la limite, au grand jamais.

Et c'est cela qui est beau.

Alors il repart de plus belle, les yeux pétillants et rieurs.

Le sol, au pied du perroquet, est inondé. Mon imperméable finit de s'égoutter.

Un petit bouledogue français y écrase sa truffe et lape cette flaque.

Le pauvre est probablement le seul client auprès de qui personne n'a pensé prendre commande.

Il me regarde, l'air penaud, et laisse pendre sa langue baveuse.

Juste à ma gauche se trouve un escalier en bois menant aux toilettes qui se trouvent au sous-sol.

Je les entends gémir et grincer. Quelqu'un les gravit pour rejoindre la salle, quelqu'un de léger et svelte, si je ne m'abuse.

Du coin de l'œil, j'aperçois une petite silhouette émergente, se mouvant lentement.

Vision accompagnée d'une impression maintenant habituelle de « déjà vu ».

Étonnée autant que curieuse, je tourne la tête presque malgré moi.

Au même moment, mes sens olfactifs détectent la présence dans l'air d'un parfum de pivoine, suave et léger.

Il s'agit d'une très jolie petite fille d'environ dix ans, au profil parfait et aux longs cheveux cuivrés et bouclés.

Une belle petite rousse dont la peau très claire contraste avec des yeux d'un vert translucide étourdissant.

Son petit nez retroussé, parsemé de grains de blé, donne à son visage un air polisson et ses lèvres bien dessinées, ourlées et pleines, traduisant un sens relationnel aigu, relevées aux commissures en un sourire canaille, sont d'un rose éclatant.

Totalement subjuguée par la beauté de l'enfant, par son parfum enivrant et la surprise suscitée, je reste un instant figée sur place, bouche ouverte.

Cette fillette merveilleuse est vêtue d'une petite robe légère en tissu vichy blanc et émeraude, resserrée à la taille par un large ruban assorti, noué à l'arrière, et dont la jupe à froufrous et dentelles s'arrête au-dessus du genou.

Il me vint à l'esprit qu'une telle beauté nordique est si précieuse qu'elle doit faire la fierté de ses heureux parents.

Sa gestuelle est si gracieuse et…

Oh ! Elle tourne son visage vers moi…

Plonge ses magnifiques yeux verts dans les miens… Ce vert sublime, tel que je n'en ai jamais vu… Ce regard insistant et pur, voulant pénétrer plus profondément encore en moi… Cet amour qu'elle m'offre ainsi, c'est un appel !

Oui, c'est elle ! Comme dans mon rêve.

Elle s'approche de moi, m'adresse un sourire complice.

Mon Dieu, quel choc ! Une montée d'adrénaline me cloue littéralement sur mon siège.

Ma main gauche s'immobilise net et se crispe violemment sur le tissu de velours du siège, à l'en déchirer.

Ma paume est rouge et brûlante tant le frottement a été vigoureux.

Un grand monsieur se glisse gauchement entre elle et moi, la bousculant presque au passage et ordonne grossièrement à la fillette de libérer immédiatement l'accès aux toilettes.

La belle petite prend un air amusé, se penche vers moi et me pose un bisou léger sur la joue, sous l'œil gauche, assorti d'un clin d'œil espiègle. Puis s'éloigne dans un éclat de rire cristallin.

Ses cheveux, tels de fins ressorts, ondulent et dansent élégamment au rythme de ses pas.

Je la perds de vue.

Mon cœur fait un bond, je veux l'appeler et la serrer fort dans mes bras, mais déjà j'aperçois sa tignasse flamboyante se volatiliser dans la foule dense de la rue. Sous la pluie persistante.

Reprenant peu à peu mes esprits, je m'aperçois que ma main gauche, toujours crispée, enserre un petit bout de papier se tenant je ne sais par quel prodige entre mes doigts.

Je le fixe un long moment. Il est soigneusement plié en quatre.

Je le porte à mes narines. Il sent bon la pivoine, ce même parfum que portait la petite fille…

Elle a dû me glisser ce billet dans la main sans que je m'en aperçoive, profitant de ma stupeur.

Je le caresse de mes doigts qui suivent son pourtour sur les quatre côtés, le font tournoyer.

Le papier est d'une texture fine, il est légèrement granuleux et un peu rigide. Particulier. Assurément un papier de très bonne qualité.

Du haut de gamme.

Sa couleur est d'un gris tendre très légèrement bleuté.

J'hésite à le déplier, redoutant de découvrir le contenu. Étant donné la succession des événements bizarres qui me sont arrivés ces derniers temps, cela se comprend aisément.

Je l'observe longuement.

Comment a-t-il abouti dans ma main ?

Qui est cette petite ? Elle était vêtue comme cela se faisait dans le passé. Ou alors elle vient d'une région du monde qui a conservé un mode de vie plus traditionnel, comme dans les pays de l'Est, par exemple…

Je suis troublée, mes doigts s'insinuent dans les plis du billet et je me décide enfin à l'ouvrir.

Les yeux clos.

Une fois les quatre pans déployés, je reprends ma respiration et ouvre non sans appréhension mes paupières, pour découvrir le contenu de cet étrange message.

À ma grande stupéfaction, un dessin occupe le centre de la page. La représentation enfantine mais appliquée d'un arachnide sur sa toile, et dessous, ces quelques mots :

« Saint-Constant. Québec. Viens vite ! Souviens-toi petite sœur. Tendres bisous. »

Le temps se suspend, le brouhaha de la salle de restaurant semble étouffé. Je suis seule, isolée, anesthésiée.

Ce dessin, cet assemblage de traits faits aux crayons de couleur, cette araignée sur sa toile marque profondément mon esprit. Il y a un rapport avec mes rêves et la vieille dame morte… J'en suis sûre !

Cette araignée m'est familière, je la connais bien, et même plus que cela… Elle fait partie intégrante de mon être.

De ma mémoire surgit l'image d'une cave noire et poisseuse. Qu'est-ce que… Mes yeux se posent à nouveau sur le dessin. L'araignée est représentée sur une toile d'argent !

Oh ! Mon Dieu, le fil d'argent de tout à l'heure à l'atelier couture, ce malaise lorsque je l'ai pris en main… Bien sûr, c'est net ! Mais j'ai du mal à assembler les pièces du puzzle. Je n'y comprends toujours rien. Il faut que je trouve le fil conducteur ! C'est le cas de le dire…

Les mots s'entrechoquent dans mon crâne.

Saint-Constant, souviens-toi… Petite sœur… Serait-elle ma sœur ?! Tendres bisous. Oui, elle m'a donné un bisou sur la joue, cette petite… Québec… Viens vite ! Quoi ? Il faut que j'aille jusque-là ?

Ma main gauche se remit en mouvement.

Je frotte comme une dératée le tissu de la banquette, signe d'une grande agitation cérébrale.

— Il faut que j'y aille !

Je me suis exprimée tout haut.

Interloqués, mes voisins de table me regardent comme si j'étais dérangée de la capsule.

J'enfile mon pardessus, y glisse soigneusement le billet dans la poche intérieure, Colle brusquement un bisou sur la joue de mon Luigi étonné qui, justement, arrivait avec mon plat de gnocchis tout chauds à la main… Et tout en me défilant, lui lance à la sauvette un :

— Je dois absolument partir, Luigi ! Je t'appelle, promis !

Et lui envoie au vol un deuxième bisou tout doux, soufflé du creux de ma main tendue. Celle qui donne.

— Mamma mia !

Clara chérie !!!

Tes gnocchis !?

Interloqué, il reste planté là, les yeux ronds, sourcils fournis relevés, à me regarder partir dans la précipitation.

Pauvre Luigi, il ne doit rien y comprendre.

Mais déjà, la porte vitrée du « Fiorino » se referme sur mes pas, sur tout un pan de ma vie.

Un orage d'une rare violence, sur Liège, s'abat tel un fléau de Dieu.

Mon esprit me tourmente.

J'évacue inlassablement de mes pensées, et à chaque tentative de ma raison qui revient sans cesse à charge, ma propension à être sage.

Une attraction étrange pour la désobéissance s'empare de moi. Endormie depuis des années sur la couche duveteuse de la soumission aux règles culturelles en vigueur, la rebelle en moi se réveille, et rugit sa détermination à prendre sa place et imposer sa loi.

C'est décidé, je ne serai pas sage.

Les trombes d'eau, sur mon visage, s'abattent par vagues avec une insistance peu commune et me lavent des dernières scories collantes de l'hésitation chancelante qui tente vainement une dernière résistance à ma volonté dominante.

En un rien de temps, me voici arrivée à mon appartement, les cheveux une fois de plus dégoulinants. J'ai froid.

Mes vêtements sont si trempés qu'ils me collent au corps. Je m'en débarrasse entièrement sur le pas de ma porte, et enfile mon peignoir en tissu éponge après avoir essoré vigoureusement mes cheveux à l'aide d'une serviette de bain.

Je saisis sans plus attendre mon smartphone et compose le numéro de mon chef. Je me dois de le prévenir de mes intentions, c'est vraiment la moindre des choses.

Il est furieux… Logique.

— Clara ! Tu ne peux pas me faire ça !

La première a lieu dans quinze jours et les costumes sont encore loin d'être finis !

Clara, pour l'amour du ciel, que se passe-t-il ?!

Que t'arrive-t-il ?

Je reste coi quelques secondes, le temps de rassembler mes idées afin de lui fournir l'explication la plus tangible possible.

Les dernières gouttes de pluie imbibant ma chevelure s'écoulent une par une sur la moquette du salon.

Un « Nom d'un chien » retentissant faillit me percer le tympan. Ça y est, il perd son sang-froid.

— Robert, calme-toi, s'il te plaît. Je ne serai absente qu'une semaine. Je serai de retour pour la première… Je t'en prie, laisse-moi y aller.

Je t'assure que c'est vraiment important pour moi.

Et si tu trouvais quelqu'un pour me remplacer ? Tiens, tu te souviens de Pauline, la stagiaire de l'an passé ? Elle est très bien cette petite, très douée !

Je suis sûre qu'elle se ferait un réel plaisir de finir le travail et je sais qu'elle en est capable. Je la connais bien, c'est moi qui l'ai formée. C'est la fille d'un ami…

Qu'en dis-tu, Robert ?

— Clara ! Tu me mets dans une position inacceptable ! Tu as de la chance que je sois qui je suis et que je te connaisse si bien depuis toutes ces années qu'on travaille ensemble… Je pourrais te virer sur le champ pour ce que tu oses me demander là ! Tu t'en rends compte, au moins ?!

— Je sais, je sais bien Robert, mais toi, tu me connais assez pour savoir que si je te demande cette faveur, c'est parce que c'est vraiment très important pour moi, vital même. Et que jamais je ne ferais ça à la légère.

Robert, mon petit Robert, s'il te plaît… Fais-moi confiance et je te promets que tu n'auras jamais plus à te plaindre de moi par la suite. Je serai un bon petit soldat organisé et fidèle au poste.

Je pris à dessein ma voix la plus suave, je connais ses faiblesses, à Robert.

Il me raccroche au nez non sans m'avoir envoyée aux cent mille Diables.

Je sais que venant de sa part, cela veut dire « d'accord ».

Bon, première étape franchie avec succès.

Voyons maintenant où peut bien se trouver Saint-Constant au Québec…

Les yeux rivés sur l'écran de mon pc portable, j'active le logiciel de cartographie, je sélectionne le nom de ce patelin et… Oh ! Au sud de l'île de Montréal, sur la rive opposée, apparaît

Saint-Constant, petite ville presque essentiellement composée de quartiers résidentiels. C'est curieux. Cette localité ne me dit absolument rien.

Peu importe ! Le besoin de me rendre sur place est le plus fort. Il faut que je sache à quoi rime tout cela. J'imprime mon billet d'avion en ligne et le range dans la pochette intérieure de mon sac de voyage que je remplis sans trop réfléchir de vêtements divers, espérant ainsi ne rien oublier.

Douce illusion.

Le temps est compté. Mon vol « Brussels Airlines » décolle de l'aéroport de Zaventem demain à huit heures du matin exactement.

Les fichus horaires des chemins de fer ne correspondant pas comme je le voudrais, je devrai prendre ma voiture et la laisser au parking de l'aéroport. Tant pis. Mes finances vont en prendre un sacré coup !

Il se fait tard, toutes ces émotions m'ont épuisée.

Le sommeil me gagne et je m'endors comme une souche.

IV

Quatre heures du matin, le réveil sonne et me vrille les tympans.

Les yeux gonflés comme ceux d'un kooï chinois et aussi réveillée qu'un paresseux sous anesthésie générale, dans un effort surhumain, je saute d'un bond hors du lit.

Comme une petite gourde, je m'entortille les pieds dans la carpette à poils verts, bascule en avant et, voulant rétablir mon équilibre, propulse ma jambe gauche devant moi alors que le haut de mon corps est déjà en position quasi horizontale et lancé à une vitesse vertigineuse.

Évitant ainsi la chute directe, je fus envoyée comme une fusée par l'ouverture de la porte de ma chambre, jusqu'à celle de la salle de bains qui y fait face, de l'autre côté du couloir.

Manque de chance, celle-ci est fermée et, front en avant, je la heurte dans un grand fracas.

L'effet bélier la fit céder et je finis lamentablement ma course la tête dans le tub-douche et les fesses en l'air, à califourchon sur le bidet.

M'efforçant de garder mon calme, comme si de rien n'était et avec en fond sonore les coups redoublés des voisins furieux, frappant sur le mur mitoyen, je me ramasse et procède en sifflotant à ma toilette matinale, la terminant par une petite séance de maquillage afin de masquer le très réussi gros cochon tout bleu qui marque le milieu de mon front.

Mince de chouette !!!

Direction le parking, au sous-sol de mon immeuble.

Je chauffe le moteur de mon Alfa nacrée, mes fesses bien calées au fond du siège baquet de cuir rouge, et me voici filant sur l'autoroute, vers un destin improbable.

N'ayant pas pris le temps d'avaler quoi que ce soit chez moi, arrivée à l'aéroport, je me dirige vers le buffet et commande un cappuccino accompagné d'une viennoiserie, car mon estomac réclame son bon droit.

Mmmh ! Je peine à avaler cette tambouille… Je commence à regretter le savoir-faire de Luigi.

Je l'appellerai de Montréal, de mon hôtel.

L'enregistrement des bagages est terminé et l'heure de l'embarquement arrive plus vite que je ne le pensais.

L'avion quitte le sol. Les passagers étant, pour une bonne moitié d'entre eux, des québécois rentrant au pays. Ils parlent peu, vu l'heure matinale. Mais leur accent particulier me dépayse déjà et m'est curieusement agréable aux oreilles.

Mon voisin de siège est de ceux-là. Il voyage seul et après m'avoir cordialement saluée, il se risque à un scabreux :

— Dites donc, vous avez pris un sacré coup sur la tête, on dirait !

Ma main droite effleura mon front douloureux tandis que la gauche se mit automatiquement à frotter le tissu du siège. J'ai de la chance, c'est du velours… Ça va me calmer.

Il est vrai que le maquillage ne peut masquer complètement le renflement occasionné.

Je lui souris brièvement de côté afin de rester courtoise, espérant qu'il ait la finesse de comprendre que cette réflexion n'est pas trop à mon goût.

— On dirait qu'une corne de licorne vous pousse sur le front ! Wouaf ! Wouaf ! Wouarfff !!!

Si ce type ne se tait pas immédiatement, je vais lui faire regretter le jour de sa naissance. Il commence à me chauffer les nerfs !

Ma respiration se fait plus profonde, une chaleur soudaine s'empare de tout mon corps. Le va-et-vient de ma main gauche s'accélère sur le velours… Le type la regarde fixement, l'air étonné et un sourire stupide figé sur son faciès… Visiblement, il est en train de prendre conscience qu'il a enclenché un processus dont le déroulement commence à l'inquiéter.

Je reste silencieuse…

Je le devine relever les yeux sur mon visage qu'il regarde de profil durant une ou deux longues minutes, puis me jugeant sans doute trop peu empathique à son goût, il commit l'erreur fatale de me lancer dans l'oreille, sur un air de reproche :

— Vous avez en plus un problème de surdité, sans doute, que vous ne me répondez pas ?!

Il pense être drôle ? Alors je vais rire !

Je tourne la tête vers lui, prends mon regard de folle, et ris frénétiquement de façon tellement débile et bruyante que l'expression de son visage changea instantanément, passant d'une bouille rougeaude débonnaire à la mine livide et blême de quelqu'un ne sachant s'il doit s'effrayer ou se vexer…

Il fixa de nouveau ma main gauche qui, maintenant, arrachait littéralement les poils du tissu par petites touffes.

Finalement, il prit le parti de se vexer et ne m'adressa plus la parole de tout le voyage.

Enfin presque.

Problème solutionné.

Le revers de la médaille étant que le silence intégral se fit dans l'avion entier et que tous les regards, inquiets, se dirigèrent sur moi l'espace d'un long moment paraissant interminable. Quelque peu embarrassant…

Les passagers du vol 218 pour Montréal se sont fait une opinion définitive sur la dingue du siège 83.

L'hôtesse, passant entre les rangées pour distribuer les plateaux-repas, évita de me regarder et me tendit d'une main tremblante, avec sur son visage une gêne mal dissimulée, ma pitance.

Par jeu, je ne pus m'empêcher de simuler un soubresaut au moment où elle s'apprêtait à poser le plateau devant moi.

Cela la fit sursauter et elle renversa ma boisson sur le pantalon de mon voisin.

— Tabarnac' !!!

Vous, je commence à vous prendre en grippe !!! C'est Dieu pas possible !!!

Tout de même, je me sentis confuse… Je suis trop impulsive et là, il faut bien avouer que cet homme ne méritait pas ça.

Un regard circulaire me confirma que l'ensemble des passagers m'observait à nouveau d'un air assez réprobateur… Hum !

Mais plutôt que de laisser paraître ma confusion, je pris un air satisfait et dis tout de go :

— Bien fait !

L'ego… Que voulez-vous, je ne suis qu'un être imparfait.

Un « Ooooohh ! » général d'indignation provenant des autres passagers se fit entendre.

L'hôtesse, affairée et rouge de honte, se penche par-dessus moi et frotte à l'aide d'une serviette en papier le pantalon de mon voisin, en murmurant une flopée de mots d'excuse.

J'en profite pour plonger mon regard par l'entrebâillement de son chemisier, dans son involontaire et généreux décolleté.

Elle sent bon, elle est belle… Et ses cheveux blonds frisottants tirés en arrière, dévoilent à quelques centimètres à peine de mon visage, un petit espace de peau tendre, derrière son oreille, qui me fait tout son effet.

L'envie me prend de lui donner un bisou à cet endroit. Ce que je fis sous l'emprise d'une pulsion irrésistible, et avec délectation.

C'est vrai, je ne serai jamais sage…

Un « Ooooohhh ! » Plus appuyé encore retentit dans la carlingue.

L'hôtesse se releva promptement, offusquée.

Ses yeux en amandes me lancèrent des obus de 88 pour annihilation totale.

Au point où j'en suis, maintenant, autant y mettre le paquet. Je lui dis :

— Ça en valait la peine, vous êtes splendide !

Les passagers étaient médusés et restaient silencieux, dans l'attente de la suite des événements.

La situation devenait comique.

Lui se leva et, me bousculant au passage, fila rincer son falzar aux toilettes.

Quant à elle, reprenant ses esprits, très professionnelle et contenant ses émotions, elle feignit ne pas m'entendre lorsque je lui demandai une autre boisson, que je ne recevrai jamais ceci dit en passant, et me punit ainsi de mon manque de civisme et de mon audace largement déplacée.

Inutile de dire que quand est venu le moment de débarquer à l'aéroport international Pierre-Elliott-Trudeau de Montréal, personne ne voulait se frotter à moi de trop près, de peur d'être impliqué dans un nouveau scandale. Ce qui me fit beaucoup de place alentour.

Un vrai luxe !

L'air frais me fouetta le visage. Me fit du bien. J'étais heureuse de pouvoir enfin me dégourdir les jambes après un si long trajet.

Le terminal, important immeuble blanc-gris, se découpe sur le ciel bleu de l'automne québécois.

Je récupère mon bagage et prends un bus pour le centre-ville.

Il me dépose place Bonaventure, dans la confusion, car ne connaissant pas cette ville, je ne sais trop par où me diriger pour trouver un hôtel convenable.

Heureusement, les gens ici sont d'une amabilité peu commune et prennent plaisir à vous renseigner du mieux qu'ils le peuvent.

Un charmant jeune homme, sportif et vigoureux, m'accompagna donc jusqu'à l'hôtel Saint John, rue Saint-Jacques, à deux pas de là.

— Vous verrez, il est très bien ! Et les lits y sont très confortables… me dit-il avec un petit clin d'œil en coin et un sourire à décapsuler une bière belge.

Cet ancien immeuble aux proportions impressionnantes affiche une entrée monumentale entre colonnades. C'est grand genre et cela me convient fort bien.

Je remercie donc chaleureusement, mais pas trop, mon coquin de guide avant de prendre congé de lui, ayant droit à un deuxième sourire encore plus large car lourd d'intentions.

Je restai stoïque. Dès qu'il eut disparu derrière le coin de la rue, je gravis le perron et pousse la porte de l'établissement.

Il reste quelques chambres libres et mon choix se porte sur l'une d'entre-elles, côté rue.

J'aime voir l'animation le soir avant de m'endormir.

La nuit tombe déjà. Après m'être rafraîchie, je décidai de sortir à la découverte du quartier et en profiter pour trouver un endroit sympathique où manger un petit bout. L'idée de me balader avant le repas du soir me taraude.

Me voici donc déambulant dans les rues de Montréal, affublée d'un petit plan gracieusement offert par le groom.

Je longe le bâtiment de la banque Molson et emprunte la rue Saint-Pierre afin de rejoindre les abords du Saint-Laurent, au vieux port.

Les vieilles maisons en pierre de taille sont rassurantes pour moi qui viens de Liège.

Place d'Youville. Ah ! Je vois que je m'approche du fleuve majestueux. Je pousse jusque-là.

J'apprécie l'endroit. Les arbres sont colorés à cette époque de l'année, et la ville est paisible.

Je me laisse aller à mes pensées et trouve regrettable de n'avoir pas pris plus de congés car l'envie de m'attarder pour mieux visiter ce merveilleux endroit me titille.

Je m'arrête enfin devant un restaurant dont les tarifs sont attractifs et qui paraît très accueillant.

Je demande au garçon qui apporte mon plat de m'expliquer quel est le meilleur moyen de rejoindre la ville de Saint-Constant demain matin. Autant m'y prendre à l'avance, cela me fera gagner du temps.

Je laisse de côté mon assiette, laissant dans celle-ci une bonne moitié de la quantité servie. C'est très bon, mais la générosité semble de mise dans cet établissement.

Puis le voyage m'a fatiguée, et je dois être en forme pour débuter mon enquête demain matin.

Je me sens soudain bien seule.

Sur le chemin de retour, je ne croise que quelques personnes isolées comme moi, ou quelques groupes en pleine discussion et marchant à grandes enjambées vers un but précis. Endroit de sortie, bar ou discothèque très certainement.

L'un d'entre eux, se retournant sur mon passage, me salue et me complimente sur mon physique « ben cute ».

Je me pris à sourire. De nouveau de bonne humeur, et remonte de la main le col de ma veste de toile trop légère pour la température locale, ce soir. Sans doute s'agit-il d'un courant d'air froid descendant de la région polaire. Je frissonne et accélère le pas.

Avant de me glisser sous mes draps, j'observe par la fenêtre le peu d'animation de la rue.

Mais le fait de voir quelques passants épars et le ballet de voitures s'arrêtant et redémarrant à intervalles réguliers au feu rouge du carrefour d'en bas, m'apaise.

La nuit se passa plutôt bien, l'hôtel est luxueux et la literie confortable. Sans compter un petit déjeuner des plus copieux.

Je suis enfin prête pour me rendre à Saint-Constant. Je me sens tout excitée.

Le taxi demandé me prend en charge et se faufile adroitement dans le dédale des rues.

Je dévore du regard le moindre détail de tout ce qu'il y a à voir sur le trajet, de la trogne des passants sur le trottoir aux maisons, et même les panneaux de signalisation routière.

Le soleil matinal, timide, baigne la ville de ses rayons bienfaisants dont je me nourris littéralement.

Le moindre photon pénètre jusqu'à la plus petite des cellules de mon corps qui n'en perd pas une miette.

J'offre mon visage sans retenue aucune à cet astre de vie.

V

Le chauffeur, jusque-là, était taiseux.

Il sort de son mutisme et me demande si je suis française.

Je lui rétorque que non, belge. Aussitôt, il s'esclaffe :

— Je me disais aussi… Vous n'avez pas l'air d'une française, vu comme ça…

Je répondis que je suis bien belge, mais d'origine italienne.

— Encore mieux ! C'est un bon pedigree.

Ici, on aime beaucoup les belges. Vous avez de l'autodérision et vous êtes « bon enfant ». Vous ne vous prenez pas trop au sérieux, c'est ça qui est bien.

Alors s'il y a du « made in Italy » là-dedans, c'est comme le sirop d'érable sur un pancake, le mariage est bon !

Et ça fait des gens comme vous qu'on veut avoir comme amis et qu'on a envie de prendre dans ses bras.

— Merci monsieur, vous êtes sympathique.

D'accord pour l'amitié. Cependant, vos bras attendront encore… Sauf votre respect.

— Edmond, madame. Appelez-moi Edmond. Et mon nom de famille, c'est Lanteigne. Mais pour mes amis, c'est Ed.

J'esquisse un sourire et acquiesce d'un hochement de tête.

— Très bien, Ed, message reçu cinq sur cinq ! Vous pouvez m'appeler Clara.

Il m'observe dans le rétroviseur. Son regard est plein de bonté. Je le sens sincère. Il n'y a aucune mauvaise intention dans cette tête-là.

— Dites-moi, Ed, connaissez-vous Saint-Constant ? Qu'y a-t-il de particulier à voir là-bas ?

— Ma petite dame, c'est un drôle d'endroit pour faire du tourisme.

Vous pouvez y visiter le musée du chemin de fer canadien… C'est bien intéressant, mais j'ai du mal à vous imaginer encline à vous passionner pour les locomotives, je me trompe ?

Peut-être devez-vous voir quelqu'un là-bas ? Mais je me mêle de ce qui ne me regarde pas. Excusez ma curiosité, m'dame.

— Ne vous excusez pas, Ed. Déposez-moi plutôt face au musée, si vous voulez bien. Je vous remercie.

— Bien Clara, c'est comme vous voulez. Je ne pourrai rien refuser à ces yeux-là.

Nous y voilà justement.

Ed passe devant une pizzeria et s'arrête sur le parking du musée, quasiment désert à cette heure encore matinale.

Une grosse locomotive à vapeur y trône, noire comme le charbon qu'elle a dû dévorer en son temps.

Après avoir empoché le montant de sa course, Ed me souhaita bonne chance et me glissa sa carte dans les mains en me recommandant de l'appeler en cas de besoin. Il s'en alla en me faisant un grand signe amical de la main.

Le ciel se couvre. Je reste plantée là l'espace de dix bonnes minutes, ne sachant par où me diriger. Mais qu'est-ce qui m'a pris de partir si vite de Liège ?!

Quand j'y réfléchis bien, j'ai vraiment démarré au quart de tour sur base d'un rêve, étrange sans doute, mais un rêve tout de même… Et quelques coïncidences.

C'est bien moi, ça, tiens ! Et en plus, je risque de me retrouver sans travail à mon retour.

Robert avait tout de même l'air réellement fâché.

Puis là, je n'ai aucun autre indice me permettant de savoir à qui m'adresser. Maintenant que je suis à destination, que vais-je faire ? Je me sens à nouveau très esseulée et un peu perdue.

Le doute prend possession de mon esprit. S'ensuivent des sueurs froides. Je voudrais m'asseoir. Je suis faible. Mes jambes sont en coton.

Du regard, je cherche un muret ou un banc public pouvant accueillir mon séant alourdi de ma peine. Mais je n'en vois point à proximité.

Je m'affale donc au pied de cette sinistre locomotive et me mets à pleurer doucement, tout doucement, mais profondément.

Une tristesse épaisse comme de la poix me colle les paupières.

Le vent se lève. Un nuage énorme, noir comme l'enfer, le charbon et la locomotive réunis, menace mon intégrité et gronde en lançant des éclairs furieux, comme si Dieu me réprimandait en me pointant du doigt et hurlant de sa voix rocailleuse :

« Et aloooorrrsss ?! Nom d'un chien !!! »

Les premières gouttes de pluie, lourdes, se mélangent à mes larmes comme pour m'aider à diluer mon chagrin.

Devant moi, un magasin de location-vente de jeux vidéo, un grossiste en pièces mécaniques, à ma droite une pizzeria... À cette heure, aucun de ces commerces n'est encore ouvert. Même pas le musée.

Où vais-je pouvoir me mettre à l'abri ? Je repère un débordement de toiture sur un bâtiment voisin et me mets à courir pour l'atteindre au plus vite. Car maintenant, la pluie se fait plus drue.

Un gros quatre-fois quatre gris argent déboule en klaxonnant à quelques mètres de moi.

Je suis tellement concentrée sur mon but que dans un premier temps, je n'y prête guère attention.

Il insiste et fait des appels de phares dans ma direction, puis s'ouvre la portière passager en guise d'invitation à grimper à bord.

Je comprends que cela m'est bien adressé et me précipite pour m'engouffrer à l'intérieur. Je me laisse choir avec soulagement sur le siège de velours vert anglais tout en claquant la porte.

— Vous tombez à pic. Merci beaucoup, je ne savais pas où aller. Cet orage m'aurait noyée !

« Chouette ! Du velours », pensai-je dans un même temps. Ma main gauche s'y plaqua comme attirée par un aimant.

— Je n'y vois goutte et c'est le cas de le dire.

Je risquai cette boutade tout en essuyant du revers de la main celles qui m'encombrent les yeux et, c'est vrai, me brouillent la vue.

— Eh ! J'ai bien vu que j'ai sauvé une jolie fille de la noyade, mais je ne me doutais pas que vous êtes aussi un boute-en-train.

L'homme se mit à rire de bon cœur.

Je me tourne vers lui pour voir enfin à quoi il ressemble. Je ne suis pas déçue.

Pas qu'il soit particulièrement bel homme, mais son visage est avenant et sa voix douce et chaude. Ses yeux glissent sur la bosse de mon front… Mais il n'en dit mot.

Une petite bedaine rebondie sous une chemise de flanelle bleu marine bien repassée, un pantalon chino écru avec un pli et des santiags de cuir marron, bien cirées.

Il doit avoir aux alentours des cinquante ans, par là… Il a l'air cultivé, bien de sa personne et sa voiture, impeccablement propre, sent bon le musc blanc.

Je lui souris.

Un peu gêné ou intimidé, il détourne le regard et enclenche la première.

Une petite amulette indienne en perles de toutes les couleurs danse allègrement, suspendue au rétroviseur intérieur.

— Je ne pouvais pas vous laisser dehors par ce temps.

Cela faisait quelques minutes que je vous observais car vous m'aviez l'air perdue.

Est-ce vrai ?

— Vous ne vous trompez pas.

— Que diriez-vous de boire un petit café bien chaud ?

— Rien ne me ferait plus plaisir, cher monsieur.

Je vous remercie pour votre providentiel sauvetage.

L'auto roula à peine quelques centaines de mètres avant de s'arrêter devant une cafétéria toute vitrée et illuminée.

Une enseigne accrochée au-dessus de la porte d'entrée indique : « Petit déjeuner français ».

Le gentilhomme descend de voiture et, armé d'un parapluie, contourne le véhicule pour me permettre de sortir à l'abri.

Nous nous assîmes face à face sur des banquettes de skaï rouge sang.

Dehors, les gouttes s'écrasent sur la vitrine et un trouble me prit en voyant tous ces petits ruisseaux miniatures dégoulinant sur la surface vitrée.

Cela me rappela bien entendu mon fameux rêve.

— Mon nom est Jean. Jean Duruisseau.

Et vous, comment vous appelez-vous ?

Je sortis de ma torpeur à cette annonce surprenante.

— Euh ! Pardon, vous dites ? Duruisseau ? C'est une blague !?

— Eh bien non, je m'appelle bien Jean Duruisseau… Qu'y a-t-il ?

Quelque chose ne va pas, mademoiselle ?

Embarrassée et non désireuse de fournir de longues explications sur mon étonnement, je feignis ne pas comprendre.

— Tout va bien. Merci, Jean. C'est à cause de votre accent. Je n'ai pas compris du premier coup ce que vous me disiez.

— Mon accent ?! Vous trouvez que c'est moi qui ai un accent ?!

Haha ! Je pense bien que c'est vous qui avez un accent à couper au couteau, mademoiselle ! Sauf votre respect, vous êtes au Québec, ici.

Et puis-je savoir d'où vient cet accent étranger ?

Je ris. Il est amusant et très sympathique.

— D'accord, je m'incline. C'est moi l'étrangère, ici. Vous avez raison.

— Si toutes les étrangères pouvaient vous ressembler, j'arpenterais les rues du matin au soir en quête d'une occasion d'en sauver l'une ou l'autre d'un orage. J'en ferais mon hobby. Hahaha !...

Puis-je enfin savoir qui est cette étrange étrangère avec qui j'ai l'honneur de parler ?

— Clara de son prénom, et Nocciole de son nom de famille, pour vous servir.

— Une belle italienne qui parle parfaitement le français… Vous venez de quelle région d'Italie ?

— De Belgique.

— Ah ! La Belgique, c'est là où on a rallongé l'Italie avec des planches, alors ?

— Mais non voyons ! Mes parents ont émigré au nord et ont trouvé en Belgique de quoi gagner leur vie et une stabilité. Non sans mal les premiers temps, mais finalement, ils s'y sont bien adaptés. J'y suis née. Voilà.

— Mon grand-père a fait la guerre contre les allemands dans les Ardennes. Il y a laissé sa vie. En plein hiver. On n'a jamais retrouvé son corps. Uniquement sa médaille d'identification. Dans une forêt, à Schönberg, à proximité de Saint-Vith…

— Je suis désolée. Je dois donc ma liberté à votre grand-père, et le fait de ne pas m'être noyée sous cette pluie battante… À vous. Votre famille m'a sauvée par deux fois. Je me sens redevable, maintenant.

— Surtout pas, vous me vexeriez.

Je vais devoir vous laisser. C'est à contrecœur vous savez, mais il est l'heure de me rendre à mon travail.

Ce n'est pas très loin d'ici. Je suis le propriétaire de la concession auto qui se trouve un peu plus loin, là-bas sur la gauche dans cette direction.

Vous pouvez attendre la fin de l'orage ici. Vous êtes à l'abri. Je suis rassuré.

J'aurais aimé continuer notre conversation, alors si vous voulez qu'on se revoie, en tout bien tout honneur je vous rassure, je serai ravi de vous rencontrer à nouveau.

Vous me trouverez au garage, si vous le désirez.

Heureux d'avoir fait votre connaissance, belle étrangère. Nous nous reverrons.

Il me tendit la main et je remarquai une alliance en or à son annulaire.

— Moi de même, Jean. Si l'occasion se présente… Sait-on.

Et encore merci pour votre gentillesse.

— À bientôt, Clara.

Ses bottes firent gicler l'eau accumulée au sol du terre-plein, puis son énorme tout-terrain disparut au loin, dans la circulation.

Sur ce, je commande un autre café et attends patiemment la fin de la pluie en feuilletant des magazines et des journaux locaux mis à la disposition de la clientèle.

Comment vais-je m'y prendre pour continuer mon enquête, maintenant ? Je n'ai pour m'y aider que ce petit bout de papier gris, quelques mots écrits par cette si particulière petite fille rousse, et un rêve pour le moins étrange.

La serveuse s'approche de moi et me propose les pâtisseries et viennoiseries en suggestion à la carte.

Je n'ai pas faim, mais en profite pour lui demander si elle connaît une petite fille rousse d'environ onze ans, à Saint-Constant. On ne sait jamais…

— Vous savez, c'est tout de même grand ici, je ne connais pas tout le monde.

Mais si vous voulez, allez donc voir Louise Bichon de ma part.

C'est une amie, elle est institutrice dans une école de quartier, deux rues plus loin sur la gauche, par là…

Elle me désigna vaguement une direction de son index tendu.

C'est une piste. J'irai voir la Bichon en question.

Le temps me paraît très long, l'impatience me gagne.

Je n'attends pas que la pluie cesse complètement pour partir à la recherche de mon institutrice.

D'autant que midi approche et que c'est le moment propice pour la trouver libérée de sa classe.

Je me dirige vers l'endroit indiqué, guidée par une myriade de parents allant chercher leurs enfants.

Je ne peux pas me tromper. Les grilles de l'établissement scolaire vomissent une gerbe d'enfants hurleurs, vociférant tout un tas de choses incompréhensibles.

Je laisse prudemment passer le troupeau, puis interpelle la pionne préposée à la fermeture du portillon.

— Louise ? Oui, elle est encore à l'intérieur.

Elle va sans doute bientôt sortir, elle rentre toujours chez elle sur le temps de midi.

Vous la reconnaîtrez facilement, elle est grande avec de longs cheveux blonds lisses et une petite capoule très courte sur le dessus du front.

Tiens, quand on parle du loup… La voici justement.

En effet ! Elle est grande, Louise.

Elle me dépasse d'une bonne tête et sous sa fameuse capoule, s'agitent deux grands yeux bleus, vifs et rieurs, ronds et très mobiles, surplombant un nez court et arqué aux narines légèrement dilatées, finement dessinées.

Le tout perché sur un cou d'une longueur inhabituelle.

Sa petite bouche, ronde également et aux lèvres charnues, susurra :

— Une belle petite fille rousse aux cheveux bouclés et au petit nez retroussé, environ dix ou onze ans ?

— Oui, cela vous interpelle ?

Elle adopta un ton plus sec pour me dire :

— Je ne crois pas me souvenir d'une enfant comme celle-là par ici, pensez que je m'en souviendrais !

Son minois s'assombrit subitement et elle fit mine de partir sans approfondir davantage.

Je lui parlai alors de certains passages de mon rêve.

Je sentais qu'elle m'échappait, et je m'y accrochais par crainte de voir mes espoirs déçus.

Elle s'arrêta, me regarda fixement en silence, puis parut agacée et reprit sa marche en accélérant le pas.

Mes jambes sont plus courtes que les siennes et la scène devait être cocasse de me voir la suivre en agitant mes guiboles de plusieurs pas sur le temps qu'elle ne faisait qu'une seule grande enjambée.

Ah ! Mais cette grande clenche ne va pas parvenir à me larguer comme ça !

— Louise !!!

— Ça suffit, vous me faites peur avec vos histoires. Laissez-moi tranquille maintenant, ou j'appelle la police !

— Aidez-moi ! Je ne vous veux aucun mal, voyons !

J'ai la conviction que vous pouvez m'aider, que vous savez quelque chose…

Louise arrêta à nouveau sa progression, me scanna du regard, soupira bruyamment par ses narines dilatées et, l'air résigné, me dit :

— D'accord, je connais bien une petite fille telle que vous me la décrivez.

— Oh ! Dites-moi où je peux la trouver !

— Doucement, je ne sais pas où elle est.

Elle a dû déménager. Cela fait presque un mois que je ne l'ai plus vue.

Ses parents l'ont retirée de l'école.

— Bon ?! Et pourquoi ? L'année scolaire est à peine entamée…

— Oui, elle était un peu spéciale, vous savez… Et ses parents aussi.

C'est pour ça que je suis si mal à l'aise face à vos questions. Lorsque vous l'avez évoquée, j'ai eu peur de vous, que vous ne lui vouliez du mal et aussi d'être moi-même impliquée dans une histoire qui me dépasse…

Vous n'avez pas de mauvaises intentions, n'est-ce pas ?

— Bien sûr que non, je cherche juste à comprendre pourquoi depuis un certain temps, une série de coïncidences se produisent dans ma vie, en rapport avec un rêve étrange, et ça se répète sans arrêt. Je dois comprendre…

— J'ai faim.

Si vous voulez, je vous invite à manger un bout chez moi, nous y serons plus à l'aise pour parler.

Suivez-moi mais ne traînez pas, je n'ai pas beaucoup de temps.

— Dites-donc, quel retournement de situation !

Il y a à peine quelques minutes de cela, vous vouliez appeler la police…

— C'est exact. Il faut que vous m'excusiez, cette histoire me rend nerveuse.

À peine trois rues plus loin, nous grimpâmes un escalier métallique extérieur pour atteindre l'appartement de Louise, au premier étage d'un petit immeuble bas.

L'intérieur est simple et sympathique, assez épuré et plutôt design.

Louise nous prépare une salade mixte accompagnée de filets de poulet grillés au gingembre.

Succulent et simple, à l'image d'elle-même.

Une fois assises à table, elle me demanda plus d'explications sur mes motivations.

Je m'exécutai sans rechigner, n'ayant de toute façon rien à cacher.

Rassurée, elle reprit :

— Cette famille s'est installée à Saint-Constant il y a un peu plus d'un an.

D'origine slave, ils viennent de Severodvinsk, si je me souviens bien du nom de ce patelin… Une petite ville portuaire au bord de la mer Blanche, en Russie.

Ils m'ont montré des photos. Pas folichon. Immeubles communautaires et tout le barda… Une ville qui a gardé l'empreinte du bolchévisme. Vous imaginez…

Ils parlent mieux le français que l'anglais, mais avec un accent qui n'est pas dénué de charme, il faut l'avouer.

Eux non plus d'ailleurs, ils n'en sont pas dénués. Je veux dire, de charme…

Ce sont de très belles personnes.

Lui est grand et musclé, avec un visage d'ange, le port de tête altier, blond comme le soleil et des yeux d'un bleu azur à tomber.

Dans les trente-cinq ans, par là…

— Oh ! Je vois ! Il est évident qu'il ne vous a pas laissée indifférente.

— Évident, oui. Il ne laissait personne indifférent. Mais pas uniquement par sa beauté physique, aussi et surtout par son charisme. Son personnage dégage quelque chose de très particulier… Beaucoup d'amour, de l'amour pur…

— Et sa femme ?

— Elle ? Pareil !

Une grande Russe rousse, très typée, les yeux verts, très beaux, bien en amande, les pommettes hautes et une peau mate toute lisse. Tendue. Avec des taches de rousseur sur son petit nez fin. Oui, un vrai mannequin cette fille.

Aussi sympathique que lui, et surtout la même aura.

Il faut dire qu'ils ne passaient pas inaperçus dans la région.

— Et la petite ?

— La petite ? Enfant unique, jolie comme un cœur, évidemment. Raisonnable, gaie, intelligente, enfin toutes les qualités… Même trop.

Elle émane comme ses parents quelque chose qui vous cloue sur place, qui vous inspire d'emblée le respect.

Un regard vert d'une profondeur… Ouff !!!

Quand elle est arrivée dans ma classe le premier jour, elle a plongé ses yeux dans les miens.

C'est bien simple, mes larmes ont coulé sans que je puisse contrôler mes émotions.

Les autres enfants l'adoraient comme tout le monde adorait ses parents.

Je sais maintenant pourquoi, mais à l'époque, je ne comprenais pas…

Ce qui est sûr, c'est que je ne pourrai jamais les oublier. Aucun des trois.

— Comme c'est étrange.

— Oui, puis un beau jour ils ont disparu comme ils étaient venus.

Tous les regrettent.

Ils ont fait tant de bien ici, ils venaient en aide à tout le monde.

— Avaient-ils une tendance politique quelconque ? Ou une religion ? Comment vivaient-ils ?

— Oh ! De religion chrétienne orthodoxe, ils disaient que celle-ci est restée la plus proche du rite chrétien originel. Mais ils ne mettent pas cette croyance en avant, ils sont d'ailleurs très tolérants vis-à-vis des autres confessions, pour autant qu'elles prônent l'amour et la paix dans les textes. Ce qui n'est pas le cas de toutes.

Ils se revendiquent du Christ surtout. Ils ont leur opinion personnelle sur le monde aussi, et elle est bien ancrée.

— Comme quoi, par exemple ?

— Eh bien, ils sont membres actifs dans une organisation pour la préservation des différences entre les êtres humains.

Les différentes cultures dans leur plus grande diversité, avec le plus grand respect pour chacune.

« Big Brother », par le biais de la mondialisation, pousse au brassage à grande échelle des différents peuples de la terre, à des fins purement économiques.

Ce qui donnera en finale une uniformisation des apparences et des cultures pour ne faire qu'un seul peuple déculturé et insipide. Rien à voir donc avec la richesse des différences qui caractérisent chaque ethnie et qui font la beauté de l'humanité.

Le phénomène est actuellement expérimenté en Occident. Le peuple blanc a été désigné comme étant le premier à subir cette transformation radicale, mais les autres suivront immanquablement.

Comprenez bien que nous parlons de la volonté de la part de certains décideurs de supprimer les caractéristiques des peuples par dissolution.

Ce qui serait une catastrophe humaine et énergétique pour la planète entière.

— Oups !

Ce genre de postulat peut choquer…

— Oui, immanquablement, mais vous savez, celui qui s'offusque de cela devrait se poser certaines questions sur lui-même, car le malaise qu'il ressent lui appartient à titre personnel et je ne vois pas au nom de quelle morale le fait d'avoir la capacité de reconnaître et aimer dans le respect les différences existantes entre les hommes et leurs cultures sans pour autant prôner leur mélange puisse être considéré comme mal.

Ce qui est beau sur terre, c'est justement cette diversité.

Et il est naturel de vouloir la préserver, n'est-ce pas ? Imaginez que, où que vous alliez sur terre, vous trouviez les mêmes peuples, qui vivent de la même façon… Ce serait bien dommage.

J'aime que les russes ressemblent à des russes et qu'ils vivent chez eux leur propre culture. Que les africains restent africains avec leur mode de vie et de même pour les japonais au Japon et les français en France.

Pas vous ?!

— Je n'ai jamais réfléchi à la chose ainsi, mais oui, on préserve bien les espèces végétales et animales… Pourquoi pas la diversité humaine ?!

— Mmmh !

— Comment s'appelle la petite ?

— Dusha-Zlata. Cela signifie « âme d'or ».

— Âme d'or ?

— Oui, si vous dites la connaître, vous comprenez sans doute pourquoi.

— Je n'ai fait que de l'apercevoir un court instant, mais oui, cela m'a suffi.

— Sa maman a pour prénom Lyubov, ce qui signifie « amour ».

Et son papa, c'est Bogdan. C'est-à-dire « don de Dieu ». Dazdra, leur nom de famille, on peut le traduire, à la louche, par « longue vie ».

— Nom d'un chien, c'est spécial !

— Comme vous dites.

Tenez, j'ai un document qui date de la fête de l'école, l'an dernier.

Louise se lève et prend, sur le buffet, une photo dans un présentoir.

— Regardez ici, sur la gauche.

Voici Dusha-Zlata. À côté d'elle, sa maman, et là son papa.

On les voit bien. Une montée d'adrénaline fuse dans mes veines. Je reconnais bien la petite fille de Liège, c'est elle !

Mon regard glisse sur Bogdan et Lyubov.

Il faut admettre, et cela saute aux yeux, qu'ils sont particulièrement rayonnants, ils se détachent vraiment des autres personnes présentes sur le document. Ils ont l'air beaucoup plus « vivant ». Sans parler de leur aspect physique qui est exceptionnel.

Des personnes à part.

— Savez-vous où je peux les trouver ?

— Non !

Je vous l'ai déjà dit tout à l'heure, ils sont partis sans laisser d'adresse.

Ni adresse ni explications ou quoi que ce soit d'autre.

Ce que je peux vous dire, c'est que tout le monde les regrette, ici.

— Je crois qu'ils sont passés par la Belgique.

— Si vous le dites… Bonne chance pour la suite.

Je dois vous laisser, je reprends le travail.

Au plaisir, Clara.

J'espère avoir pu vous aider.

— Oui merci Louise, beaucoup plus que je ne l'espérais. Je vous souhaite une vie heureuse, vraiment.

Nous nous quittons sur ces paroles.

Louise s'éloigne. Sa silhouette se dodelinant sur le trottoir, ses pas soulevant sur leur passage une nuée de feuilles d'érable rouges et oranges, qui ne cessent de tomber des arbres.

Elle m'a inscrit sur un bout de papier la dernière adresse connue de la famille russe.

Nous ne sommes qu'en début d'après-midi, j'ai encore du temps devant moi.

Je me mets donc en route.

Il me plaît d'imaginer Dusha-Zlata gambadant sur ces mêmes trottoirs, sur le chemin de l'école, éclatant d'un rire aigu et faisant voltiger ces mêmes feuilles si joliment colorées…

Les pommettes roses et les yeux brillants.

Ah ! Voici l'appartement. Au deuxième étage d'une maison banale en briques rouges avec de petites fenêtres carrées.

Je sonne… Personne ne répond.

Un monsieur ramasse les feuilles mortes du jardinet, je l'interpelle.

Il me sourit et répond gentiment à mes questions.

Il se souvient bien de ces gens, ils étaient toujours prêts à faire plaisir et avaient beaucoup de visites, d'après lui.

De ce qu'il sait, ils sont restés au Québec car lorsqu'ils ont déménagé, il leur a bien demandé où ils comptaient se rendre, et ils lui ont répondu qu'ils avaient l'intention de vivre à la campagne, peut-être plus au nord, en Gaspésie. Ils n'auraient jamais évoqué la Belgique ni même l'Europe.

L'appartement est loué à d'autres personnes, maintenant.

Mais il me dit aussi que je ne suis pas la seule à venir poser des questions sur cette famille. Par contre, je suis la plus agréable, car les autres curieux sont tous des hommes en costume noir et à la tête patibulaire.

Mais à ceux-là, il n'a rien révélé. Ils étaient trop antipathiques.

Ce monsieur rit de bon cœur et prit congé de moi pour continuer sa besogne.

Je le remercie et, un peu dépitée, décide de retourner à l'hôtel pour faire le point.

Je suis à présent dans une impasse.

En repassant devant le « petit déjeuner français », l'envie me prit d'y boire à nouveau un café.

J'ai tout de même le sentiment que je dois rester encore un peu à Saint-Constant, puis cette pause me fera du bien.

C'est une autre serveuse. La précédente a sans doute fini son service.

Celle-ci est plus avenante, un peu joufflue, souriante, vive…

Tout en déposant mon café sur la table, elle eut un petit sursaut de douleur et dit :

— Ouch ! Cette maudite cheville finira par avoir raison de moi !

Puis, en s'adressant à une autre cliente du fond de la salle :

— Dommage que Bogdan et Lyubov ne soient plus là, hein, Linda ?!

Eux, ils me soulageaient, au moins !

Les cachets du docteur c'est sympa, mais tout de même, ça me fait encore bien mal.

Linda, qui était plongée dans la lecture d'un magazine, leva les yeux et regarda la fille par-dessus ses lunettes en soupirant un :

— Oui, dommage.

Intriguée, je me permis d'intervenir dans leur conversation.

— Excusez-moi, mesdames, vous parlez bien de la famille Dazdra ?

Elles tournèrent dans ma direction un regard blasé mais toutefois teinté d'un léger étonnement.

Celle qui est assise, Linda, me dit :

— Oui… Vous les connaissez, vous aussi ?

Êtes-vous du quartier ? Nous ne vous avons jamais vue ici.

— Je ne les connais pas encore, mais j'y compte bien.

Et non, je ne suis pas d'ici.

Elles se regardèrent, l'air dubitatif.

— Si vous voulez les rencontrer, vous pouvez vous préparer à courir comme un lièvre.

Ils ont disparu et le seul indice que l'on ait est qu'ils seraient du côté de…

La serveuse fusilla Linda du regard et lui coupa la parole.

— Nous ne savons rien du tout ! D'ailleurs, nous les connaissions à peine, ces étrangers-là !

Je pris alors la décision de finir la phrase de Linda pour prendre de court la serveuse qui, manifestement, essaye de noyer le poisson.

— … La Gaspésie, dis-je tout de go.

— Eh bien, je vois que vous êtes aussi bien renseignée que nous, répond Linda.

— Parce que vous n'en savez pas plus ?

— Peut-on savoir à qui nous parlons, madame ?

— Oh ! Oui, pardon.

Clara Nocciole, je suis belge. Et venue expressément ici pour rencontrer les Dazdra.

— Enchantée ! Mais vous avez une longueur de retard sur eux.

Ceci dit, je peux vous dire que si vous devez vraiment les rencontrer, c'est eux qui vous trouveront et pas le contraire.

— Douteriez-vous de mes capacités de détective ? dis-je sur un ton débonnaire.

— Hé bé, rassurez-vous, il ne s'agit pas de cela.

C'est que vous semblez effectivement ne pas les connaître, c'est tout, dit Linda.

La serveuse me regarde de ses gros yeux ronds comme des billes tout en dodelinant de la tête, signe d'acquiescement vis-à-vis des propos de sa cliente.

La commissure de ses lèvres chute vers le sol dans une grimace ridicule.

Toutes deux se turent et seul le tintement de la petite cuillère que tourne Linda dans sa tasse brise le silence du moment.

J'ai le sentiment que si je veux en savoir plus, il va falloir la jouer fine.

Elles ont l'air méfiant et veulent assurément protéger cette famille de tout importun.

La serveuse s'avance vers moi en me tendant la main et se présente.

— Je m'appelle Anita.

C'est une fille d'une trentaine d'années, pas très grande en taille, au corps généreux, compact et ferme. D'une seule pièce comme on dit. Elle a un certain charme.

Ses cheveux presque frisés sont noirs et encadrent son visage ovale d'une petite coupe au carré qui lui donne un air canaille de fille facile.

Son petit nez retroussé et un peu trop épais surmonte de toutes petites lèvres étroites mais charnues, un peu à l'image de celles de Betty Boop.

Ses yeux couleur marron sont pétillants et son regard sans détour, ce qui me laisse penser que sous son air naïf et léger, se dissimule un esprit vif et intelligent, mais aussi empreint d'honnêteté.

— Bonjour Anita.

Je vais être franche avec vous.

Je vous sens méfiantes toutes les deux, car je crois que vous voulez protéger à tout prix la famille Dazdra.

Mais de quoi ?!

Sa main lâcha la mienne et un rictus un peu vulgaire déforma une fois de plus ses lèvres.

Alors je décide de jouer franc jeu et abats mes cartes sur la table.

— Je suis venue avec de bonnes intentions et ne veux que leur bien. Je suis donc de votre côté.

La petite Dusha-Zlata m'a laissé ce message et naturellement, je suis venue au rendez-vous.

Ce faisant, je leur tendis le petit billet gris-bleu en guise de bonne foi.

Linda se leva d'un bond et rejoignit Anita qui tenait déjà le papier entre ses mains.

Leurs yeux s'écarquillèrent. Elles me rendirent le document et s'assirent pour l'une à côté, et pour l'autre, juste face à moi. Très proches, à me toucher.

Linda me dit d'un air entendu :

— Alors c'est vous… C'est drôle, je ne vous imaginais pas comme ça.

— Je ne comprends pas, que voulez-vous dire ?!

Elles se regardent d'un air complice, mais aucune des deux ne se décide à reprendre la parole.

La langue d'Anita passe nerveusement et à répétition sur ses lèvres entrouvertes, mais elle ne dit mot.

Ses yeux roulent dans leurs orbites.

Elle réfléchit intensément.

Linda quant à elle, retient inconsciemment sa respiration et ne me quitte pas du regard.

Un regard à la fois inquisiteur et complice.

— D'accord Clara, écoutez-moi bien, dit Anita.

Laissez-moi finir mon service et rejoignons-nous ici même, ce soir, à dix-neuf heures trente.

Linda et moi vous attendrons devant l'établissement.

Vous monterez dans ma voiture et nous irons chez moi.

Nous y serons plus à l'aise pour parler.

Ivre de joie, j'accepte cette invitation.

Elles ont des choses importantes à me révéler, c'est sûr !

Quelle chance ! Il me reste un peu plus de trois heures avant le rendez-vous.

Je passerai le temps en visitant le « Canadian Railway Muséum », à quelques enjambées d'ici.

Des locomotives et des wagons de toutes époques y sont présentés, ainsi qu'une impressionnante loco chasse-neige aux pales rotatives d'un rouge diabolique.

En y entrant, jamais je n'aurais pensé m'y amuser autant.

Un train de taille réduite vous emmène faire un tour à travers bois.

J'ai même failli laisser passer l'heure.

D'autant que le soleil est revenu depuis un bon moment.

Je cours avec impatience au lieu de rendez-vous.

Anita et Linda sont bien là, un peu fébriles ou nerveuses. Elles me font signe de la main et me conduisent vers une Chrysler « Néon » de couleur framboise ultra brillante.

Cela ne m'étonne même pas. C'est la voiture d'Anita… Mais je garde mes réflexions pour moi.

La Chrysler emprunte la rue Saint-Pierre en direction des campagnes.

Anita me dit que nous serons plus isolées par là-bas pour parler, qu'il vaut mieux que nous soyons prudentes par rapport aux « autres ».

Je ne sais pas de qui il s'agit, mais je ne pose pas de questions pour l'instant.

Je fais juste le rapprochement avec les hommes antipathiques de noir vêtus dont parlait le monsieur de cet après-midi.

Je reste assise sagement et en silence sur la banquette arrière, à regarder défiler le paysage dans la pénombre.

Une appréhension me serre la gorge.

Nous avons quitté l'agglomération depuis un moment et voici quelques kilomètres que nous avons bifurqué de la route principale au profit d'un chemin de traverse.

La zone carrossable se rétrécit et devient un chemin de remembrement au milieu des champs et cultures.

Anita stoppe le véhicule à côté d'un bassin de rétention des eaux pluviales.

— Venez, sortons de la voiture !

Linda vient de lancer cette invective insolite.

— En voilà des mystères, pourquoi ne pas rester dans l'auto ?!

Pourriez-vous m'expliquer ce que vous manigancez ?

Anita, ne devait-on pas aller chez vous ?!

Linda me répond sur le ton de la confidence, presque en chuchotant, et après avoir scruté les alentours du regard :

— Tu sais, Clara, les Dazdra ne sont pas partis sans raison.

Nous devons prendre un maximum de précautions.

Anita nous interrompt et nous conseille, en posant son index en travers de ses lèvres, de nous éloigner de la voiture.

— Ils pourraient avoir mis un micro dans le char…

— Mais qui ça, « ils », bon sang de bonsoir !!!

Je me crus de plus en plus dans le scénario d'une mauvaise série policière, comme celles qui passent à la télé le dimanche après-midi.

— D'abord, jure-nous que tu n'es pas l'une d'entre eux, Clara !

La panique commence à m'envahir, je suis prise de sueurs froides.

De mes mains tremblantes, je sors de mon porte-monnaie mon document d'identité et le tends à Linda qui le regarde longuement, puis le passe à Anita.

— Cela vous suffit ?!

— Non !!!

Dis-nous comment tu es en possession de ce papier gris, le message de la petite ?!

— Ce dessin ? Je vous l'ai déjà dit.

À Liège, en Belgique.

Je vous jure que c'est vrai ! Je ne l'ai vue qu'une seule fois, Dusha-Zlata, et je ne connaissais même pas son prénom. Mais elle m'a glissé subrepticement ce papier dans la main avant de disparaître. Même qu'elle remontait des toilettes. J'attendais tranquillement mes gnocchis, moi… Bon Dieu !

Et j'ai le sentiment de la connaître, c'est si fort !!!

— Et ça t'a suffi pour faire le voyage de Belgique jusqu'au Canada ?!

Tu te fiches de nous, dis ?!

Anita, sourcils froncés, me désigne du menton et dit à Linda :

— Regarde-la… Elle tremble, c'est louche !

Linda me cogne violemment l'épaule de sa main droite, ce qui me déséquilibre et je tombe à terre, sur mes genoux.

Un caillou anguleux me rentre dans les chairs et je pousse un cri de douleur.

Terrorisée, je n'ai pas le temps de me relever complètement qu'Anita me colle une gifle magistrale en plein visage.

J'atterris la face contre le capot, cheveux en bataille.

Mince ! Elle est costaude, la bougresse !

Je ne bouge plus. J'ai la confirmation qu'il est plus agréable de les donner que de les recevoir, les baffes. J'attends la suite. Je réfléchis à cent à l'heure.

Elles me jettent mon passeport à la figure.

Je le récupère sans me relever.

Je reprends doucement mes esprits. Elle a cogné fort, presque un K.O....

Je risque un coup d'œil en coin, elles se concertent à trois ou quatre mètres de là.

Le mieux serait que je puisse déguerpir au plus vite, avant qu'elles ne reviennent.

Mais alentour, il n'y a que des champs à découvert, à perte de vue. Malgré l'obscurité, elles auraient vite fait de me rattraper pour me noyer dans ce bassin. Il faut anticiper toute éventualité.

Non, je crois que je dois réveiller la guerrière étrusque qui est en moi, répliquer et jouer le tout pour le tout.

Les voilà qui reviennent. Anita en premier. Tant mieux ! C'est par celle-là que je veux commencer…

J'attends qu'elle soit à portée de main, et comme au bon vieux temps de l'école communale, je me redresse, me retourne d'un coup et lui assène une volée de claques en pleine tronche.

De la main gauche, puis de la droite, trois séries d'affilée.

Elle recule, vacille, les yeux écarquillés et les cheveux en pétard… Ma vengeance opère à merveille, elle a l'air ridicule !

Surprise, Linda agite les mains devant elle et me crie d'arrêter.

— Clara ! Arrête, arrête !!! Oh mon Dieu !!!

Je laisse choir Anita sur son fondement qui, je l'espère, trouvera en lieu et place un gros caillou pointu pour lui rentrer dans le gras du fion.

Folle de colère, je me jette sur Linda toutes griffes dehors.

Je stoppe pourtant mon élan, mon visage à trois millimètres de son nez et lui hurle :

— Mais vous êtes de vraies malades !!!

Vous vous croyez où, nom de Dieu !!! J'y crois pas !

Je pense avoir postillonné abondamment sur son visage.

Bien fait !

Je les plante sur place et trottine d'un pas rapide vers la nationale, bien décidée à rejoindre mon hôtel par mes propres moyens.

« Des folles ! Ce sont des folles ! »

Mon genou me fait mal, un filet de sang s'échappe de la blessure, serpente le long de mon tibia et tache ma chaussure de ville, mal adaptée à une longue marche sur les chemins campagnards québécois.

Mais dans quoi me suis-je donc fourrée, encore ?!

Luigi ! Il faut que j'appelle Luigi ! J'ai peur !

Non, Ed ! Il faut l'appeler d'abord, qu'il vienne me chercher. Vite, mon portable…

Je commence à peine, tout en clopinant, à former son numéro, que le faisceau des phares de la Chrysler lèche la route à mes pieds.

Oh non, les revoilà ! Il faut que je fuie ! Vite !

Dans la précipitation, mon portable me glisse des mains et éclate en mille morceaux sur le tarmac.

Zut et re-zut !!! Paniquée, je fonce tête baissée dans un champ labouré, sur ma droite.

La terre trop glaiseuse me colle aux semelles. Impossible de courir comme ça… J'abandonne mes chaussures.

Au moins, elles devront me suivre à pieds, leur auto n'est pas adaptée à ce genre de terrain.

À moins que… À moins qu'elles ne soient armées… Cette pensée me glace le sang.

Vais-je mourir ici, dans la boue d'un champ de patates, au Québec, à des milliers de kilomètres de chez moi, de Luigi ?!

J'entends stopper la voiture, claquer simultanément les portières…

Je m'attends maintenant à un coup de feu… Mais non, elles crient après moi.

— Clara !!! Clara, reviens !!! Clara !!!

Je ne réponds pas. Je veux juste mettre le plus de distance possible entre elles et moi. Vite !

Mon Dieu, je n'ose pas me retourner. Elles me mettent peut-être en joue…

Leurs voix me parviennent de plus en plus faiblement, c'est bon signe, elles ne me poursuivent plus et aucune détonation ne retentit.

Je suis pleine de boue, essoufflée, épuisée.

Je n'y vois quasiment plus rien à dix mètres à la ronde. Je suis désorientée, incapable de repérer où se trouve la route. Ces cultures sont immenses…

Je me laisse tomber genoux à terre, mon sang se mêle à la boue, les larmes coulent. Je les essuie de mon avant-bras.

Il y a quelques touffes d'herbe au sol et je devine quelques pelés arbustes autour de moi.

Je ne sais depuis combien de temps je marche, je suis perdue. Le sommeil me gagne, je me laisse aller et me couche dans l'herbe rare et la terre collante. La température est supportable. La région bénéficie de courants chauds, c'est déjà ça… Je m'endors, incapable de résister au sommeil grandissant.

Les premiers rayons de soleil caressent mon visage. Je suis trempée de rosée. Je frissonne.

Tout autour de moi, des champignons… Je me suis assoupie au milieu d'un cercle de champignons. Ça alors !

À perte de vue, des champs boueux, quelques bosquets, aucune trace de civilisation.

Oh ! Si, là-bas, n'est-ce pas un poteau indicateur ?! Sans doute alors y a-t-il une route ! La faim me tenaille l'estomac.

Je n'oserais pas manger ces champignons, même s'ils me paraissent très bons.

Une corneille croasse dans le ciel.

Arrivée au poteau, je pus le lire.

Il s'agit d'un arrêt de bus au milieu de nulle part. Une petite route file tout droit d'un horizon à l'autre.

Je n'attendrai qu'environ une demi-heure adossée au poteau quand, sortant de la brume matinale, surgit un bus scolaire. Il s'arrête.

Le chauffeur, me regardant de la tête aux pieds, d'un air goguenard, me dit :

— Je vous emmène aux bains-douches municipaux, mademoiselle ?

Les enfants assis à l'intérieur du car éclatent de rire.

— Vous saignez du genou, vous seriez-vous faite attaquer par les betteraves et les navets voraces ?

Ils sévissent fréquemment ces temps-ci.

Je pense être en plein délire psychédélique… Je suis pourtant sûre de ne pas avoir avalé un seul de ces foutus champignons…

— Pardon ?! Bon, pour les bains-douches, c'est certainement la meilleure idée que l'on m'ait proposée depuis longtemps.

Par contre, votre histoire de navets, là, vous m'excuserez, mais je n'y comprends rien du tout.

— Ben ça se voit que vous n'êtes pas d'ici, vous !

Puis ça s'entend, en plus.

Sans ça, vous seriez au courant !

Il projeta par sa bouche en cul de poule, un gros crachat répugnant, par la fenêtre ouverte.

Je lui fis de gros yeux, outrée par ce comportement très malpoli.

Surtout devant les enfants.

Les gens seraient-ils tous tombés sur la tête dans cette contrée ?

— Alors ! Vous montez ou vous prenez racine ?! Il va falloir choisir, ma p'tite dame parce que moi, je n'ai pas toute la journée, voyez…

Je grimpai donc dans le bus avec résignation. Il m'a énervée. Il est malgré tout gentil de me prendre en charge gracieusement.

Je passe devant lui en murmurant tout de même un petit mot de remerciement. Je ne suis pas une sauvage, malgré mon apparence.

Au passage, j'aperçus mon visage dans le rétroviseur… Sans commentaire.

— Cruella ! C'est Cruella !!! Hahahahihihoho !!!

Les enfants s'en donnent à cœur joie et se moquent à qui mieux mieux en me pointant du doigt.

Je m'assis à côté de l'un d'eux. Un petit brun d'une dizaine d'années au plus, qui blêmit immédiatement en me regardant comme si j'allais le croquer tout cru.

L'idée, d'ailleurs, ne me déplaît pas car j'ai vraiment très faim et celui-ci a l'air très appétissant. Miam !

J'ai dû supporter les sarcasmes de cette bande de petits monstres durant tout le trajet.

Aux arrêts suivants, certains enfants refusaient même de monter en m'apercevant dans l'habitacle. Il fallut tout le pouvoir de persuasion du chauffeur pour qu'ils daignent se décider, et s'assirent aux places les plus éloignées de moi qu'ils aient pu trouver.

Quant à mon voisin de banquette, j'ai bien cru plus d'une fois qu'il allait s'évanouir. Son regard, toujours fixé sur moi comme pour me surveiller, est devenu vitreux, et son teint étrangement grisâtre. La trouille fait son œuvre.

L'envie me titille de le faire sursauter comme l'hôtesse dans l'avion, mais je m'en serais voulu de le traumatiser à vie. Pauvre petit.

Le bus vidé de sa faune, le chauffeur, très gentiment, accepta de me prêter son téléphone portable pour que je puisse enfin appeler Ed.

— Vous savez comment ça marche ? Faut parler dans les petits trous, là…

Je décide de ne pas relever. Je me contente de lui adresser un soupir très lourd de sens.

Me voici au bord de la nationale, à attendre mon taxi.

Les voitures ralentissent à ma vue, pour bien observer le phénomène. Les conducteurs affichant des mines effarées ou moqueuses. Je suis très mal à l'aise.

Je trépigne d'impatience et fais les cent pas comme si de rien n'était, fixant les nuages dans le ciel en sifflotant.

Heureusement, Ed arriva avec une rapidité étonnante et je le prévins, dès que j'ai ouvert la portière arrière de son char, de ne faire aucun commentaire ni sur mon aspect, ni sur mon odeur corporelle.

Ce qu'il respecta à la lettre, si ce ne sont les coups d'œil intempestifs tantôt inquiets, tantôt amusés, dans le rétroviseur.

Il me conduit en silence, fenêtres largement ouvertes. Pour profiter du bon air du matin, me dit-il.

Ed a du tact.

Il me dépose sur le devant de mon hôtel et me rappelle que surtout, je n'hésite pas à utiliser encore ses services en cas de besoin, puis termine par un succulent :

— Clara, on peut dire que quand vous faites du tourisme, si j'en juge à votre état, c'est plutôt intense !

On dirait que vous en profitez…

C'est pour éloigner les mouches que les belges se roulent dans la boue au petit matin ? Hahaha !!!

Je fronce les sourcils et il file sans demander son reste.

C'est le plus naturellement du monde que je me présente à l'accueil de l'hôtel pour demander ma clef.

Le réceptionniste qui n'est pas celui de la veille, et bien sûr ne me connaissant pas, me demande d'un air sec et sans détour, mais en murmurant pour éviter tout scandale, de faire demi-tour et de déguerpir sur le champ. L'établissement n'accueillant pas les nécessiteux. Surtout dans un tel état de délabrement.

Si je tente de résister, il appellera la police.

Par contre, si j'obtempère sans faire de remous, il demandera aux cuisines de me préparer un sandwich que je devrai attendre sagement sur le trottoir d'en face.

— Mon petit bonhomme, je vous prierai de revoir votre position concernant le jugement un peu rapide dont je viens de faire l'objet et de bien vouloir jeter un coup d'œil sur le registre de l'hôtel.

Vous y verrez mon nom à la date d'avant-hier soir, jour de mon inscription, au numéro de chambre 309.

Il m'est arrivé, je l'admets, quelque mésaventure tant pitoyable qu'indépendante de ma volonté, je vous l'assure. Cela ne fait pas de moi un paria…

Je lui tends mon passeport afin qu'il puisse procéder à la vérification nécessaire.

Tout rentre rapidement dans l'ordre.

Il me fit ses plus plates excuses.

C'est avec une infinie délectation que je me glisse dans mon bain, puis dans mon lit.

Morphée s'occupera du reste jusqu'au matin suivant.

Dubitative, au petit déjeuner, il me vint à l'esprit que mes espoirs sont désormais anéantis.

Les seules personnes disant pouvoir me donner de nouveaux indices se sont montrées agressives et le danger est palpable.

Qui sont les gens mystérieux dont parlaient Anita et Linda ?

Elles avaient l'air d'attendre ma visite… Alors pourquoi cette méfiance et cette violence à mon égard ?

Je me sens réellement en insécurité.

Dans quoi ai-je mis les pieds ?

Et qu'ont bien pu faire ces gens charmants pour qu'un tel climat de peur les entoure ?

Me voilà bien désemparée.

À qui vais-je pouvoir m'adresser pour avancer dans mes recherches ?

Le mieux est encore de retourner à Saint-Constant.

Allons ! Courage, Clara !

Je me lève de table et me dirige vers le réceptionniste pour rendre ma clé.

Le préposé me souhaite une bonne journée, avec un petit air moqueur.

— Revenez-nous saine et sauve, mademoiselle.

Puis au dernier moment, alors que je m'éloignais, il me rappela.

— Mademoiselle Nocciole, j'allais oublier…

Quelqu'un a laissé une enveloppe pour vous, hier soir.

Comme j'ai reçu la consigne de ne pas vous déranger, je l'ai donc mise de côté pour vous la remettre ce matin.

Il me la tendit.

Stupéfaction !!! Il s'agit du même papier gris bleuté que celui du petit mot de Liège.

— Mais vous auriez pu me le dire, enfin !!!

Mais oui quoi, tout de même !!!

— Mademoiselle, excusez-moi, mais vous aviez donné des instructions strictes pour n'être dérangée sous aucun prétexte…

— Oui mais non, voyons, vous le faites exprès ?

Un peu de jugeote s'il vous plaît, jeune homme ! Faites donc preuve d'un peu d'initiative… Quelquefois !

Le réceptionniste, vexé mais très professionnel, ravala sa colère et respira un grand coup pour se contenir.

Faisant ensuite mine de vaquer à ses occupations d'un air faussement détaché, sous mon regard insistant et courroucé.

Je lui tourne le dos, fais trois pas en direction du petit salon, puis me retourne d'un coup.

Je le surprends occupé à me faire une horrible grimace, étirant sa bouche de ses doigts, montrant ses dents d'entre lesquelles darde sa vilaine langue rose et humide.

— Oh ! Je vous ai vu !!! criai-je.

— J'en étais sûre !!!

Horriblement gêné, il quitte son poste pour filer dans la réserve afin de se soustraire à mon regard vindicatif.

— Quel comique celui-là, alors…

Un vrai gamin !

Le sofa le plus proche me tend les bras, je m'y affale. Mes mains tremblent.

J'ouvre fébrilement l'enveloppe et déplie la lettre qu'elle contient.

Une écriture très scolaire d'enfant, au crayon rouge, y stipule :

« Nous avons besoin de toi, ma petite sœur chérie. Viens retrouver les tiens à Murdochville après-demain soir. Nous t'aimons tous très fort. »

Le point final est prolongé par un fil argenté au bout duquel pendouille une drôle de petite araignée aux gros yeux roses.

Mon regard s'embrume, je sanglote doucement.

Mais l'excitation est à son comble.

Je demande au réceptionniste, de nouveau visible, qui lui a remis ce mot.

Il hésite un court instant, rêvant certainement d'assouvir sa vengeance à mon égard. Mais il reste somme toute très courtois. La maîtrise de soi est un atout dans ce métier.

— Une jolie petite fille, mademoiselle, aux cheveux tout bouclés d'une magnifique couleur de feu.

Rousse, je veux dire.

Dans tous mes états, je me précipite dehors. Trop vite. Trébuche sur la dernière marche du perron.

Ma chaussure gauche se libère de mon pied et amorce un vol plané pour atterrir sur le visage d'un homme lambda passant là par hasard.

Suivant la même trajectoire que cette dernière, je m'étale les quatre fers en l'air à même le trottoir, aux pieds de ce quidam.

Oh ! Euh… Je, je suis confuse, monsieur, murmurai-je en me relevant.

Mon sang se glaça lorsque je vis à qui j'avais affaire… L'homme de l'avion !

— Quoi !!! Encore vous ?!

L'air incrédule de ce type éméché, rouge pivoine, hurlant avec ma godasse à la main, me fit éclater d'un rire nerveux.

— Et en plus, ça vous fait rire ?!

La vision de sa tronche de laquelle fusa cette question incongrue accentua mon fou rire.

— Excusez-moi, mais vous avez l'air si heureux de me revoir… Hihihi !

— Pantoute !!! C'est écœurant, c'est l'enfer !!! J'suis tanné d'vous voir toujours sur mon chemin !!!

Vous avez signé un contrat pour m'emmerder, ou quoi ?!

— Ah ! Pitié, taisez-vous ! Rien qu'à vous entendre, j'en ai les larmes aux yeux !!!

Hihihihahaho !!!

— J'sens que j'capote ! Tu m'pognes les nerfs !!! Maudite ! T'es la blonde de Lucifer !!! Pour sûr !!!

Ses mains s'agitent dans le vide, doigts crispés comme s'ils serraient un cou imaginaire.

Hum ! Maintenant, je ne ris plus du tout.

De sa poche est tombé un dépliant sur lequel je peux lire un nom en gros caractères :

« Murdochville ».

Pendant que l'énergumène continue de hurler et d'agiter ses doigts dans le vide, je tente de lire rapidement le reste du folder.

Il s'agit d'une invitation à une conférence qui a comme sujet : « Préservons l'équilibre et la beauté de l'humanité. »

Elle aura lieu demain soir… Je suis dans un rêve.

L'homme persiste à éructer.

— Mais taisez-vous !

— … Tu ne vas pas me donner des ordres, en plus !?

— Si ! Taisez-vous, nom d'un chien !

Qu'est-ce que c'est que ce dépliant ?

— C'est à moi, ça !!! Voleuse !!! Vous me faites les poches, maintenant ?!

— Je sais que c'est à vous. Il est tombé de votre pantalon.

Pourquoi avez-vous ce papier sur vous ?

Vous pensez y aller ?

— Mais je fais tout juste c'que j'veux !!! Non mais !!!

— Répondez-moi vite ou je hurle que vous m'agressez !!!

— C'est mon voisin qui me l'a donné. Voilà, vous êtes contente ?!

Maintenant laissez-moi partir, vous me donnez des nausées !!!

— Je veux y aller avec vous.

— Nooonn ! Il n'en est pas question ! Puis quoi encore ?!

J'veux qu'vous débarrassiez le plancher tout d'suite, moi !!!

J'veux plus vous voir ! Jamais !

Vous entendez c'que j'dis ?

Disparaissez de ma vie, vous empoisonnez mon existence !!!

— Quoi, je ne vous plais pas ?

De ses narines dilatées à l'extrême sortit un long et bruyant soupir. Un peu comme le souffle d'un taureau en rut.

De rouge pivoine, son visage passe à l'écarlate en une seconde, puis vire au mauve profond.

Au moins, il a cessé de crier.

Selon toute évidence, j'ai mis le doigt sur un point sensible. Je lui plais, c'est sûr !

— Vous m' cruisez ou vous m' niaisez ?

C'est magique. Le voilà doux comme un agneau.

— Euh… Votre voiture, elle est où ?

— Mon char ? C'est un citron.

— … Et il roule, votre citron ?

Il m'arrache le dépliant des mains et s'éloigne soudainement.

— Attendez ! Comment vous appelez-vous ? Votre petit nom !?

Il fait demi-tour, entame deux pas décidés dans ma direction, me pointe du doigt en me fixant de ses gros yeux injectés de sang, ses lèvres hésitent plusieurs fois, puis il me lâche :

— Vous, si je reste, j'risque de vous dire un sacre ! Je préfère domper tout d'suite.

Avant qu'il ne disparaisse, j'eus le temps de lui crier de passer me prendre à l'hôtel s'il se décidait à aller à cette conférence… Que je serai gentille…

Je ne sais pas s'il m'a entendue. Il a tourné le coin de la rue.

Je ramasse ma chaussure. Il est à peine neuf heures et seize minutes et je me sens déjà épuisée. Ses hurlements m'ont anéantie.

Quelle coïncidence… Il faut coûte que coûte que je me rende à cette conférence.

Je n'ai pas eu le temps de lire qui anime celle-ci, mais je mettrais ma main au feu qu'il s'agit des Dazdra. Louise m'a expliqué quelles sont leurs convictions et cela correspond tout à fait au thème de cette soirée.

Il ne faut pas que je compte sur l'énergumène de l'avion pour me covoiturer dans son agrume à roulettes, ni sur Ed car je ne sais pas encore où se trouve Murdochville, mais si c'est loin d'ici, cela me coûtera un bras, en taxi.

Je prends les devants et demande à l'hôtel l'adresse d'un point de location d'auto.

Un PC est à disposition de la clientèle. Un coup d'œil sur un logiciel de cartographie me renseigne sur la position de Murdochville.

Effectivement, ce n'est pas la porte à côté.

Ce bourg se trouve à plus de huit cents kilomètres, et il faut compter de dix à douze heures, au mieux, pour s'y rendre en auto à partir de Montréal.

Je consacre la matinée à la logistique et dès que tout est prêt, je pars en début d'après-midi pour arriver là-bas en soirée ou de nuit.

Au volant d'une Range Rover flambant neuve, je file maintenant sur la route en direction de Murdochville.

Dans le port USB, quelqu'un a oublié une clé remplie de chansons de Loreena Mac Kennitt.

C'est très beau. Et surtout, je suis contente d'avoir enfin, et par quel merveilleux hasard, ce rendez-vous tout à fait providentiel.

Je vais bientôt pouvoir les rencontrer, ces gens mystérieux, les « miens » comme dit Dusha-Zlata dans son petit message.

Je saurai enfin le fin mot de cette histoire à dormir debout.

Ce n'est pas compliqué de s'y retrouver, sur cette route… Je longe le Saint-Laurent depuis un bon moment. Passé Québec, je fais une halte à Saint-Jean-Port-Joli. Qui porte bien son nom.

L'église est très belle, le plafond blanc est parsemé de centaines de macarons dorés.

J'y entre pour faire le point. Mais aussi, je dois l'avouer, prier pour que tout se passe bien.

J'appréhende tout de même un peu la rencontre avec la petite et ses parents. J'espère ne pas être déçue. Quelles surprises m'attendent encore ?

Des pas résonnent sur le sol du somptueux lieu de culte.

Machinalement, je me retourne. Un couple d'un certain âge prend place sur un banc. On dirait de braves gens, ils ont l'air soucieux. Sans doute ont-ils besoin de réconfort spirituel face, peut-être, à un drame familial… Qui sait ?

Je les laisse à leurs prières et reviens à mes pensées. Il faudrait que le temps s'arrête pour que je puisse mettre de l'ordre dans celles-ci.

Les événements s'enchaînent avec trop de rapidité dans ma vie, je commence à me sentir dépassée.

… Ils ne sont pas seuls !

Ce couple, derrière moi, je suis sûre qu'ils ne sont pas seuls. J'ai l'impression d'avoir vu une ombre furtive à leurs côtés.

Oui, je viens juste de réaliser que j'ai aperçu quelqu'un passer derrière le pilastre…

Je me retourne à nouveau afin de vérifier.

Personne d'autre. La dame sanglote doucement et son mari la serre dans ses bras.

Le bois du banc sur lequel ils sont assis grince bruyamment dans le calme du lieu.

Une vague d'empathie pour eux me submerge, mais je dois les laisser à leur chagrin.

Bon, récapitulons.

Je fais un rêve tellement réel, si étrange qu'il me reste en tête, hélas par bribes seulement, toute la journée, pour se répéter la nuit suivante. Puis une vieille dame qui m'est familière et que je ne connais pourtant pas, meurt devant moi avant de pouvoir me parler. J'ai éprouvé à ce moment une sensation si forte de « complétude » interne, que mes jambes ne me portaient plus. Puis une petite fille apparaît devant moi, m'embrasse la joue et marque fortement mon esprit en me laissant en main un petit mot me donnant rendez-vous au… Québec.

J'éprouve un irrésistible besoin de retrouver cette fillette que je crois connaître également et lâche mon job pour me retrouver de l'autre côté de l'océan, à la recherche de toute la famille insaisissable de cette fillette russe.

Puis je me fais agresser par deux folles dans un champ de patates parce qu'elles pensent que je veux du mal à la famille Dazdra, et que je fais donc partie de cette organisation occulte à laquelle appartiennent d'étranges hommes habillés de noir. Cette même petite fille se rend à mon hôtel de Montréal pour me laisser une deuxième lettre…

Elle sait donc parfaitement où et quand me trouver. Je fais le lien avec Linda qui m'a dit que c'est eux qui me trouveraient plutôt que le contraire. Effectivement, elle avait raison.

Enfin, me voici en route pour l'inconnu une fois de plus…

Mon Dieu, serais-je devenue folle ? Et Luigi qui doit se faire un sang d'encre…

Je suppose que la logique de cette situation me sautera aux yeux à un moment donné.

Je dois me rendre à l'évidence, il faut que je continue. Je n'ai pas trop le choix.

Bon, je dois être complètement dingue, mais ma résolution est prise.

Au point où j'en suis, pourquoi abandonner maintenant alors que je vais enfin savoir de quoi il en retourne… Si je ne le fais pas, je serai dans le regret éternel et resterai sur ma faim.

Sortant de mes pensées, je tourne à nouveau la tête en direction du chœur de l'église quand, du coin de l'œil, j'aperçois une fois de plus une ombre glisser de côté, le long d'un triptyque garnissant le mur d'une chapelle annexe dédiée à sainte Marie.

Intriguée, je me soulève à demi de mon siège, étire le cou en espérant voir de qui il s'agit.

Cette personne est bien silencieuse, je ne l'entends pas se déplacer. Ma curiosité est piquée au vif.

Je m'approche de ladite chapelle et… Ne vois personne. C'est impossible, il n'y a aucune issue autre que celle par laquelle j'arrive.

Un courant d'air froid me balaye soudain le visage et souffle la flamme d'un énorme cierge se trouvant à mes côtés, posé aux pieds d'une statue grandeur nature de la Vierge.

Ne s'échappe plus de la mèche qu'un fin filet odorant de fumée grisâtre.

Je lève les yeux et croise le regard plein d'amour de Marie. Ses mains ouvertes sous ses hanches et tournées vers l'extérieur semblent me signifier d'un air fataliste qu'elle est bien incapable de me dire qui a soufflé sa bougie.

Sainte-Marie… Je tombe à genoux. Ma plaie me fait mal. Je prie très fort pour trouver une issue favorable à mes mésaventures, pour que s'éclaire ma lanterne dans la nuit noire de mon incompréhension.

J'éprouve en cet instant une attraction irrépressible pour l'amour inconditionnel que m'inspire Marie, le Christ, Dieu, la création, la nature, l'humanité et… Mais, mais que m'arrive-t-il ?

Sainte-Marie, est-ce toi qui induis dans mon esprit ces sentiments de bigoterie soudaine ?

Mon mental cartésien lutte contre ce que je ressens au fond de mon cœur. Ai-je peur du ridicule ? Peur de perdre le contrôle de mes sentiments ?!

Un peu vexée par ma réaction mentale, je me lève sous l'œil bienveillant mais maintenant légèrement réprobateur de Marie qui semble gentiment me chasser, à présent, de l'église avec ses mains qui, je l'imagine, me poussent vers l'avant. Comme si elle me disait :

— Allez, pfuitt ! Du vent, vilaine fille dont la faible foi a besoin de l'approbation de son mental-roi…

Je l'admets, je ne suis pas parfaite.

Encore un peu agacée, je reprends le volant et durant le reste du trajet, malgré le chauffage que j'ai réglé à fond dans l'habitacle, un froid glacé ne me quitte pas.

Comme si ce souffle étrange m'avait accompagnée. L'idée à elle seule me fiche des frissons dans le dos.

La route 132 fait maintenant place à la route du lac, traversant les forêts humides de l'intérieur du pays.

Le temps est maussade, il pleuvine et les essuie-glaces battent le pare-brise dans un grincement sinistre. Loreena Mac Kennitt s'est tue depuis longtemps.

Je suis seule avec la forêt, mon inquiétude et… Ce satané souffle glacé.

Au bout d'un moment interminable, apparaît un panneau routier indiquant l'entrée de Murdochville. Cité minière qui a éclos suite à la découverte et l'exploitation d'un gisement de cuivre.

Sous la pluie et dans l'obscurité, le patelin n'est pas très engageant. Je vois une auberge, toute illuminée de l'intérieur.

Je vais pouvoir y trouver une chambre pour la nuit. Il se fait tard.

— Ma pauvre dame !

Me dit la patronne.

— Vous auriez dû réserver, je n'ai plus une seule chambre de libre. Vous savez, il y a une conférence demain soir. C'est un peu exceptionnel… Alors il y a du monde.

Mais allez donc voir Lisbeth de ma part. C'est à peine à quelques kilomètres d'ici, au bord d'un petit lac.

Elle me griffonna un plan sur un bout de papier.

— Elle n'est pas bien bavarde, mais vous serez au calme et son lapin en cocotte est fabuleux !

Elle me fait un clin d'œil mal à propos, puis prit un air un peu gêné.

— Elle vous attend… Euh ! Je veux dire que je lui passe vite un petit coup de fil pour la prévenir de votre arrivée.

Me dit-elle dans un soupir.

Mmmmh ! Lapsus révélateur ou pas ?

Bon, je n'insiste pas. Je la remercie chaleureusement et, passant entre les gouttes, je rejoins la « Range » dont le moteur vrombit pour m'emmener vers mon destin.

Je ne peux m'empêcher de trouver bizarre d'organiser une conférence dans un tel endroit qui est tout de même à l'écart des grands centres urbains. Et il est d'autant plus étrange de voir tant de monde, à en juger par le nombre de voitures stationnées en ville pour, je le suppose, y assister.

La population locale ne doit guère dépasser les trois pelés et deux tondus en temps normal…

Le chemin s'enfonce profondément dans une forêt dense et moussue, et l'éclairage public a disparu.

Le faisceau de mes phares accroche, au passage, le dos luisant d'un ours noir qui disparaît dans les fourrés. Ils pullulent par ici, m'a-t-on dit.

Le tarmac laisse place à un chemin de terre et de cailloux. Il est si étroit que les branches des sapins bordant le sentier griffent la carrosserie dans un crissement angoissant.

Me serais-je trompée de route ? Les roues de la voiture sont encastrées dans des ornières profondes et boueuses. Je ne pourrais même pas faire demi-tour en cas d'éventuelle nécessité…

Et heureusement que j'ai loué cette grosse auto plutôt qu'une petite citadine. Je me serais embourbée, c'est sûr ! J'ai la nette impression d'arriver au bout du monde connu.

Après un nombre incalculable de méandres, le chemin s'arrête en cul-de-sac.

Une grande maison de bois se profile faiblement dans la nuit. Je descends de voiture et franchis à tâtons un tout petit pont qui enjambe un bras du petit lac, presque un étang, qui borde la construction.

Il n'y a aucune lumière pour m'accueillir.

L'aubergiste du village a-t-elle bien prévenu cette Lisbeth au lapin-cocotte de mon arrivée ?

La pluie se fait plus drue et tombe maintenant à verse.

Je frappe du doigt à la porte, timidement d'abord, puis, voyant que rien ne bouge à l'intérieur, je battis du poing tout en criant :

— Lisbeth ! Lisbeth !!!

Toujours aucune réponse… La pluie fait un vacarme épouvantable sur la toiture et la surface de l'étang. Je commence à m'inquiéter, envisageant déjà de coucher cette nuit dans la voiture.

Lorsque soudain, une voix grave et neutre, juste derrière moi, me fit sursauter.

— Pas la peine de beugler comme ça, je suis là… Comme j'étais à l'église tout à l'heure. En fait, j'ai fait le trajet avec vous. Hiiihihihihi !!!

Saisie d'effroi, je m'accroche si fort à la balustrade trempée du petit pont, que la marque de mes doigts a dû s'imprimer dans le bois.

Je me retourne en hurlant comme une dératée.

Une silhouette voûtée, de petite taille, se tenait à quelques centimètres à peine derrière moi. Impossible de distinguer son visage sous une large capuche. Dans le halo lunaire de la nuit orageuse, on croirait voir un moine lépreux du moyen-âge.

Je ne l'ai ni vue ni entendue s'approcher.

— Euh ! Vous êtes Lisbeth ?

— C'est comme vous dites.

— Ah ! L'aubergiste m'a dit de venir vous voi…

— Je sais ! Laissez-moi passer si vous voulez rentrer ! Je dois ouvrir la lourde.

— Oui… Bien sûr, excusez-moi.

La porte grince sur ses gonds et se referme sur mon passage. Le bruit de l'orage est fortement estompé à l'intérieur, il y fait bon.

Un poêle en fonte crépite au fond d'une grande pièce à vivre en madriers massifs.

Mais ! Cette pièce est vide ! m'exclamai-je en retirant mon imperméable acheté ce matin dans une boutique de Montréal.

Je tente tant bien que mal de dissimuler mon inquiétude et de me donner une contenance.

Pas de réponse…

Lisbeth, de dos et toujours affublée de sa cape à capuche, est occupée à charger en bûches le gros poêle fonctionnant à plein régime.

C'est vrai, cette grande pièce ne contient que ce foyer et une chaise longue en bois, au dossier haut, orientée face à une énorme baie vitrée en demi-cercle, à l'autre bout de la salle. C'est tout ce qu'il y a comme mobilier. Un frisson désagréable parcourt mon échine de haut en bas.

Hésitante, à la seule lueur des flammes, je m'en approche par derrière, hypnotisée par le ruissellement de la pluie sur la gigantesque fenêtre à croisillons. Je retombe une fois de plus dans l'atmosphère de mon rêve.

Je pose la main sur le haut du dossier de la chaise longue, les yeux toujours rivés sur le noir de la nuit que m'offre en spectacle cet écran panoramique qui, de jour, doit présenter une vue magnifique sur le lac et la forêt.

Ce siège est idéalement placé pour pouvoir admirer le décor que j'imagine grandiose… Wagnérien !

Toute à mes pensées, je m'aperçois que de légers fils chatouillent mes doigts toujours posés sur la traverse haute du siège.

Piquée par la curiosité, je baisse les yeux.

Une vision cauchemardesque me fige sur place.

Je pousse un cri aigu, assourdissant.

Sur ce fauteuil, une personne immobile est allongée.

Dans la faible lueur orangée et vacillante du feu de bois, apparaît par intermittences un corps fin, long et nu, tout en argent scintillant. Comme irréel, improbable.

Sous une chevelure abondante et argentée également, un visage lisse. Sans traits, ovale et sans expression… Pas d'yeux ni d'oreilles, de nez ou de bouche. Cette créature a la peau un peu humide et écailleuse. Elle sent la vase, une forte odeur de marécage s'en dégage.

Je trouve la force de faire volte-face. Je veux m'enfuir. Mais je bute contre Lisbeth qui s'est approchée de moi et dont je vois à présent les traits.

Elle est très jeune, presque une enfant.

Une toute petite figure décharnée, en longueur, la peau anormalement blanche, une peau sans vie, la peau de la mort ! De gros yeux globuleux sans paupières, dont la pupille sans iris perce le centre d'un trou noir à la profondeur insondable. Elle me regarde.

Ses cheveux longs sont aussi blancs que sa peau. Elle grimace un large sourire plein de dents jaunies.

Je veux la repousser, mais elle m'attrape les poignets de ses mains maigrelettes avec une force phénoménale. Ses doigts maigres et longs sont prolongés par des ongles crochus et mycosés de couleur jaune sale.

Sidérée, bouche bée, je suis obligée de faire face. Mes jambes ne me portent plus. Je tangue et tourne de l'œil. Le noir total. Je sombre au fond de l'océan de mes peurs les plus viscérales…

… J'essaye d'ouvrir les yeux, je n'y parviens pas. Mais je vois pourtant.

Je repose maintenant sur la chaise longue, face au lac. Lisbeth est à mes côtés.

Mon esprit est agité et je n'ai pas de velours à portée de main. Le jour est levé. Il pleut toujours dehors, moins dru que la veille, une pluie discontinue et pourtant j'entends des oiseaux chanter. Ça me rassure un peu. Les oiseaux sont des sylphes, les esprits de l'air.

— Lisbeth ! Lisbeth, où est la créature d'argent ? Qui est-ce ? Elle me fait peur !

Lisbeth, debout sur ma droite, me regarde avec beaucoup de compassion mais ne répond pas tout de suite à ma question.

— Calme-toi, Clara, tiens-toi tranquille !

— Tranquille ?! Mais j'hallucine ! Qui est-ce ? Réponds-moi !

— C'est toi, Loïse.

— … Loïse ?... Que ?!

Elle est vraiment effrayante, Lisbeth, ses pupilles me fixent mais jamais elle ne cligne des yeux. Je crois que je deviens folle ! Elle m'a appelée Loïse, comme dans mon rêve de Liège… Comment sait-elle ? Quel cauchemar !

— Oui, j'ai dit « Loïse ».

Je bondis sur mes pieds et observe avec effroi mes bras, mes jambes, mes mains et ma peau d'argent. Je suis nue, ou nu, je ne sais pas. Je n'ai plus de sexe.

Je tire sur mes cheveux et eux aussi sont de fils d'argent. Ce n'est pas possible ! Ma raison chavire ! Je me précipite devant la fenêtre et tente d'apercevoir mon visage dans le reflet de la vitre.

Je n'ai pas de visage !!!

Mon Dieu !!!

— Assieds-toi, Loïse, tu dois observer par-delà l'écran si tu veux te retrouver.

— Tu es folle, Lisbeth ! Rends-moi mon visage et mon identité, je ne suis pas Loïse ! Mon nom est Clara !

— Je ne t'entends pas. Tu n'as ni visage, ni bouche ni cordes vocales. Alors tu n'es personne en réalité.

Aussitôt, je fus incapable de parler ou de m'exprimer. Impossible ! Et surtout, mes membres s'engourdissent et pèsent une tonne chacun. Je suis de nouveau clouée sur ce foutu siège de malheur et cette femme est une sorcière, une vraie, comme dans les contes et légendes destinés à effrayer les enfants !

Le lac est noir, opaque comme du pétrole brut, et la pluie redouble d'intensité.

— Tu es imparfaite !

Cette folledingue se fiche de moi en plus ! Et je ne peux réagir !

— Tu n'es personne. Tu dois être fécondée. Tu es un gros ovule qui doit être fécondé par un spermatozoïde aquatique. La rivière sera parfaite pour cela.

Pendant qu'elle me récite sa litanie, Lisbeth me caresse les cheveux, le cou, ses mains descendent le long de mon corps de poisson lisse et brillant, pour s'arrêter sur le bas de mon ventre.

Elle entre en lévitation et plane en tournoyant autour de moi. Ses cheveux pendouillent.

Un gros ovule ?! C'est la première fois qu'on me traite d'ovule. Que veut-elle dire ?

Un souffle frais se manifeste, comme à l'église.

Lisbeth est passée derrière le fauteuil et me prend sous les bras avec une aisance, une force déconcertante. Elle me hisse sur son petit dos chétif et voûté comme un poissonnier chargerait un gros thon sur son épaule.

— Tu vois, Loïse, la baie vitrée te sépare de ta vie. Tu te plais à contempler ta vie de l'intérieur et tu perds ton temps.

Tu vas plonger dans ce liquide, il est noir comme ton âme, c'est de la fange.

Tu vas y voyager et te purifier.

Tu verras, tu vas enfin te retrouver et renaître à ta vraie vie, à qui tu es vraiment. Hihihi !

Puis tu seras fécondée ! Oui, oui… Fécondée… Hihihi ! Je te vois, Loïse, je te vois et te regarde ! Hihihihihi !!!

Entre deux phrases, elle glousse de plaisir à l'idée de me faire féconder. J'angoisse ! Cette femme est une psychopathe !

— N'aie pas peur ma chérie, fais-moi confiance, comme avant…

La porte claque lourdement derrière nous.

Elle me pose sans ménagements sur la berge boueuse de l'étang, embrasse longuement ma tête d'œuf sans reliefs et me glisse doucement dans l'eau opaque en grognant d'une voix caverneuse des mots étranges que je ne comprends pas. Je ne peux toujours pas bouger.

Résignée, je la laisse faire. Je n'ai pas le choix. Je pense vivre mes dernières secondes. Une fois submergée, je retiens ma respiration, étant persuadée d'étouffer, de me noyer.

Pourtant, il me semble que… Mais oui, je n'ai pas besoin de respirer ! Je survis !

Je me laisse aller et me détends peu à peu malgré l'opacité de cette eau sombre.

L'angoisse me quitte et lentement, je retrouve ma mobilité, je nage mais n'y vois rien. Je ne rencontre pourtant aucun obstacle dans ma progression.

Un léger courant m'emporte et une douce euphorie s'empare de moi. Ce n'est pas désagréable.

Je souris intérieurement à l'idée que je vais rater la conférence. De toute façon, je ne peux raisonnablement pas y aller dans cet état !

Je ferais sensation !

Ça n'a plus d'importance, je dois faire confiance au destin. Jusque-là, je n'ai pas pu exercer de contrôle sur les événements, alors laissons-les venir tranquillement.

Si Luigi me voyait !... Je suis une anguille. Clara l'anguille… Hihi ! Il se ficherait de moi, c'est sûr !

Tiens, je suis en mesure d'apercevoir le fond de l'étang. On dirait que l'eau se clarifie, elle devient plus cristalline. La surface, elle, est criblée d'impacts de gouttes de pluie et au-delà, le visage de Lisbeth m'apparaît déformé par l'onde.

Elle sourit, se déshabille et glisse dans l'eau. Elle se dissout littéralement au contact de celle-ci. Un courant plus froid s'enroule autour de moi, me chatouille, joue avec mon corps d'argent. Il fait virevolter mes cheveux et les tirebouchonne. Je ris.

Ce courant vif, peu à peu, prend la forme d'un être semblable à moi, mais plus petit et de couleur rouge.

Je pense qu'il doit s'agir de Lisbeth et le souvenir me vint que le courant d'air froid ressenti à l'église de Saint-Jean-Port-Joli…

— Oui Loïse, c'était moi. Je te l'ai dit déjà.

Cette réponse est apparue soudain dans mon esprit. C'est Lisbeth.

Nous pouvons communiquer par télépathie.... Ma sœur, la chose... Oui, je me souviens, c'est comme dans mon rêve ! Je crois que je ne suis pas au bout de mes surprises.

Lisbeth, à peine plus grande que la taille d'un chat, s'accroche à moi de ses petits bras rouges et me dit :

— Allons par-là, Loïse, viens !

Je prends la direction indiquée, celle qui suit le débit de l'eau, qui se fait maintenant ressentir de manière plus appuyée.

Je m'aperçois que la pluie a cessé. Mieux, le soleil filtre à travers la frondaison des arbres et ses rayons illuminent les eaux d'une belle lumière dorée qui se mélange au vert des algues. Le décor est somptueux !!!

Nous avons pris le chemin d'une rivière relativement peu profonde et aux eaux claires et pures. Nous sommes loin de la noirceur du lac de ce matin.

Le fond est parsemé de galets de toutes dimensions et de différentes couleurs, et aussi d'algues longues d'un vert lumineux, qui ondulent doucement au gré du courant, puis qui me chatouillent le ventre au passage.

La danse élégante de celles-ci dans la lumière solaire est un spectacle à couper le souffle !

De-ci, de-là, nous croisons un « jaune doré » ou les quelques premiers saumons rouges occupés à remonter le courant sans faire le moins du monde attention à notre présence.

— Lisbeth, tu es bien mignonne maintenant, dans ton petit corps rouge.

Elle s'accroche plus fort encore à moi, je prends plaisir à sentir ses petits doigts écarlates s'enfoncer tendrement dans mes chairs d'argent.

— Je suis feu et tu es eau.

Je me retourne sur le dos et contemple paisiblement les jeux d'ombre et de lumière du soleil et des branches aux rares feuilles, en cette saison, des arbres bordant la rivière. De temps à autre, certaines d'entre-elles se détachent avec le vent et se posent sur la surface de l'eau, la parsemant de taches couleur d'automne.

— C'est très poétique, c'est merveilleux ! Lisbeth ! Comment puis-je te remercier pour tout cela ?

Lisbeth ne répond pas mais je sens qu'elle approuve.

Je savoure au maximum ce moment d'extase intense. Je ne peux dire combien de temps a duré ce trajet entre-deux eaux, mais j'eus aimé qu'il ne finisse jamais.

Je fais partie intégrante de ce monde aquatique. J'en suis une molécule, un élément indissociable. De temps à autre, le courant s'accélère et nous tourneboule dans des rapides tumultueux, mélangeant à ses eaux vives des millions de petites bulles d'air qui chatouillent le ventre.

Louvoyant ainsi un bon moment entre les rochers, je me laisse aller au plaisir d'être de plus en plus moi-même.

— Lisbeth, qui es-tu ?

— Je suis une ondine, l'esprit de l'eau.

— N'étais-tu pas feu tout à l'heure ?

— C'était tout à l'heure.

Je la regarde et la vois bleue à présent. J'ai compris, je dois lâcher prise et cesser de vouloir tout analyser, tout comprendre ou contrôler…

— Tu apprends vite, Loïse.

Alors je laisse filer mes pensées sans plus m'y attarder.

Cette nature canadienne est magnifique. Les petits torrents nous emportent dans leurs bouillonnements en sautant par-dessus les roches et plus loin, le cours de la rivière devient beaucoup plus paisible.

Dans une anse un peu plus calme et profonde, une forme mystérieuse s'approche, il ne s'agit pas d'un jaune doré ni d'un saumon. Elle brille et est d'aspect irisé, couleur feu.

Elle doit mesurer de quarante à cinquante centimètres de long et ressemble à un serpent, mais possède une nageoire dorsale un peu dans l'esprit de celle d'un requin. Plus en avant, là où on peut s'attendre à voir une tête, se trouve une grosse bouche semblable en apparence à une bouche humaine, de grosses lèvres pulpeuses qui s'entrouvrent par moments pour laisser s'échapper quelques bulles.

— De quoi s'agit-il, Lisbeth ?!

— C'est un poisson-bisou, Loïse, il va te féconder.

— Poisson-bisou ?!

— Oui. N'oublie pas, tu es un gros ovule et il sera ton spermatozoïde.

Bon, je sais que je dois lâcher prise, mais tout de même, ce n'est pas toujours facile non plus !

Le poisson-bisou tourne autour de moi en cercles concentriques de plus en plus serrés. Il montre des signes d'excitation… Moi pas.

— J'ai peur, Lisbeth !

— Tu vas naître, Loïse, détends-toi. Il t'apporte ce qui te manque. Il va ensemencer ton âme.

Il se frotte contre ma peau et à chaque contact, des lumières jaillissent en une multitude d'étincelles multicolores qui font surgir en moi une montée de désir irrésistible.

Il me couvre à présent de centaines de bisous avec ses grosses lèvres charnues qui se plaquent sur mes écailles avec de gros « smack »…

Lisbeth s'écarte de moi et m'observe à distance.

Ces bisous ne sont pas désagréables et je me prends au jeu. Il se fait de plus en plus pressant. Il est rapide, le bougre, et partout à la fois. Il s'excite encore plus et une frénésie s'empare de lui.

Je suis émoustillée et sur le point de jouir.

Encore un peu… Voilà, oui, Ouiiiii ! Ahh !

L'orgasme est fulgurant ! Mon corps raidi se cambre.

Simultanément, le poisson-bisou entre en moi, par le ventre, sa queue battant avec force pour s'introduire en entier.

Il se love en moi.

— Lisbeth ! Comment fait-il ça ?

Semi-consciente, je détache mon attention, je suis presque inerte. La sensation d'être pleine, engourdie. J'entrevois Lisbeth qui s'éloigne sans un seul petit signe pour moi.

Elle est à nouveau rouge. Le feu. Petit point rouge tout joyeux disparaissant dans la rivière, tournoyant entre les algues vertes.

— Lisbeth, je… Oh ! Lisbeth…

Je perdis connaissance.

VI

Le chant des oiseaux parvient jusqu'à mes oreilles, et une bonne odeur de café jusqu'à mes narines… Eh ! Oui, je ne rêve pas, ou plus.

J'ai retrouvé mon visage ! Je me réveille dans un lit digne de ce nom, les draps sentent bon la lessive au savon de Marseille, et un rayon de soleil matinal s'introduit dans ma chambre pour venir s'étendre à mes côtés et m'embrasser de ses chauds baisers.

J'ai donc une fois de plus rêvé toute cette histoire ?! Tant mieux !

Toute guillerette, je saute du lit et passe dans la salle de douches annexe pour me rafraîchir.

Un coup d'œil par la fenêtre me rassure sur l'endroit où je me trouve. Le lac est bien là et mon auto de location attend sagement sur son lieu de stationnement. Ouf ! Tout est normal.

Sous la douche, je me félicite d'avoir retrouvé enfin le corps, les cheveux et le visage de Clara Nocciole. Oui, c'est bien moi, j'ai vérifié dans le miroir.

Quelle drôle d'histoire ! J'ai dû m'effondrer de fatigue à mon arrivée ici et rêver tout cela…

Même mon bagage est là au pied du lit.

Toute fringante et pomponnée, je descends la volée d'escaliers et suis à la trace l'odeur de café frais.

Miam !

Lisbeth surgit de la cuisine avant même que je ne pousse la porte de la salle à manger où, selon toute évidence, il y a du monde… Si j'en juge au brouhaha qu'il y règne.

— Mon Dieu, Lisbeth ! Que vous êtes jolie !!!

Ça me vient du fond du cœur. Une jeune femme blonde, de petite taille, au dos bien droit et aux épaules relevées, au port de tête noble et aux beaux yeux bleus azur, toute souriante, me regarde d'un air surpris.

— Bonjour, Clara. Dites-moi, quel beau compliment ! Merci beaucoup ! Vous avez bien dormi ?

— Ah ! Oui merci, je me sens reposée. Et vous savez, je ne vous ai sans doute pas bien observée en arrivant, mais je vous imaginais autrement… Je vous passe les détails, c'est sans importance.

Vous êtes réellement très jolie, je suis sincère.

Je ne me souviens pas m'être mise au lit.

Par contre, quel rêve ! Je ne vous raconte même pas !

Lisbeth me regarde d'un air amusé, presque complice.

— J'ai raté la conférence, n'est-ce pas ?

Y étiez-vous ?

— Non. Je suis restée auprès de vous, Clara. Mais entrez donc, prenez place, je vous en prie. J'apporte le café et des pancakes au sirop d'érable.

— Ouf ! j'entends que vous avez du monde…

J'empoigne la clenche de la porte et d'un coup, les gens de l'autre côté, dans la salle à manger, se taisent.

J'hésite un moment puis me décide à y aller franchement. Sous des airs « sûre de moi », je suis somme toute assez timide comme fille.

La salle est bien à l'image de la veille, avec un poêle à bois et une grande baie vitrée, sauf qu'à la place de la chaise longue, trône une grande table conviviale, flanquée de bancs de part et d'autre. Des fauteuils cossus entourent une table basse sur le côté droit et de jolis cadres garnissent les murs de bois brut.

Pas du tout la même ambiance, donc, qu'à mon arrivée hier soir.

Mon regard glisse sur les visages souriants qui m'observent en silence depuis que j'ai poussé la porte.

Je crois m'évanouir !

Je les connais tous !

Mes jambes ne me portent plus.

Voici Jean, le concessionnaire auto de Saint-Constant.

À ses côtés, Anita, Linda et… Louise l'institutrice !

Oh ! L'homme de l'avion ! Ce n'est pas possible !

Tous sont attablés autour de Bogdan, Lyubov, je les reconnais. Louise me les avait montrés en photo, et… La petite Dusha-Zlata. Quel bonheur !!!

La petite se lève, tout excitée, court vers moi et me saute dans les bras, me serre fort, très fort !

J'en ai si besoin ! Cela me fait tant de bien !

Elle sent bon la pivoine. C'est bien elle, enfin !

La caresse de sa chevelure de feu sur mon visage me transporte.

Je recule et me laisse choir dans un des fauteuils. Dusha-Zlata s'accroche à moi comme un petit koala et me couvre de bisous.

Elle est lumineuse au sens propre du terme. Une lumière d'or et d'argent l'entoure comme un halo. Il y a tellement d'amour en elle ! J'en suis bouleversée, la tête m'en tourne. Mes larmes coulent toutes seules, je pleure d'une joie immense.

Elle plonge ses yeux dans les miens… C'est magique !

Sa peau si blanche, pure, ses yeux si verts, intenses, son regard me trouble profondément car il sonde mon âme. Elle s'adresse à moi de sa petite voix cristalline, assortie d'un léger accent russe, comme sortie d'un rêve.

— Ma petite sœur chérie, tu es venue ! Je suis si contente !!!

Bogdan aussi s'est levé, ainsi que tous les autres. Il pose la main sur mon épaule, comme le faisait papa Léon. Je me souviens maintenant. Mes rêves avaient donc bien une origine réelle !

Une douce chaleur m'envahit. Lyubov me colle un bisou sur la joue et me dit :

— Bienvenue ma fille, nous sommes heureux de t'accueillir à nouveau parmi nous tous.

Je n'y comprends encore rien, je profite juste de cet instant exceptionnel.

C'est à ce moment que Lisbeth, toujours souriante, apporte et dépose un plateau plein à craquer de café fumant et de victuailles sur la table. Elle me fait un clin d'œil d'un air entendu.

Dusha-Zlata se précipite la première à table et me fait des signes empressés de la main pour que je vienne m'asseoir à ses côtés.

— Viens Loïse, viens ! Il y a des pancakes et du sirop d'érable, c'est trop bon !!!

Linda et Anita me prennent les mains et me présentent leurs excuses pour l'autre jour.

— Nous avons été terriblement maladroites, Clara, nous avons cru que tu étais « des leurs ». Acceptes-tu de nous excuser ? S'il te plaît…

— Oh ! Bien sûr, vous êtes pardonnées et je préfère nettement vous voir dans ce contexte, les filles.

Mon attention se porte sur Jean, le plus discret.

Je lui fais un signe de la main, il me répond par un sourire. Je comprends qu'il pourra m'expliquer calmement qui il est et quel est son rôle dans cette histoire, quand l'excitation du moment sera retombée.

Louise, qui a mis sur sa tête un joli petit bonnet de laine anthracite qui lui va à ravir, remplit ma tasse tandis que Dusha-Zlata, la bouche pleine et des moustaches de sirop jusqu'aux oreilles, me dévore du regard.

Je m'assieds et demande à l'homme de l'avion si je peux connaître son prénom…

Il affiche un large sourire, heureux d'enfin pouvoir se libérer, et me dit :

— Antoine. Je suis le mari de Lisbeth.

Ma surprise est totale !

— Enchantée, Antoine. Je ne me serais jamais doutée que…

— Je sais, je suis très bon comédien. C'est mon métier.

Nous rions de bon cœur. Quelle farce !

— Excuse-moi pour ton pantalon, dans l'avion… J'étais en réalité vraiment confuse, même si je refusais de l'admettre.

— Haha ! Ne t'inquiète pas, ce n'est pas grave. Je m'en suis vite remis.

Par contre, l'hôtesse, je peux te dire qu'elle n'est pas restée indifférente à ton baiser volé… Il fallait oser, tu m'as scotché ! Elle en était toute tourneboulée, la pauvre, elle m'a même demandé à la sortie de l'avion si je connaissais tes coordonnées.

— Oups ! Et que lui as-tu répondu ?

— Eh bien, je l'ai tout simplement invitée à cette conférence.

À ce moment, la porte s'ouvre et surgit la dite hôtesse de l'air, toute timide, le visage empourpré et les yeux rivés au sol.

Bouche bée, je n'en crois pas mes yeux.

Lisbeth la prend par les épaules et la guide jusqu'à moi.

Je pousse Antoine un peu de côté et lui fais place. Je la prends dans mes bras et elle me donne un bisou léger derrière l'oreille.

— Œil pour œil, dent pour dent. Je m'appelle Lara.

Je lui souris, troublée autant qu'étonnée de ce qui m'arrive.

— Bonjour Lara, je suis si heureuse de te revoir ! Et surtout, j'étais à mille lieues d'imaginer que mon bisou ait pu te faire tant d'effet.

— Ne te sous-estime pas, Clara, je peux te garantir que ton souvenir n'a pas quitté mon esprit après ton audacieuse tentative.

Nous rions ensemble.

Tout le monde nous accompagne dans notre joie et le petit déjeuner bat son plein. Je suis gonflée de bonheur.

Dusha-Zlata vient derrière moi, pose sa tête sur mon épaule et me dit tout bas à l'oreille :

— Tu te souviens, Loïse, tu te souviens, dis ?

— Les souvenirs me reviennent doucement, Tarantula. Je n'ai pas rêvé, alors ?!

Un sourire immense et des yeux pétillants illuminent le visage de ma princesse slave. J'ai mis le doigt dessus.

— Mais alors, attends, mon esprit est encore très embrouillé… Dis, Dusha, j'ai des millions de questions.

— Nous t'avons fécondée, Loïse, la connaissance grandira en toi. Tu auras bientôt la réponse à toutes tes questions.

Bogdan vient de répondre à ma première interrogation.

— Bogdan, le poisson-bisou, c'était toi ?

Le sourire un peu moqueur aux lèvres, il me dit :

— Non ! Rassure-toi, ce n'était pas moi. Juste un… Agent actif, on peut appeler cela comme ça.

« C'est vrai qu'il est charmant, ce type. »

Lara me fusille du regard. Depuis tout à l'heure, elle me tient le bras.

— Lara, ne sois pas jalouse. Tu sais, Bogdan, dans une vie précédente, était mon père. Il s'appelait Léon et était bien moins attrayant à l'époque.

Il avait un sacré penchant pour la bouteille. N'est-ce pas, Bogdan ?

Il acquiesça de la tête.

— Et ma maman de l'époque, maintenant, c'est Lyubov.

Encore incrédule, Lara fronce des sourcils et ne sait si je me moque d'elle ou non.

— Clara, nous avons à parler sérieusement entre nous à présent. Acceptes-tu de nous accompagner dehors ? Il ne pleut pas, profitons-en. Nous allons nous balader dans la campagne environnante.

Tu verras, les abords du lac sont superbes et cette promenade nous aidera à digérer ce copieux petit déjeuner que Lisbeth a eu la gentillesse de nous servir.

— Bien sûr, Lyubov, je suis à vous tout de suite. Permets juste que je passe rapidement dans ma chambre pour me brosser les dents. Après un repas, j'aime avoir la bouche fraîche.

Je priai avec beaucoup de tact Lara de me laisser un moment seule avec Lyubov, Bogdan et Dusha-Zlata. Ce qu'elle comprit sans difficulté. Elle pose un baiser langoureux sur le coin de mes lèvres et me chuchote à l'oreille qu'elle se réjouit déjà de me retrouver.

Qu'elle est belle, cette fille… me dis-je en substance.

Ma toilette faite, je redescends les escaliers et retrouve mes amis, ou plutôt ma famille, devant la porte d'entrée.

Dusha-Zlata a lavé sa frimousse de tout le sirop qui la tartinait un instant plus tôt.

Nous empruntâmes un chemin forestier ombragé qui sent bon l'humus et le pin.

Il est un peu trop étroit pour que nous puissions marcher tous de front, alors Lyubov et moi prenons les devants tandis que Bogdan et Dusha nous suivent de près.

Lyubov me prend la main et dit :

— Ma douce Loïse, acceptes-tu que je t'appelle ainsi ?

— Non, Lyubov, dans cette vie, mon nom est Clara. Je préfère.

— Bien Clara, cela fait un moment que nous t'observons. Nous nous sommes tous réincarnés, comme tu peux le voir.

Papa et moi sommes nés en Russie. Ce choix a été mûrement réfléchi.

Nous sommes venus au monde dans la même maternité.

Nos parents respectifs, que nous avons sélectionnés pour leurs qualités spirituelles, morales, physiques et géographiques, étaient voisins de palier dans le même immeuble.

Nous sommes nés le même jour, Bogdan et moi. Ce qui explique qu'une très forte amitié nous a liés depuis notre plus tendre enfance.

Cela faisait partie du plan.

Nous avons donc grandi ensemble pour notre plus grand bonheur.

— Et vous connaissiez ce plan depuis tout petits ? Vous vous souveniez de votre vie passée ?

— Nous en avons toujours été conscients. Avant notre naissance, pendant notre enfance et d'autant plus maintenant.

Nous savions que nous étions missionnés sur terre par la volonté de Dusha-Zlata.

— Dusha ?!

— Oui, tu te rappelles qui elle est vraiment, n'est-ce pas ?!

Nous avons, en temps voulu, programmé chez toi un réveil de ta conscience au travers de rêves faisant ressurgir des épisodes de ton incarnation passée. Ces rêves que tu as faits dans ton appartement de Liège et qui sont à l'origine de tes aventures présentes.

Vois-tu, tu es la seule d'entre nous à être venue au monde dans cette vie avec le doigt de l'ange sur les lèvres.

Ça aussi, c'était voulu par Tarantula car ton rôle dans ce plan ne commence que maintenant. Ton âme devait se reposer avant de reprendre du service.

Il fallait donc que tu reprennes conscience de ce qu'était ta vie d'avant et de qui tu es réellement. C'est-à-dire une très vieille âme pure destinée à aider Tarantula dans sa tâche ici sur terre.

Ce rêve étrangement réaliste t'a réveillée.

— Le doigt de l'ange ?

— Oui. Lorsque tu es née « Clara », nous avons fait en sorte que tu ne te souviennes pas de ton passé pour que tu puisses vivre paisiblement, comme le commun des mortels, en dehors de cette immense responsabilité qui pèse sur nos épaules… Le doigt de l'ange.

— Ah !... D'accord, continue.

— Je disais donc que Dusha-Zlata est bien notre enfant, mais elle est aussi l'incarnation de Tarantula ou Isis, Frigg ou Sainte-Marie. La mère divine, la force créatrice de l'univers.

Je me retourne et regarde cette mignonne petite fille. Je n'en crois pas mes oreilles.

Elle affiche un sourire curieusement figé sur sa petite frimousse.

— Elle prend l'apparence qu'elle veut, quand elle le veut.

Tout ce qui est manifesté dans ce monde est le fruit de sa force créatrice, mais pas toujours de sa propre volonté.

Et c'est mille fois dommage !

Nous aussi, nous sommes ses créations, ses créatures.

Cependant, ses actions sont limitées et ne peuvent se passer de l'influence de la conscience globale, collective de l'humanité entière. Mille fois hélas !!!

Dieu, en accordant le libre arbitre aux hommes de cette terre, a établi une loi que même Tarantula ne peut bouleverser ni modifier. Et elle a un devoir, c'est de veiller au rétablissement de l'équilibre naturel de cette même humanité trop abrutie pour pouvoir se gouverner seule de manière intelligente vis-à-vis des lois immuables de la nature, qu'elle transgresse allègrement sans se douter des conséquences catastrophiques qu'elle engendre sur la planète, mais aussi dans le système solaire, la galaxie et l'univers dans son ensemble.

Actuellement, la race blanche est en danger de disparition par l'action voulue de certaines entités grises incarnées qui se servent de la naïveté de l'espèce humaine pour l'éradiquer de la surface du globe, d'abord elle, ensuite viendra le tour des autres races. Ils veulent les mélanger à outrance jusqu'à obtenir un seul type humain issu de la mixité et dénué de culture proprement spécifique. Une humanité dénaturée…

Les individus qui, à terme, composeront ce peuple insipide seront soumis aux entités grises en tant qu'esclaves.

Ils devront être incultes et dociles à souhait.

Tarantula… Je reste songeuse…

— Mais, Lyubov, dans cette vie précédente qui était la vôtre, toi et Bogdan… Enfin, je veux dire Toi et papa Léon, vous excuserez l'aspect direct de mes paroles, mais vous n'étiez pas des êtres très évolués. Je veux dire que papa était un alcoolique notoire et maman se laissait complètement aller. Vous n'étiez pas reluisants, quoi.

— Où veux-tu en venir ?

Je te pose la question, mais je connais d'avance la réponse, Clara.

Bogdan éclata de rire. Un rire franc et sans détour qui mit tout le monde de bonne humeur.

La petite se trémousse en montrant largement toutes ses belles dents blanches si bien alignées.

— Je veux vous faire part de mon étonnement. Quand on vous voit maintenant, le cliché « avant-après » est tout bonnement stupéfiant !

Comment avez-vous pu évoluer de la sorte d'une vie à l'autre ?

— C'est vrai, tu as raison. Tu ne nous as pas connus très reluisants.

Ce n'était pourtant pas le cas dans notre jeunesse.

Nous avons été choisis par Tarantula pour mettre au monde un enfant pour le moins spécial. Elle voulait s'incarner par notre entremise et elle a choisi de prendre cet aspect pour nous mettre à l'épreuve. Nous étions inconscients, à l'époque, d'avoir nous-mêmes une âme ancienne et de grande expérience. Nous nous voyions comme des personnes ordinaires et tu sais, ce n'est pas facile d'être les parents d'une petite fille-araignée… Nous tombions des nues et avons dû donner le meilleur de nous-mêmes malgré nos faiblesses.

C'est une épreuve que nous avons menée à terme, mais non sans mal, je te l'assure. Et dans nos petits corps d'humains soumis aux pressions de cette vie difficile, disons que cela nous a un peu éprouvés.

Tarantula nous a préparés sans que nous le sachions, à assumer plus efficacement la mission qu'elle nous a réservée dans cette vie-ci. C'était comme une sorte d'entraînement, si tu veux.

Disons-le comme ça. Ce que nous ne savions pas c'est que l'apparence peut être trompeuse et sous une enveloppe étonnante peut se cacher la plus belle des âmes. Ou la plus belle des promesses…

— D'accord ! Mais alors dans cette vie, pourquoi ne suis-je pas née de votre union ? Pourquoi ne suis-je pas la sœur de Dusha ? Comme Loïse était la sœur de Tarantula ?!

— Ton expérience d'âme ancienne t'a amenée dans ta vie précédente à tenir un rôle de fil conducteur pour nous, dans notre incarnation comme dans l'au-delà. Tu étais notre guide, professeur, ange gardien et une bouée dans la tempête tout à la fois pour maman et Léon. Ta présence dans notre famille était indispensable pour maintenir une certaine cohésion. Sans toi, je doute que nous ayons eu la force de tenir nos engagements, ma chérie.

Tu étais le lien entre nous et Tarantula.

Tu savais exactement qui était ta sœur et ce qu'elle faisait.

Ton père et moi, comme tu nous l'as fait remarquer, avions du mal à assumer notre rôle et la dégradation de notre moral, notre physique et notre mental s'opérant petit à petit, Tarantula a décidé que toi, une belle âme forte et volontaire, avec ton accord préalable bien entendu, ferais ton apparition dans notre famille pour nous aider dans notre tâche. C'était une vie préparatoire à une grande action d'importance mondiale que nous sommes sur le point de mettre en place afin de contrer les forces obscures qui menacent l'équilibre si fragile de l'humanité.

— … ?!

— Maintenant, nous avons besoin de ton retour effectif parmi nous.

Et donc, pour en revenir à ta question, il était nécessaire que tu te reposes loin de nous la première moitié de ton existence en étant inconsciente de ton passé car tu vas bientôt être mise à rude épreuve.

— Et comment m'avez-vous retrouvée ?

— Nous ne t'avons jamais perdue de vue.

Nous savions à chaque instant où tu te trouvais et ce que tu faisais, à quoi ressemblait ta vie à n'importe quel moment de celle-ci.

Nous avons tremblé pour toi, pleuré et ri avec toi aux moments forts de ton existence.

Même si Bogdan et moi n'étions pas souvent physiquement auprès de toi, Tarantula, elle, était plus qu'à son tour à tes côtés.

Elle ne t'a jamais, au grand jamais laissée seule.

Je me retourne à nouveau pour faire face à la petite.

Elle me prend la main.

Ses yeux brillent et son regard soutient le mien.

— Mais… Comment faisais-tu, Dusha ?

— Oh ! C'est facile, Clara, il suffit que je déplace une part de ma conscience vers toi et, ce morceau de conscience, je peux même lui donner une forme physique si je veux.

Elizabetta par exemple, eh bien c'était moi.

Stupéfaite, ma bouche s'ouvrit si grande que mon menton tomba au sol sous le choc de la nouvelle.

— Tu as raison, Dusha, c'est facile ! Comment n'y ai-je pas pensé plus tôt ?!

Moi-même je fais ça tous les matins, juste pour rigoler, ironisai-je.

— Mais Dusha, enfin ! Ce qui s'est passé ce soir-là avec Elizabetta, c'est complètement immoral !!!

Mes sentiments naissants pour elle étaient si forts !!!

Rhoooo !!! Je suis horriblement fâchée ! Comment as-tu pu ?!

Alors c'est pour ça qu'elle a disparu par la suite ?! C'est toi qui… ?! Je comprends mieux, maintenant !

Oh ! Clara, excuse-moi, le vin de ton Nonno était capiteux et moi aussi j'étais un peu pompette ! Je t'ai fait de la peine en partant sans explications… Tu me pardonnes ? Quand je suis incarnée, je me laisse parfois aller aux plaisirs des sens que l'on ne peut ressentir que dans un corps physique. C'est si délicieux… Le vin, je veux dire.

Le sourire candide qu'elle affiche en m'annonçant ces nouvelles déstabilisantes ne laisse pas place au doute. Je dois la croire.

Nom d'un chien, l'embarras doit empourprer mon visage. C'est à peine si j'ose encore la regarder. Je suis si choquée que je ne sais pas finalement si je suis furieuse ou heureuse…

Bon, passons vite à un autre sujet…

— Dusha, pourquoi avais-je la peau argentée dans la rivière ? Et pourquoi n'avais-je pas de visage ? Parce que ce n'était en définitive pas un rêve, n'est-ce pas ?!

— Parce que tu étais prête à être fécondée et que tu avais donc la couleur pure qui convenait à ta situation. Celle du livre ouvert, le féminin sacré, l'eau, celle qui reçoit… Comme la lune. Magnétique pour tes noces aquatiques.

— C'est évident, oui, bien sûr… Suis-je bête !

— Et tu es redevenue toi-même dès que la cérémonie s'est terminée avec succès.

— Très romantique !!! Vraiment ! C'est un sacré succès cette opération…

— Avant, pendant que la rivière te lavait de tes scories pour te préparer à l'acte, tu n'étais qu'un ovule, un être en devenir déconnecté de ta fonction réelle.

— Je n'étais pas finie ?! C'est ça que tu veux dire, hein, canaille !!!

J'étais démoulée trop chaude ? Il a fallu me remettre dans le moule ?

Dis-donc, toi ! Attends que je t'attrape !

Tout en riant, je la chatouille pour la taquiner.

— Chut ! Faites doucement, on ne sait jamais…

— Bogdan ? Pourquoi « chut » ? Tu penses qu'on nous écoute ?

— Ça aussi il faut qu'on te l'explique, Clara.

— Il y a vraiment danger ? Parce que tu sais, Anita et Linda, l'autre jour, elles m'ont fichu une de ces trouilles !

Puis une bonne torgnole dans la foulée, aussi.

— Nous sommes au courant. Il faut les en excuser, elles voulaient juste nous protéger même si elles ont été un tantinet maladroites. Leurs intentions étaient pourtant louables.

Nous les avions prévenues de ton passage, que Jean te déposerait au « petit déjeuner français », mais elles se sont méfiées et ont cru que tu étais l'envoyée des entités grises.

— Maladroites, oui, c'est le mot…

Et elles veulent vous protéger de quoi, de qui au juste ? Qui sont ces entités grises ?

— Nos projets sont connus de ces autorités malfaisantes. Ils nous surveillent et sont capables d'attenter à nos vies à n'importe quel moment. Ils savent que nous représentons un danger important pour leurs propres projets et seront prêts à tout pour nous empêcher de les contrer.

— Que faites-vous de mal ? Vous n'êtes qu'amour et bonté…

— L'amour et la bonté, tu sais, ne sont pas à l'ordre du jour chez ces monstres. C'est même à l'opposé de leur nature…

Nous avons pour mission de faire prendre conscience à la population de cette terre que l'ordre naturel des choses ne peut être bouleversé sans conséquences et que les peuples peuvent rester et croître avec et dans leurs propres énergies, cultures et croyances, sur leurs terres respectives, tout en échangeant pacifiquement et pour le bien de tous, côte à côte, ceci dans le respect le plus total. Or, ce brassage antinaturel, multiculturel de masse auquel on assiste actuellement dans les pays occidentaux n'a rien d'un échange interculturel bénéfique, mais est au contraire une invasion massive devant aboutir à une catastrophe dont l'humanité ne se relèvera jamais.

Les seuls bénéficiaires de cet acte de guerre inepte sont les adorateurs du veau d'or.

— Ah ! Et je suis sensée participer à la contre-attaque de ce programme délétère ?

Vous n'avez pas autre chose à me proposer ? Genre plus « soft »...

— Non, rien d'autre.

— Et que suis-je censée faire, maintenant, avec ce fardeau sur les bras ?

— Faire passer la pilule.

Nous sommes à une époque charnière où l'humanité est à un tournant décisif de son histoire.

Une terrible propagande invisible aux plus naïfs, sournoise et insidieuse, mise en place depuis des décennies, a ancré profondément dans les cerveaux des schémas très actifs visant à tromper les peuples sur leur raison d'être, leurs véritables fonctions naturelles.

La novlangue déplace les curseurs et le langage ne signifie plus du tout la même chose, les gens sont complètement manipulés sans même s'en rendre compte. Les valeurs ont changé et la destruction des piliers fondateurs de notre civilisation est déjà bien trop entamée pour ne pas s'en inquiéter.

C'est à ce point avancé qu'ils croient plus aux mensonges qu'on leur a martelé qu'à l'ordre naturel des choses qui pourtant, est toujours sous leurs yeux. Ils sont devenus aveugles. Ils ne peuvent plus réfléchir par eux-mêmes et confondent ce qui est juste avec ce qui ne l'est pas. Et comme l'influence collective va dans ce sens et que Tarantula, qui est la matrice, doit tenir compte du libre arbitre du genre humain pour créer, elle crée donc malgré elle, par défaut, une réalité qui tend dangereusement vers l'aboutissement du projet des entités grises.

Du coup, actuellement, nos discours ne sont conscientisés, compris que par une minorité de personnes.

Les autres étant encore soit incrédules, soit totalement formatés par le système.

Ceux-là, parfois, se montrent menaçants à notre égard et certains font mine de s'en prendre à notre intégrité physique car ils sont incapables de regarder leurs propres fantômes en face.

Il leur est plus facile de recourir à l'agressivité et aux insultes que de remettre en question les vieux paradigmes qui les gouvernent.

— Ça me rappelle une vieille histoire d'il y a deux mille ans. Ça s'est mal terminé pour le bonhomme qui a été très mal compris. Mais après, il est devenu très célèbre. Et toujours pas bien compris.

— Ce n'est pas facile. Même très complexe.

Il est un fait que si sur terre, il existe quatre principaux groupes humains issus de territoires correspondant à leurs caractéristiques énergétiques, ce n'est pas par hasard, bien au contraire.

La nature, ou Dieu, l'a voulu comme ça. C'est dans l'ordre naturel des choses.

L'équilibre entre ces grands peuples est aussi vital pour l'humanité elle-même que l'est pour la planète l'équilibre entre l'eau, le feu, la terre et l'air.

Si un déséquilibre suffisamment important survient, il faut s'attendre à ce que la nature redresse, souvent de manière violente, la situation. Car tout est destiné à poursuivre une évolution fidèle à ce qu'a prescrit la puissante nature des choses divines. Il y a un aspect sacré qui prédomine sur tout le reste et l'oublier ou ne pas en tenir compte constitue une grave erreur d'appréciation, de jugement.

Que le retour de flamme soit lourd de conséquences, la nature n'en a que faire.

La compassion ne rentre pas en ligne de compte lorsque les lois de Dieu sont en jeu, en mouvement.

Dans l'histoire du monde, ces lois ont été maintes fois contrariées, toujours à cause du comportement inapproprié des hommes.

En ces temps de changements cruciaux, nous ne pouvons pas nous permettre de perturber ces forces plus avant.

Or actuellement, cet équilibre est une fois de plus mis à mal intentionnellement par une caste de quidams qui cherchent à asseoir leur pouvoir sur terre en semant un chaos inimaginable. Ils sont aidés en cela par un nombre incalculable de « collaborateurs » acquis à leur cause souvent à leur insu, par manipulations mentales. Il suffirait que ces gens se rendent compte qu'ils agissent sans le savoir dans les intérêts de cette caste qu'ils détestent pourtant, pour que la situation s'inverse et que l'équilibre se rétablisse, mais le réveil est lent, trop lent. Hélas !

C'est l'émergence d'un « nouvel ordre de nature satanique ».

Il faut absolument booster la population à mieux comprendre les enjeux et ce qu'elle est, ce qu'elle est capable de réaliser comme progrès avec un peu de bonne volonté. Le temps presse !

La planète ne tolérera plus très longtemps un niveau énergétique collectif aussi bas chez les humains !

Ce courant de pensée tronqué diffusé massivement dans la population s'oppose à l'avancée sacrée, spirituelle et positive en question et il est destiné à maintenir les gens dans l'émotionnel, le matériel, il encourage l'ignorance et alimente les conflits, les heurts entre les peuples. Cela maintient l'humanité à un taux vibratoire très lourd qui permet de cadenasser l'emprise des adorateurs du veau d'or sur elle.

Notre but est donc d'élever le taux vibratoire de celle-ci pour l'amener à une harmonie avec celui de la planète, qui s'accélère fortement ces derniers temps.

Si les hommes de la terre ne se mettent pas au diapason, ils seront voués à une existence en forte dissonance avec leur terre mère, ce qui entraînera des souffrances sans fin et à terme, probablement l'anéantissement de l'espèce.

Ces entités grises sont donc très dangereuses.

Ce sont d'elles qu'Anita et Linda te parlaient l'autre jour.

— Et concrètement, ils sont capables de quoi ?

— Comme on te l'a déjà dit, ils peuvent nous éliminer quand ils le jugent nécessaire.

— Ah ! Oui, charmant ! Et là, vous les agacez à quel point ? Sur une échelle de un à dix…

— Neuf. Nous sommes un peu comme du poil à gratter sous leur épiderme.

Nous organisons des conférences à des endroits très différents les uns des autres, nous bougeons vite afin d'essayer de limiter les risques.

— Je ne me sens pas bien, d'un coup.

Je voudrais rentrer à Liège. J'ai du travail, moi, et mon patron m'attend avec impatience. Je risque de me faire virer, vous savez ?! Ce serait trop bête !

Bon, je suis contente de vous avoir revus, mais il faut raisonnablement que j'y aille, maintenant. Ciao !

— Clara !

— Oui ? Quoi ?

— Robert ne t'attend plus. Il a engagé Pauline et ils se débrouillent très bien sans toi.

— C'est une blague ?! Je suis irremplaçable, moi. Je suis sûre que vous me racontez des bobards !

Hihi ! Vous êtes drôles, vraiment !

La petite main de Dusha, soudain, broya la mienne avec une force inouïe pour une petite fille, ses yeux s'assombrirent en me regardant par-dessous et ses sourcils froncèrent.

— Ouach ! Dusha, tu me fais mal !

Sous l'effet de la douleur, mes jambes se plient et se croisent en X, comme quand on a très envie de faire pipi…

— Dis Clara, je suis triste de t'entendre dire des bêtises comme ça… Tu ne veux pas aider papa et maman ?

Tu n'es pas gentille, mais je sais que c'est parce que tu as peur !

— J'ai peur, oui ! C'est humain, ça, d'avoir peur ! Je suis humaine, non ?

Malgré ce que vous avez l'air de dire avec vos histoires de fécondation, de poissons-bisous, et tout ça, là…

Moi, je suis juste un petit bout de femme qui veut tout bêtement continuer à aller boire des cappuccini chez Luigi, c'est tout ! Voilà ! C'est moins dangereux ! ... Quoi que...

Je parle... Et essaye de me débiner, mais au fond de moi, je sais que c'est peine perdue. Je me sens honteuse.

— Laisse-moi un peu de temps, Dusha, tu comprends ? Vous me demandez de sauver le monde, comme ça...

Oui, j'ai peur !

Voilà...

Moi, je me pardonne d'avoir peur.

Point barre !

Je suis d'un coup extrêmement contrariée, agacée par mon propre comportement.

— Ne te fâche pas, petite sœur...

Dusha relâcha son étreinte et prit un air penaud, regard braqué dans le mien.

Décidément, je ne peux rien refuser à cette enfant.

Je sens ma résistance s'affaiblir, l'amour de cette petite semble plus fort que mes peurs et finit par avoir rapidement raison d'elles.

Décidément, mes émotions se jouent de moi et il faut que je retrouve le contrôle... Je finis par murmurer faiblement, dans un soupir, comme un enfant pris en défaut et qui se repent...

— Excusez-moi, ça va aller... Je me suis montrée un peu... Pleutre.

Je suis prête à écouter la suite.

Après tout, advienne que pourra.

Je vous aime trop !

Ils m'entourèrent et me prirent dans leurs bras.

Je sentis la chaleur de leur amour et des frissons qui me liftèrent vers le haut. Mes craintes se sont évanouies aussitôt et je retrouvai mon énergie positive, ma joie de vivre.

Finalement, comment pourrais-je les abandonner à leur dure tâche et fuir lâchement dans mon ridicule confort de vie, dans mon petit appartement de Liège, comme si de rien n'était ?

C'est tout bonnement impossible.

Jamais plus dans tel cas, je ne pourrais encore me regarder dans un miroir sans ressentir de dégoût pour mon attitude égoïste.

C'est alors que ma vie prendrait une tournure bien fade…

Ils sont adorables, ils sont ma véritable famille.

Nous marchâmes un long moment en silence le long du petit lac paisible, nous tenant par la main.

Le froissement de l'humus sous nos semelles et les senteurs qui en sont libérées ont un effet étrangement apaisant.

Je respire fort et m'occupe à évacuer les derniers relents des émotions négatives qui embrument encore mon esprit agité. Je sors de mon sac le carré de velours et passe ma paume dessus encore et encore.

Ça fait tant de bien !

— Nous reprendrons cette discussion plus tard si toutefois tu le veux bien, Clara.

Cela suffit pour aujourd'hui, il te faut le temps de digérer toutes ces informations.

Et si nous allions voir ce que Lisbeth nous a préparé pour ce midi ?

Le temps de rentrer au chalet, je pense que nous arriverons à point.

— Bonne idée, papa ! cria Dusha.

— Hé ! Mais tu ne penses qu'à ton ventre, grand goulafre ! renchérit Lyubov.

— Mais pas du tout, maman ! Papa a bien raison de ne pas faire attendre Lisbeth.

Elle a la gentillesse de nous préparer à manger, cela serait très impoli d'être en retard !

Voilà !

L'après-midi passa agréablement, chacun vaquant à ses occupations.

Pour ma part, après avoir joué à la marelle avec Dusha, je laissai Lara me convaincre de monter faire une sieste dans ma chambre.

Un tête-à-tête en toute intimité.

Je ne me fis pas prier car j'ai hâte qu'elle me prenne dans ses bras. Elle m'apaise.

Nous nous éclipsâmes sous les sourires complices et bienveillants de nos amis.

Ce sera ma petite entorse à l'ordre naturel des choses.

Lara est une fille calme et posée, toute en émotions et sensible aux petites attentions.

C'est donc avec beaucoup de délicatesse que, la porte de la chambre à peine fermée derrière nous, elle se retourne pour me faire face, ses immenses yeux bleus sondant les miens à quelques centimètres à peine, me livrant ainsi un message mêlé à la fois d'un peu de crainte, d'empressement, d'excitation et de timidité.

Elle en est d'autant plus désirable et sa fragilité à cet instant est si palpable qu'elle semble faite de la plus fine porcelaine.

Je suis émue aux larmes.

Sa bouche entrouverte dont les lèvres humides sont légèrement frémissantes… Les joues empourprées et me tenant aux hanches de ses deux mains légères comme des papillons, elle frôle à peine mon visage de ses lèvres brûlantes, gonflées à souhait, sans les poser sur ma peau.

Un survol sensuel qui dura un temps infini, son souffle chaud me donnant des frissons partout, sur tout le corps.

Mes sens sont en éveil maximal et je suis attentive aux moindres sensations qu'ils m'offrent.

La douce caresse de son ample chevelure frisottante et sauvage sur ma peau me donne la chair de poule.

La proximité de nos épidermes se frôlant à peine… Son parfum enivrant se mêlant au mien…

Très lentement, avec une précision calculée, vêtement par vêtement, elle m'effeuille là, debout, devant la porte.

Les lames du plancher gémissent sous nos pieds nus pour accompagner d'une note sonore notre émouvante découverte.

Sa bouche descend le long de mon cou, je renverse la tête en arrière pour mieux m'offrir à elle.

Elle poursuit son chemin sur mes seins qui se dressent sous la caresse, puis sur mon ventre, victime consentante de son appétit insatiable.

Son souffle de braise, de plus en plus pressant, m'embrase les sens.

Ses doigts m'effleurent à peine et suivent, légers, les courbes de mon corps qui n'en peut plus de plaisir, qui se livre tout entier et sans tabous à cette nymphe splendide. Elle me soumet sans concession à son autorité passionnée.

Elle est si douce… Sa peau est si parfumée…

D'une simple pression vers le bas, je fais glisser son jeans moulant à ses pieds, puis lui ôte son pull en mohair.

Docile, elle lève les bras et ses longs cheveux soyeux, blonds comme les blés sous le soleil de Scandinavie, disparaissent sous le tricot dans un mouvement fluide, sublimant les reflets d'or pur à la lumière rasante de fin de journée de cet été indien qui restera gravé dans ma mémoire.

C'est un contraste merveilleux de nuances chatoyantes et changeantes que, sous le col de laine noir de jais, sa crinière vivante et souple offre en spectacle, dans un écoulement magnifiquement doré retombant en bataille sur la peau nue et frémissante de ma douce, si soyeuse, à en donner le vertige.

Le corps de Lara est de proportions parfaites.

Elle est idéalement cambrée, fine, lisse…

Je fonds littéralement de désir pour elle.

Elle est réellement de nature divine.

Nous nous glissons sous les draps, décryptant le message subtil des émotions qui surgissent de l'abîme de nos regards respectifs. Attentives à ne jamais décoller nos doigts de notre peau et restons ainsi, à explorer les méandres sensuels de nos courbes, à sublimer nos âmes et nos émois, à nous effleurer langoureusement, à découvrir nos moindres recoins, les plus intimes… Mais toujours sans précipitation…

Je la domine maintenant de mes initiatives, respectant le rythme lent des ondulations de ses reins qui, par vagues successives, jouent docilement la partition de la musique des Divinités célestes, des galaxies tournoyantes et du cosmos étoilé insondable, désirant approcher au plus près des purs plaisirs réservés jusque-là aux seuls Dieux de la mythologie nordique.

Ensuite vint l'extase tant espérée, projetant les spasmes violents d'une jouissance infinie jusqu'aux profondeurs les plus reculées de l'univers avec lequel nous ne faisons plus qu'un.

L'éveil fulgurant du serpent.

Nous nous endormons dans les bras l'une de l'autre.

Je suis bercée par sa respiration qui, à intervalles réguliers, me réchauffe de son soupir d'ange.

Lara se love au creux de mon épaule comme un chaton pourrait le faire lorsqu'il se sent en confiance.

Nous n'avons pas échangé un seul mot.

Point n'est besoin de parler.

Seuls de petits gémissements, de légers ronronnements et le chuchotement des draps soyeux glissant sur notre peau encore brûlante de passion consumée, viennent appuyer la magie du moment que je voudrais éternel.

L'amour est à la fois le carburant de Dieu et du napalm pour le Diable.

La plénitude enveloppante de ce moment d'extase me mène rapidement au sommeil entre les bras de mon elfe du royaume de Börr.

Mon regard s'attarde une dernière fois, dans les reflets de la lumière lunaire, sur le mélange magnifique des tons chatoyants de nos chevelures entremêlées, or et auburn.

Lentement, mes paupières, de plus en plus lourdes, se ferment.

Je lutte, mais en vain, contre la fatigue pour profiter le plus longtemps possible de la douceur et de la tendresse infinie de Lara, mais aussi de l'extrême légèreté de sa beauté nordique.

Elle est aussi pure, vive et rafraîchissante qu'un torrent de montagne sautillant joyeusement entre les roches et les edelweiss.

Je succombe bientôt tant pour elle qu'au sommeil et ferme les yeux jusqu'au petit matin, du moins je l'espère.

Dieu fasse que cette nuit soit longue, très longue…

Je suis heureuse…

Bien que cette histoire prenne une tournure qui me dépasse, je sais que je dois continuer.

Je n'ai même pas d'autre choix raisonnable possible.

Où cela va-t-il me mener ?

Avec l'amour de Lara, de Dusha-Zlata, Bogdan et Lyubov, je me sens indestructible.

Prête à affronter toutes les épreuves.

…

Quatre heures trente-trois du matin, je n'en crois pas mes yeux !

Le réveille-matin affiche cette heure effrayante comme pour me narguer.

Lisbeth tambourine à la porte et nous appelle de sa voix douce mais ferme.

— Lara ! Clara ! Levez-vous !

On vous attend en bas.

Ne traînez pas, il n'y a pas de temps à perdre !

Lara gémit faiblement et se recroqueville, se serrant plus fort contre moi.

Mmmh ! J'apprécie pleinement ce moment.

Je bâille à m'en décrocher la mâchoire quand Dusha pousse la porte subitement sous les reproches de Lisbeth, et saute sur le lit en riant.

— Dusha ! Dusha, reviens !

— Laisse-la, Lisbeth, elle ne nous dérange pas.

Bien au contraire, n'est-ce pas, ma petite canaille ?!

Ce faisant, je lui ébouriffe les cheveux tout en me redressant sur le lit.

Elle rit de plus belle et nous colle à toutes les deux de gros bisous d'amour sur les joues.

Lara, encore dans les bras de Morphée, ouvre péniblement un œil mais sourit tendrement au petit démon du matin.

— Va vite prendre ton petit déjeuner, Dusha, nous te suivons.

Pendant que Lisbeth emmène la petite par la main, j'en profite pour faire un câlin tout particulier à ma Lara, encore bouillante du feu de nos tendres joutes amoureuses nocturnes qui ne sont que momentanément assouvies.

Je l'aime.

Arrivée en bas, j'ouvre la porte du séjour.

— Vite, Clara ! me dit Lyubov.

— Il faut partir sans attendre !

Prends vite ton petit déjeuner et boucle ta valise, ils nous ont localisés et ne tarderont pas à arriver !

— Bonjour, Lyubov, mais de qui parles-tu ? De ces gens que vous évoquiez hier ?

— Oui. Les entités grises, leurs hommes de main.

C'est eux, oui.

Lisbeth a ses sources et elle a été prévenue qu'ils seront là bientôt.

Il y a un quatre fois quatre dans le garage, tu mettras ton bagage dans le coffre.

Ta Range de location est repérée, il faut la laisser ici.

Antoine s'en occupera plus tard, lorsque nous serons partis.

Mets-y les affaires de Lara aussi et préviens-la sans tarder.

Il faut qu'elle se dépêche.

Vite, je t'en prie !

Bogdan, en grande discussion avec Lisbeth, me sourit.

Il lui donne les directives à suivre.

Je lui fais un petit coucou de la main pour ne pas le déranger.

Sans s'interrompre, il me répond par un hochement de tête.

Je ne demande pas mon reste, grimpe les escaliers quatre à quatre et surgis comme une diablesse dans la chambre.

Lara prend sa douche, je l'avertis de l'imminence de notre départ et empoigne son sac de voyage que je dépose avec le mien devant la porte d'entrée.

Je prends à peine le temps de boire deux ou trois gorgées de café, j'ai l'estomac noué.

Où sont passés les autres ? demandai-je à Lisbeth qui déjà, me prend dans ses bras pour me dire au revoir.

— Ils sont déjà partis, ma belle Clara.

Il vaut mieux se séparer en deux groupes.

On se reverra ma douce, et n'oublie pas, tu es fécondée par le poisson-bisou et bientôt tu retrouveras petit à petit la conscience des choses, celle qui était la tienne quand tu t'appelais Loïse.

Bientôt, ma Clara…

Bientôt.

— Merci pour tout, Lisbeth, je t'adore !

Fais bien attention à toi !

J'ai peur pour toi… Et Antoine.

Antoine qui se tient aux côtés de Lisbeth, m'embrasse en murmurant des mots qui se veulent rassurants, mais sonnent étrangement faux à mes oreilles.

Bogdan, au volant d'un énorme « Dodge », fait rugir le moteur en sortant du garage, tous feux éteints.

Lyubov et Dusha sont déjà à bord.

— Je crois que vous êtes en retard, Clara.

Lara, la bouche pleine de pancakes au sirop d'érable, valise à la main, fait irruption dans le hall et dans la précipitation, me pousse vers la sortie en baragouinant un charabia incompréhensible.

Lisbeth et Antoine éclatent de rire et ouvrent la porte toute grande sur notre passage.

À peine sommes-nous assises sur la banquette arrière de l'auto, que Bogdan allume les phares et accélère.

Le véhicule bondit en avant, nous emmenant vers un destin incertain. Celui-ci, secoué dans tous les sens sur le chemin de terre, paraît fiable.

Par-dessus l'appui-tête du siège conducteur, je peux apercevoir les cheveux blonds de Bogdan qui stitchent de partout car dans l'urgence, il a dû omettre de se coiffer. Cela m'amuse. Personne ne parle. Même Dusha qui, tournée vers la vitre, observe la forêt sombre défiler sous ses yeux écarquillés et encore rougis par le manque de sommeil.

Je lui donne un coup de coude complice et lui fais remarquer les cheveux ébouriffés de Bogdan.

Elle pouffe de rire dans ses mains jointes sur son nez.

C'est à ce moment, dans la pénombre, que j'ouvre pour la première fois les yeux sur moi-même, un regard différent sur mon existence qui me surprend par la sensation d'enfin me sentir vraiment vivante.

Suis-je réveillée ?! Je pense que oui.

Lara me serre fort la main et j'entoure affectueusement la petite de mon bras libre.

Ils sont ma vie, mon combat au sens propre.

Après tout, cela vaut bien mieux que mon existence d'avant. Je n'ai plus ce sentiment de vide qui me tordait les tripes sans que je comprenne pourquoi ni comment y remédier.

Nous fuyons un ennemi encore invisible. Le danger dont on m'a mis en garde pointe le bout de son nez. C'est presque risible.

À ce stade, pour moi, ce n'est encore qu'un jeu…

— Lyubov, où va-t-on ?

Lara vient de briser le silence.

VII

- À Paris !

Da ! Si Dieu le veut.

Soudain, un flash comme une vision me traversa l'esprit. Un décor de style moyenâgeux, nordique.

Un sol de pierre brute, une forêt de colonnades aux chapiteaux imposants soutenant une voûte haute… Dans le fond de la pièce, une immense tapisserie représentant une superbe croix celte aux entrelacs tant harmonieux que mystérieux, l'atmosphère y est apaisante.

Cette sensation est appuyée par la lueur vacillante de nombreux cierges empalés sur de magnifiques bougeoirs de métal forgé.

Des officiants réunis et vêtus de toges blanches à capuches entonnent à la lueur diffuse des flammes, des chants graves et lancinants en gaélique, levant les bras au ciel, invoquant je ne sais quelles forces surnaturelles…

La scène est belle à couper le souffle.

Seraient-ce mes capacités psychiques latentes qui refont surface ? L'intérieur de mon bas-ventre frétille faiblement comme pour me rappeler ma récente « fécondation ».

Peu importe, je suis confiante et la nuit fut courte. Le sommeil me gagne.

Je ne parle de ma vision à personne, je préfère la garder pour moi.

Je m'assoupis et perds la notion de temps.

Je retrouvai mes esprits lorsque la voiture marqua un arrêt sur le bas-côté de la voie rapide. Bogdan se précipita dans les fourrés de la forêt se trouvant en bordure de la route.

Je m'aperçus que j'ai dormi sur les cuisses de Lara qui, elle, n'a pas fermé l'œil de tout ce trajet. Son beau regard rougi de fatigue en témoigne.

— Eh ! Je ferais bien comme Bogdan, moi.

Sur ces belles paroles, je passai à l'action, bientôt suivie de Lara.

Lyubov, elle, était fraîche et gaie comme un pinson, appuyée sur l'aile avant de la voiture.

Elle sifflotait, le visage offert au soleil blanc du matin, paupières fermées.

Revenant des fourrés, je lui adressai la parole.

— Bonjour Lyubov. Que fais-tu ainsi, face au soleil ?

— Hey bonjour Clara. Je recharge mes batteries.

Il n'y a rien de tel que d'absorber la lumière du soleil levant pour réactiver de façon optimale toutes les fonctions de l'organisme.

Alors j'aspire en moi le spectre des couleurs de la lumière et répands ces énergies pures dans l'ensemble de mes cellules.

Tu devrais essayer, cela te ferait le plus grand bien.

Viens à côté de moi, je vais te montrer.

— Je me souviens que je le faisais spontanément dans le taxi de ce cher Ed, le matin où il m'a emmenée à Saint-Constant. Je tendais mon visage au soleil pour qu'il me réchauffe.

Un peu incrédule et sans trop l'envie sur le moment d'exécuter ce genre d'excentricité, je lui obéis et l'imitai timidement.

— En plissant les yeux, tu verras apparaître les petites particules des couleurs de l'arc-en-ciel sous forme de fins bâtonnets qui bougent et dansent alors qu'ils se dirigent vers ta pupille.

Dès que tu les vois, absorbe-les goulûment en toi.

Pour t'aider à visualiser, sers-toi de ta respiration. Ils pénétreront ton organisme à chaque inspiration et se répandront exactement là où leur présence est nécessaire.

À chaque expiration, rejette les énergies mortes qui encombrent ton corps.

Tu dois sentir leur chaleur à l'intérieur de toi. Leur énergie tournoie abondamment et opère un grand nettoyage de printemps.

La lumière du soleil est la vie à l'état pur.

Sans elle, il n'y aurait aucune vie sur terre. Tu comprends ? Elle est partout, elle pénètre tout.

C'est aussi simple que ça.

Tu en as autant besoin que tout ce qui vit. Alors ne t'en prive pas.

Lyubov me sourit, mimant ses propos et m'encourageant à bien faire mon travail.

Elle me caresse les cheveux de ses longs doigts pendant que je m'applique à bien effectuer mes respirations initiatiques.

— Oui, comme ça… Bien, Clara, oui.

Continue, tu le fais très bien.

Recommence au moins six ou sept fois d'affilée… Encore… Oui, très bien !

Je commence à trouver cet exercice très agréable et…

— Ouf ! Lyubov, je sens des fourmis partout dans mon corps, la tête me tourne…

— Mais oui, tu vois Clara, c'est normal.

Tu te recharges en énergie, tu n'as pas l'habitude de recevoir autant de lumière d'un seul coup alors ton corps réagit ainsi.

Ne t'inquiète pas, c'est plutôt agréable et cela passera dans quelques minutes.

— Oui, c'est vrai que c'est agréable.

Mince alors !

— Et je peux faire ça n'importe où et n'importe quand ?

— Mais oui, bien sûr ! Ça fonctionne partout car la lumière est partout. Bien sûr, le soleil levant est idéal, mais rien n'empêche d'absorber la lumière présente à d'autres moments et à l'endroit où tu te trouves.

— Wow ! Je ferai ça tous les jours, je te le promets ! C'est génial !

— Allez les filles, en voiture !

Il faut arriver à temps à l'aéroport.

Bogdan vient de nous rappeler à l'ordre et tourne la clef dans le contacteur.

Pensive, je remarque que cet exercice m'a réellement réénergisée et que mes sens sont plus aiguisés.

La petite, elle, dort toujours sur la banquette arrière sans se soucier de rien ni de personne.

Tant mieux, un ange doit avoir ses heures de sommeil, faute de quoi il risque fort de se transformer en démon.

Selon toute évidence, mon périple québécois se terminera dans quelques heures à peine.

Je regrette déjà de partir si prématurément.

Ce pays me plaît bien, cette impression de respirer, d'espace… La gentillesse de ses habitants… Je reviendrai je le sais, je le veux !

Si toutefois les Québécois veulent bien de moi.

Dans un pays étranger, nous ne sommes que des invités. Quoi qu'en disent certains « no-borders », la terre n'est pas à tout le monde et les peuples occupant les différents pays doivent être respectés.

Maintenant, un nouvel horizon se dresse devant moi. Je dois sauver l'humanité de l'autodestruction. Rien que ça…

Si je n'avais pas l'envie d'en pleurer, je pourrais en rire.

J'eus une pensée émue pour Luigi.

Qu'en penserait-il, lui, de toute cette histoire ?

— Dis-moi, Lyubov, je ne les ai jamais vus ces gens, ces entités grises, ni même leurs hommes de main en noir.

Comment cela peut-il se faire ?

N'étaient-ils pas au courant de votre conférence ? De vos déplacements ?

S'ils sont aussi puissants que vous me le dites, alors pourquoi ne nous cueillent-ils pas comme une pâquerette ?

Cela serait facile pour eux !

Sommes-nous vraiment obligés de fuir comme des fugitifs ?

— Clara, ce sont des gens puissants, c'est vrai.

Et tu t'en apercevras bien assez tôt, crois-moi.

Ils peuvent surgir à n'importe quel moment, celui qu'ils choisiront propice à notre capture ou élimination.

Nous sommes porteurs d'un message allant à l'encontre de leurs projets.

Tiens-toi prête et fais appel à tes facultés enfouies, elles referont surface bientôt, petit à petit. Cela ne devrait plus tarder, maintenant.

Ils n'ont pas intérêt à toucher à un seul cheveu de la petite en tout cas, je te le dis, moi ! Maugréai-je dans une moue renfrognée.

Lyubov ne répondit pas, me regarda fixement de ses beaux yeux verts, un léger sourire sur les lèvres.

Elle acquiesça d'un hochement de tête discret et se retourna face à la route, me laissant en tête à tête avec mes pensées.

Ma main droite tournicote machinalement les bouclettes cuivrées de la chevelure de Dusha-Zlata, qui dort encore paisiblement comme une marmotte sur mes cuisses.

Arrivés à l'aéroport, Bogdan se montra plus tendu, ses yeux perçants scrutant les moindres recoins à la recherche d'un quelconque danger, d'une présence hostile… Mais rien ne semble troubler le calme apparent de l'endroit où de nombreux voyageurs vont de-ci, de-là, vers leur destin respectif.

La petite se frotte les yeux encore pleins de sommeil.

— Maman ! Morphée m'a dit que ce n'est pas bien de réveiller un enfant qui dort !

Même si c'est pour prendre l'avion…

— Dusha chérie, Morphée a raison pour le sommeil des enfants, mais n'y connaît rien en avions et devrait s'abstenir de te raconter des bêtises.

L'avion décollera sans toi si tu n'es pas à l'heure, tu sais ?!

Malgré l'angoisse qui nous serre la gorge, nous passons sans encombre la douane, et nous installons sagement dans le Boeing « Air France » qui doit nous mener à destination de Paris « Charles de Gaulle »…

Paris, de l'autre côté de l'océan, cela me paraît si loin… Je me sentais comme chez moi au Québec.

Le voyage me parut plus long qu'à l'aller, sans doute est-ce dû au fait que l'envie de rentrer en Europe n'y est pas.

Je ne pus m'empêcher de jauger les hôtesses de l'air du regard, juste pour voir s'il y en a une dans le tas qui soit aussi sexy et distinguée que ma Lara, mais en vain. J'ai vraiment de la chance !

À notre descente d'avion, au terminal, un brouhaha attire notre attention et, sur nos gardes, nous tentons de comprendre de quoi il s'agit.

Les gens devant moi se précipitent, se bousculent.

Furtivement, j'aperçus entre deux personnes en mouvement, Jean, Anita, Louise et Linda, entourés de personnages tout de noir vêtus et aux mines patibulaires qui les emmènent d'un pas rapide, les enserrant fort par les bras.

Un cri m'échappa, la surprise me trahissant.

Cela attira l'attention des gorilles qui tournèrent le regard vers nous et se mirent à vociférer des ordres tout en nous désignant du doigt.

Bogdan fut le premier à réagir. Sans doute que les réflexes du soldat qu'il fut en Russie refirent surface.

Il nous ordonna de fuir alors qu'il se jetait simultanément sur les hommes qui, à ce moment précis, étaient déjà là pour nous capturer.

Il projeta le premier à travers une vitre, tandis que le second se prit un crochet du droit qu'il n'oubliera probablement jamais de toute sa vie.

Sa mâchoire éclata au sens propre dans un bouillonnement de sang.

Dusha et Lara hurlèrent de terreur, pétrifiées par l'extrême violence de la scène.

Je tirai Lara par la manche et attrapai Dusha sous mon autre bras.

— Bogdan fait diversion, il faut en profiter ! Vite !!!

Lyubov prêta main-forte à Bogdan et envoya au tapis un troisième sbire d'une superbe prise de krav maga.

La boîte crânienne de celui-ci, en heurtant le sol, émit un curieux son de noix de coco.

Il semblait dormir, maintenant. Son sang coula de ses oreilles, de son nez et de ses paupières closes, puis se répandit en auréole sur le carrelage du terminal…

Je posai Dusha au sol car la porter me ferait perdre trop de temps. Sans plus nous retourner, elle et moi filions droit devant aussi vite que possible, suivies de près par Lara, bousculant les gens sur notre passage.

La dernière image que j'aperçus avant de fuir fut le regard fou d'inquiétude que me lança Linda. Je compris qu'elle me suppliait de sauver Dusha coûte que coûte, quitte à me sacrifier pour elle. Que cela seul comptait.

Je ne sais par quel miracle, je me retrouvai dehors juste au moment où un homme chargeait ses bagages dans le coffre de sa voiture, moteur allumé.

Sans hésiter, je m'engouffre dans l'auto, me précipite sur le siège conducteur tout en jetant Dusha sur le siège passager, et enclenche la première pour faire bondir l'engin en avant dans un crissement de pneus digne d'un feuilleton policier à l'américaine.

À la même seconde, Lara a à peine le temps de grimper à l'arrière, accompagnée par Bogdan et Lyubov qui repousse avec une fougue peu commune un dernier assaillant, d'un magistral coup de pied dans le thorax.

Je ne pus m'empêcher de crier :

— Jésus-Marie-Joseph !!!

Ils ont réussi à leur échapper !!!

J'emboutis une camionnette sans ralentir mon allure et fonce droit devant moi sous les cris de rage du propriétaire de la

Renault Mégane rouge brique que je viens de voler et de cabosser.

Dans le rétroviseur, j'aperçois des hommes en noir courir sur la chaussée, nous courser sur quelques dizaines de mètres seulement, puis bifurquer dans une autre direction.

— Attention !!!

Bogdan, surgissant de la banquette arrière, redressa brusquement le volant. Évitant ainsi de justesse une mère et son enfant qui traversaient tranquillement la chaussée sur un passage clouté.

— J'ai failli les écraser… Ouf !!!

L'entrée de l'autoroute est proche, et déjà un panneau indicateur me renseigne sur l'itinéraire à suivre.

Sans demander l'avis de personne, je prends naturellement la direction de la Belgique.

J'appuie à fond sur l'accélérateur en espérant que les hommes de l'aéroport ne nous suivent pas dans de grosses voitures puissantes.

Je ne peux m'empêcher de penser à nos amis qui sont tombés entre leurs mains. Ils avaient pris le vol précédent et nous attendaient imprudemment alors qu'ils auraient dû quitter l'enceinte de l'aéroport au plus vite pour des questions évidentes de sécurité…

Que va-t-il leur arriver ? Et que vont-ils leur faire ?!

Dusha est étrangement calme sur son siège.

Elle a même pris la peine d'attacher sa ceinture de sécurité, la mine assombrie.

L'aéroport de Roissy-Charles de Gaulle n'est plus qu'un petit point à l'horizon, et aucune voiture ne semble nous suivre.

Ont-ils l'intention de nous tendre un piège plus loin ?

Sans doute ont-ils eu l'ordre de nous laisser filer, car une telle organisation a logiquement les moyens humains et matériels de nous courser, nous traquer.

Concernant mon choix directionnel, il semble de toute évidence convenir à Bogdan et Lyubov car ils ne disent mot à ce sujet.

Et qui ne dit mot consent, dit-on.

Cette vieille carriole n'a plus rien dans le ventre.

Il va falloir trouver un autre véhicule, faute de quoi nous serons vite repérés.

Le temps est maussade et une fine pluie agaçante s'éclate sur le pare-brise. Il ne manquait plus que ça !

Une image, comme un flash inattendu, vint soudain interrompre le flux de mes pensées.

J'ai la vision d'un corbillard, fenêtres ouvertes, avec des tas de mains sortant de celles-ci, me faisant signe de venir.

Ces mains s'agitent avec insistance comme pour m'indiquer l'urgence de la situation.

De toute façon, nous ne pouvons rester plus longtemps sur cette même route.

Je prends donc la première sortie sous les interrogations inquiètes de Lara qui ne comprend pas pour quelle raison je m'engage sur cette départementale.

Je lui explique que je suis mon intuition. Un panneau indicateur affiche enfin le nom d'un patelin : Ognon… Je n'ai aucune idée de l'endroit où on se trouve et suis la route avec l'espoir de trouver bientôt un point de repère qui puisse me renseigner quant à la direction à prendre.

Je questionne Bogdan qui, contrairement à moi qui montre des signes de nervosité, reste calme et serein, d'apparence du moins, sur son siège.

— Continue, Clara, ton intuition ne te trompe pas. Nous sommes sur la bonne route.

Nous ferons étape chez Vlad.

Sa demeure n'est qu'à quelques dizaines de kilomètres d'ici.

— Vlad ?!

Bogdan ne répond pas tout de suite et me regarde d'un air entendu dans le rétroviseur, avec un sourire en coin.

Avant que je ne réitère ma question, mon attention fut happée, à l'entrée de l'agglomération, par l'apparition d'un funérarium dans lequel rentre une foule de personnes en deuil, toutes habillées de noir et de gris, dos voûtés tant par le chagrin de la perte d'un être cher que par le froid et la pluie.

En file indienne et protégés, pour les plus chanceux, par des parapluies noirs eux aussi, ils s'engouffrent peu à peu à l'intérieur du sinistre bâtiment, suivant leur défunt jusqu'à sa dernière cérémonie.

Sur la devanture, un corbillard. Un break Mercedes rallongé des années quatre-vingt, gris anthracite et dont le toit est encombré de nombreuses gerbes mortuaires, attend, abandonné de tous.

Le chauffeur a sans doute dans ses attributions le portage du cercueil…

Ce faisant, il doit être parmi les premiers à être entrés dans le lieu.

Je stationne la Renault dans une impasse adjacente, cachée aux regards indiscrets, et fais signe à mes compagnons de me suivre en silence.

D'un rapide coup d'œil, je m'assure que les clés sont bien sur le contacteur de la Mercedes.

Il n'y a plus personne en vue. Allons-y. Vite !

Bogdan prend le volant et démarre discrètement, tout en douceur.

À l'intérieur, une forte odeur de chrysanthèmes mélangée à celle des produits d'embaumements me soulève le cœur. J'ai toujours détesté cette odeur !

Mon intuition de tout à l'heure était bonne, ce véhicule nous attendait et d'ici à ce que l'incinération soit terminée, nous serons loin.

Je sens mon ventre frétiller. Le poisson-bisou y est heureux. Il développe mes facultés psychiques latentes et me les rend disponibles par moments, jusqu'à ce qu'elles soient installées en moi de manière permanente.

Je souris.

Lara, assise sur la banquette arrière avec Dusha et moi-même, sort de son sac un spray aux huiles essentielles de citronnelle et en pulvérise, de quelques giclées, l'habitacle.

Je ne suis évidemment pas la seule à être incommodée par l'atmosphère ambiante.

Dusha me serre le bras, fait une grimace et me dit :

— Tout de même, Clara, tu aurais pu choisir une autre auto, non ?!

— Ben non, je ne crois pas, Dusha, excuse-moi…

— Moi, j'aurais préféré une camionnette de crèmes glacées !

Éclats de rire dans la voiture, je lui chiffonne les cheveux.

— Dis ! Canaille ! Tu as raison, moi aussi j'aurais préféré.

J'observe le paysage au-delà de la buée qui opacifie les vitres. Je ne vois pas grand-chose mais ce qui s'offre à mon regard me fiche le bourdon.

Du gris, de la pluie et des champs boueux qui me rappellent furieusement ceux de Saint-Constant, en moins bien.

Boff ! Je préférais Montréal, sa foule joyeuse et ses vitrines illuminées, il n'y a pas photo !

— Oh non !

Bogdan hurla, furieux. Il pila sur place, ce qui nous projeta tous vers l'avant.

Lyubov, qui n'a pas attaché sa ceinture de sécurité, se cogna violemment le front sur le pare-brise.

Aussitôt, Bogdan lui prit le visage entre les mains en s'excusant, lui susurrant des mots tendres en russe.

C'est très joli à entendre.

Dusha me dit qu'il calme sa douleur ainsi.

Tandis qu'il la soignait, je vis dans la lumière des phares, un carrefour en croix affublé d'une série de panneaux directionnels.

Nous avons le choix entre, à gauche, Paradis… À droite, Enfer… Tout droit, Purgatoire et derrière nous, Néant.

— C'est une blague ! dis-je.

— Ils ont de ces noms, les bleds par ici…

Je n'ai jamais vu un truc pareil !

On ne trouve ça qu'en France, sans déconner !

— Ce n'est pas une plaisanterie, Clara.

Mmmh ! Il a une voix à tomber, ce Bogdan… Avec son petit accent russe extra-croustillant, il me fait craquer. Je donnerais cher pour être à la place de Lyubov.

Je veux bien m'éclater le front plusieurs fois par jour pour qu'il me prenne ainsi entre ses mains et me parle de la sorte…

Aussitôt, Lyubov se tourna vers moi et me fusilla du regard.

Oups ! A-t-elle deviné mes pensées ?

Lara, les yeux embrumés, me pinça la peau du bras et Dusha me dit :

— Ce n'est pas bien, Clara, papa aime très fort maman ! Tu n'as pas le droit !!!

Bogdan me fixe en silence de son regard bleu métallique, dans le rétroviseur.

J'irais bien me cacher dans un trou de souris s'il y en avait un à proximité tant je suis honteuse.

Ils ont tous lu dans mes pensées comme dans un livre… Mince ! Il va falloir que je fasse attention à ne pas sortir du droit chemin, dorénavant.

— Oui Clara, tu peux communiquer par télépathie maintenant, fais donc attention à contrôler tes pensées, s'il te plaît. De plus, sur ce plan, elles ont un peu tendance à partir dans tous les sens, tu ne crois pas ? Ne peux-tu donc rester fidèle à Lara puisque tu l'as choisie ?! Ta légèreté n'engage pas que toi, tu blesses la sensibilité de tout le monde par ton instabilité émotionnelle. Je te serais reconnaissante de faire un effort pour corriger ce défaut, à l'avenir.

Me dit froidement Lyubov.

— Bon, ça va, excusez-moi une fois de plus, je me rends compte que je suis encore humaine et donc imparfaite. Voilà… Allez, cessez de me regarder comme ça, je vous promets de me corriger… Puis je vous aime tous ! Je vous demande pardon… Je fais des bêtises.

Une larme coule maintenant sur ma joue, je l'essuie d'un revers de main en reniflant. J'ai honte.

— Tu es ici pour connaître Dieu, et il n'est connaissable qu'au travers de ses différentes manifestations. Et voilà pourquoi tant de gens sont sur terre ou ailleurs sous différentes formes et dans différentes situations, de la plus élevée à la plus basse. Ne t'inquiète pas, tu es toute pardonnée. Nous t'aimons aussi. Fort !

Dusha m'embrasse longuement sur ma joue humide.

— Bon, tout ça ne me dit pas ce qu'on fait, maintenant.

Où décides-tu d'aller, Bogdan ?

Paradis m'attire plus qu'Enfer ou Purgatoire, si je peux donner mon avis.

— Clara, nous ne sommes plus en France, ce corbillard nous a emmenés dans une autre dimension.

— Euh, tu peux préciser, Bogdan ?!

— Toutes ces mains qui te faisaient signe de venir, dans ta vision de tout à l'heure, ce sont celles des nombreux défunts qui ont été véhiculés et habitent encore ce corbillard.

L'accumulation de leurs émotions, convictions religieuses et culturelles depuis toutes ces années ont créé un égrégore fidèle à ce qu'ils croyaient globalement. Il nous a projetés dans cette sphère malgré nous.

— Mais, c'est un endroit virtuel alors ?!

— Tu sais que les certitudes sont les ennemies de la vérité, ou plutôt sont un obstacle qui nous bloque dans notre élan comme un coup de frein sur l'autoroute de l'évolution, et nous font faire du sur place alors que d'autres, à l'esprit plus souple, filent en droite ligne vers une conscience plus large, qui est la destination ensoleillée que tous convoitent.

En grimpant dans ce véhicule, nous nous sommes plongés dans le monde astral appartenant à ces gens qui y sont bloqués par leurs certitudes.

C'est comme une faille spatio-temporelle dans laquelle nous nous serions glissés involontairement.

D'où cette notion passablement faussée des quatre seules directions possibles dans ce plan, le paradis, le purgatoire, l'enfer et le néant.

Ces gens sont certains de n'avoir que ces choix car durant leur vie terrestre, leur religion leur a rabâché sans cesse qu'ils iront soit ici, soit là-bas, selon leur comportement du temps de leur vivant.

Dans le plan astral en particulier, on vit exactement ce qu'on est persuadé devoir vivre. L'enfer ou le paradis, nous nous les créons nous-mêmes en fonction du taux vibratoire plus ou moins intense de nos pensées, croyances… C'est un peu simplifié, mais globalement, c'est comme ça que ça se passe.

Tu me l'as d'ailleurs enseigné à ta façon quand nous étions tous deux sur ce plan et que tu avais en charge mon apprentissage. Lorsque tu étais Loïse et moi Léon… Tu te souviens ?

— Ah oui…

Je sortis de l'auto et fis quelques pas dehors.

Je m'aperçus qu'un cortège impressionnant de défunts me suivaient en une longue file, sortant comme moi du corbillard. Apeurés, pleurnichants, se lamentant sur leur sort.

Du chemin menant à « Enfer », surgirent de petites bestioles grimaçantes et cornues, au doux pelage rouge mat, et affublées d'une queue de singe dont le bout se termine en pointe de flèche, ainsi que de sabots de chèvre en guise de pieds.

Leurs yeux de jais sans expression cherchant qui, de cette foule, est destiné aux flammes éternelles de l'enfer.

Elles se jetèrent comme des bêtes sauvages sur ceux-ci et, les perçants du bout de leur fourche, s'acharnèrent sur eux sans pitié, les traînant par les cheveux sur le sentier boueux de sang et de terre.

Elles leur assénaient des coups de sabots dans les côtes et le visage en ricanant allègrement d'une voix grinçante et cruelle.

Je vis ces malheureux s'éloigner dans des cris de terreur et de douleur, vers un horizon au ciel rougeoyant des flammes sorties tout droit des nombreux barbecues géants où les créatures diaboliques étalent les condamnés en rangs de merguez, et tous se tortillent de souffrance dans les flammes depuis la nuit des temps, mais à leur grand désespoir, ne sont jamais suffisamment grillés au goût de leurs bourreaux qui prolongent la cuisson au gré de leur cruauté toujours grandissante.

D'autres créatures, toutes glauques et difformes, tournoient autour comme des mouches à crotte en vociférant tout un tas d'insanités, et déploient une panoplie inimaginable de vices propices à faire vomir de dégoût le plus grossier et immonde des hommes de la terre.

Injures et crachats acides s'abattent sur les pauvres victimes jusqu'à nouvel ordre.

D'autres sont emmenés dans des troquets où des créatures ignobles et imbibées d'alcool se repaissent des dernières substances de leurs proies, de leurs viscères, leur sucent littéralement les dernières gouttes de leur maigre vie en les entraînant inexorablement dans les tréfonds du gouffre obscur d'Adès dont on ne remonte plus jamais lorsqu'on en a atteint le fond.

D'autres encore subiront des sévices plus abjects les uns que les autres, les exemples étant hélas nombreux sur ce vaste territoire qu'est « Enfer ».

Je commence à bien m'amuser, moi. Cette petite visite est très « smart ».

Je me dirige maintenant en direction de « Purgatoire ».

J'y vois des gens debout ou assis, ils ne sont ni bien ni mal.

Ils passent tout leur temps à s'expliquer l'un l'autre les circonstances qui orientèrent leur destin.

Ils se justifient du pourquoi et du comment des situations et des événements de leur vie passée qui les ont décidés à agir de telle ou de telle autre façon… Ils se lamentent, se fustigeant à tout va.

Ils sont très nombreux et toutes ces plaintes créent un tel brouhaha que c'en est intenable.

L'environnement est neutre, triste, gris… Je m'y ennuie.

C'est au moment où, tout excitée, je m'apprête à aller voir « Paradis », que je fus projetée, comme tirée vers un autre lieu, sur terre cette fois, dans la voiture en compagnie de mes amis.

Je ne peux m'empêcher de les toucher afin de m'assurer qu'ils sont bien réels.

— Ah ! Te revoilà enfin, Clara, tu retrouves tes capacités mais tu ne les contrôles pas encore très bien… J'ai vite compris que nous n'avions rien à faire à cet endroit.

Il fallait nous extraire de cet égrégore.

Ne t'inquiète pas, la voiture est libérée de toutes ces âmes, maintenant.

J'ai fait le nécessaire pour les en sortir.

— Ah oui, ça, j'ai vu…

Lyubov me rassura comme elle le pouvait.

Cette expérience me déstabilisa pourtant plus qu'il ne fallait et me laissa un sentiment de vulnérabilité bien désagréable qui ne me quittera plus de toute cette journée passée sur ces routes tristes et interminables.

Les roues de la Mercedes crissent sur le gravier de l'allée d'une propriété de grand luxe.

Une énorme grille ouvragée en fer forgé se referme sur notre passage, sans que personne ne la manipule.

Nous roulons au pas et le parc magnifiquement entretenu offre au regard ses arbres séculaires, ses pelouses rases aux bordures parfaitement tranchées, ses parterres sans aucune mauvaise herbe qui puisse troubler l'ordre et l'harmonie d'un travail assurément hautement professionnel.

Nous laissons sur notre droite un étang en surface duquel quelques cygnes majestueux, immaculés, pataugent calmement.

Le trajet semble long.

Dusha, le nez collé à la vitre, les yeux écarquillés, essuie la buée du revers de la manche pour essayer de mieux voir ce magnifique jardin.

— Où est-on, papa ? Dis, chez qui sommes-nous ?

— Nous sommes au manoir de Haut-Regard ma chérie, chez oncle Vladislav.

Nous sommes attendus.

Il nous hébergera le temps nécessaire. Nous sommes tous fatigués. Un peu de repos nous fera le plus grand bien.

— Youpiii !!! Tonton Vladi !!! Oh, il a un jardin qui me plaît déjà beaucoup !

Je pourrai aller dire bonjour aux cygnes, dis, papa ?

— Oui ma puce, mais pas avant d'avoir salué ton oncle comme il se doit.

La sinistre voiture marque l'arrêt devant l'entrée grandiose de l'imposante demeure.

Une architecture typiquement française du dix-huitième siècle, avec de grandes fenestrations toutes en petits croisillons. Les proportions sont fines et élégantes.

Le tout dans un état d'entretien irréprochable.

Ce n'est pas étonnant, il y a du personnel.

Un majordome très stylé mais raide comme un piquet, en tenue queue de pie sombre et plastron rayé noir et or, nous ouvre la portière en prononçant, les lèvres pincées, une phrase de bienvenue dans un français châtié.

Du coin de l'œil, je pus apercevoir un jardinier engoncé dans une grosse écharpe de laine, occupé à ratisser les gravillons de l'allée bordant les écuries voisines. Il est difficile de lui donner un âge. Il est affublé d'un gros nez de pochtron, teinté de mauve sur l'extrémité boursouflée, mais a l'air d'un bien brave homme.

Ce Vladislav ne manque pas de moyens financiers, cela semble plus qu'évident.

Quoi qu'il en soit, je serai heureuse de pouvoir me doucher et prendre un peu de repos.

C'est que la journée a été quelque peu éprouvante… Plutôt forte en émotions.

Puis le sort de nos pauvres amis tombés aux mains de nos ennemis m'angoisse et me trotte en tête.

Le majordome, qui se nomme Félix, a les cheveux si luisants de brillantine que je peux voir mon reflet dedans.

Il nous installe, Lara et moi, chacune dans une chambre d'une personne. Hélas séparées.

Lyubov, Bogdan et Dusha, quant à eux, ont hérité d'une suite parentale avec petit salon privé et lit double super large.

La mienne est cossue et une salle de douches à l'équipement ultra moderne y est accolée.

De la fenêtre, je vois les écuries et le jardinier qui, sentant mon regard peser sur sa nuque, leva les yeux de biais et me surprit à l'observer.

Je me sentis gênée par ma propre indiscrétion et filai sans tarder me déshabiller.

Une tenue neuve m'attend sur une tringle, bien en évidence.

Il s'agit de la bonne taille, c'est signé Dior. Une longue robe de soirée fourreau, de couleur noire, tout à fait à mon goût et d'excellent choix.

Tonton Vladislav est un homme prévenant.

Entièrement nue, la peau encore humide et un drap de bain spongieux rouge « sang de taureau » noué en turban autour de ma tête, me donnant un faux air de concubine du harem d'un grand Vizir, je passe dans ma chambre, les orteils s'enfonçant dans le moelleux d'une moquette épaisse de teinte blanc cassé.

Il y a là une psyché dans laquelle je peux m'admirer de la tête aux pieds.

Le spectacle m'émeut, je me trouve belle à croquer.

Mon corps tournoie, léger et élégant, offrant à mon appréciation hautement critique, toutes ses courbes, sous tous les angles.

Je souris, satisfaite.

« Tu vois Bogdan, je suis une parfaite représentante de la branche italienne du peuple blanc. Je suis un esprit de l'air, une sylphide celtique… Tu dois être fier de moi. »

— Je peux lire dans tes pensées, Clara, et je te le confirme, tu es belle et resplendissante !

Cette phrase prononcée juste dans mon dos me fit sursauter, mais ma surprise ne fut que de courte durée car je reconnus instantanément la voix douce de ma Lara.

— Lara, ma chérie ! Je ne t'ai pas entendue rentrer… Tu es bien discrète…

— Parce que je ne voulais pas troubler un si plaisant spectacle.

Je me retourne, elle se dresse à peine à deux mètres de moi, moulée dans un fuseau vert profond, décolleté plongeant, cheveux lourds et brillants revenant par-dessus son épaule gauche.

Un collier ras de cou en fines perles de grenat et de pierres de lune scintille d'éclats rouge sombre et blancs bleutés à la lueur feutrée de la lampe de chevet. Collier parfaitement assorti à une paire de pendants finement ciselés.

Elle a la beauté insolente d'une déesse.

Ce n'est pas ce soir que je regretterai de l'avoir embrassée dans le cou lors de mon vol pour Montréal… Ses lèvres pulpeuses n'ont nul besoin d'artifice car elles sont naturellement d'un rose soutenu tout à fait seyant.

Mes yeux fixés sur celles-ci, je suis subjuguée.

Elles s'avancent et se posent finement sur la peau de mon épaule. Je ferme les yeux et savoure ces cinq secondes de bonheur intense.

J'aime me sentir désirée.

Puis, me laissant sur ma faim, Lara se retire en me susurrant de sa voix suave d'hôtesse de l'air que nous sommes chaleureusement conviées à la table de monsieur Vladislav ce soir, et invitées à lui faire l'honneur de partager un apéritif à vingt heures sonnantes au petit salon rouge, nous y serons tous réunis.

Ses longs cheveux d'or, souples et soyeux, parfaitement peignés et maintenant ramenés le long de son dos, se balancent au rythme de sa démarche langoureuse, balayant sa chute de reins dans un ordre parfait.

Sur ce, ma belle conquête referma silencieusement la lourde porte de chêne français derrière ses pas, sans plus un seul regard dans ma direction, de tout le temps que dura sa retraite.

Dehors, l'obscurité est maintenant totale.

D'un rapide coup d'œil sur l'horloge, j'évaluai le temps restant avant l'heure du cocktail et réintégrai la salle de douches pour enfiler ma robe de soirée et peaufiner les détails de mon maquillage.

Je tiens absolument à être la plus jolie possible pour Lara et crains de n'être pas à la hauteur de sa propre beauté.

Je dois avouer qu'une certaine angoisse étroitement liée à de la jalousie, me titille les nerfs à l'idée que notre mystérieux hôte puisse être séduit par mon amour, ma douce, et ce soir en particulier, presque trop attirante Lara.

Il faut dire qu'il a été tout aussi généreux et bien inspiré avec elle qu'avec moi-même, si je puis en juger à la robe et à la parure qu'elle porte…

Dix-neuf heures et cinquante minutes, le compte à rebours est enclenché.

Un nœud oppressant se resserre sur mon plexus solaire.

Je me sens mal à l'aise, un peu comme si une alarme m'indiquait que quelque chose ne tourne pas rond.

Si seulement je pouvais éviter ce moment, cette rencontre avec Vladislav… Je suis presque dans un état second, j'évolue comme un chat pour garder le contrôle de mes gestes.

Ma perception est décuplée, tous mes sens sont en alerte.

Automatiquement, je ferme la porte de ma chambre, redresse mes épaules, respire un grand coup et marche d'un pas posé dans le hall de nuit.

Je ne vois personne. Où diable est Lara ? Je stoppe devant sa chambre et cogne trois coups du doigt sur le bois de sa porte.

Aucune réponse. Je l'appelle doucement… Sans plus de résultat. Serait-elle déjà en bas ?!

Perplexe, j'entame en silence la descente des escaliers recouverts d'un tapis sombre. Seules quelques marches gémissent discrètement lors de mon passage.

Je ne croise toujours personne. Le nœud de mon plexus se resserre encore plus douloureusement.

La haute et double porte blanche aux liserés dorés du petit salon rouge se dresse devant moi et me paraît plus difficile à franchir que le rideau de fer de Berlin.

Derrière, se devinent les voix de plusieurs personnes, me laissant supposer que, peut-être, je suis la dernière arrivée.

Gardant tant bien que mal mon sang froid malgré mon stress, je jette un œil sur le cadran de l'horloge de parquet qui indique vingt heures moins deux minutes.

Je pose la main sur la clenche, respire un grand coup et au moment où je me décide enfin, non sans appréhension, à découvrir la nature de notre hôte, Lyubov survient derrière-moi, détendue et rieuse.

Elle m'interpelle.

— Clara ! Ma Clara, mon Dieu, mais que tu es jolie ! Cette robe te va à ravir !

Bogdan, sur ses pas, me fit un clin d'œil accompagné d'un hochement de tête significatif qui ressemble fort à un compliment.

Je suis heureuse d'être accompagnée et ne manque pas, au passage, de féliciter également Lyubov pour son élégance, ceci sans feindre le moins du monde. Je me sens réellement et en toutes circonstances, toute petite devant le charisme de cette femme.

Bogdan, prévenant comme toujours, nous ouvre le passage et nous entrons dans le petit salon rouge qui porte bien son nom.

Je remarquai les écorchures qui marquent la peau de ses doigts. Ces blessures sont les stigmates de la violente échauffourée de l'aéroport.

— Ah ! Voici mes chers invités !

Vous êtes ponctuels… Vous m'en voyez ravi !

Je vois enfin monsieur Vladislav Dazdra.

Sa voix sonore et chaude, teintée d'un léger accent russe très sophistiqué, dénote un esprit distingué.

De haute stature, une cinquantaine d'années environ, le visage harmonieux mais marqué par les épreuves, cheveux bruns grisonnants impeccablement coupés et yeux d'un bleu cobalt au regard assuré mais doux.

Cet homme assis aux côtés de Lara dans un énorme canapé Chesterfield en cuir noir, se lève afin de nous accueillir et s'approche de moi en premier, me prenant délicatement la main pour y poser ses lèvres avec beaucoup de classe et de respect.

— Mes hommages, mademoiselle Clara.

Je suis enchanté de faire votre connaissance.

Vous êtes très en beauté et suis heureux de constater que cette robe vous sied à merveille.

J'ai pris la peine de la choisir moi-même chez Dior à l'occasion de votre visite.

Bienvenue au manoir de Haut-Regard.

Prenez place, je vous prie, auprès de Lara avec qui je faisais agréablement connaissance.

Je m'en doutais ! Mes yeux fusillèrent Lara qui rougit et baissa les siens.

Un éclair fulgurant de jalousie provoqua une montée d'adrénaline le long de ma colonne vertébrale.

Cet homme avoisinant les deux mètres, trop beau, plein de charme et d'attentions… Seul avec elle… J'en voulus à Lara d'être descendue sans moi, de ne pas avoir pris la peine de m'attendre pour m'accompagner au petit salon rouge.

Elle comprend immédiatement les sentiments qui m'animent et ne sait où poser le regard.

Furieuse, par réaction, je m'assieds à l'opposé de Lara et fais mine de l'ignorer.

Ce n'est pas ce que j'ai fait de plus intelligent car du coup, Vladislav, qui a fini d'embrasser son frère et sa belle-sœur, s'empressa de se rasseoir à sa place initiale, l'air très satisfait de cette opportunité que je lui offre par omission.

Mon attitude est ridicule, je ne suis pas du tout sûre de moi.

J'en perds tous mes moyens.

Félix passe de personne en personne avec, à la main, un plateau rempli de coupes de champagne. Je m'empresse d'en prendre une, cela m'aide à me donner une contenance.

Lyubov, assise nonchalamment sur la manchette de mon siège, me vante les qualités de Vladislav, évoque son enfance en compagnie de son petit frère Bogdan, les quatre cents coups qu'ils perpétraient et la complicité qui les unit toujours à l'heure actuelle malgré leur importante différence d'âge.

Mais je ne l'écoutais qu'à moitié.

Tout en lui souriant poliment, je jetais des coups d'œil courroucés ou inquiets, en tout cas fort peu discrets, en direction de Lara et de notre hôte.

Ils sont assis si proches l'un de l'autre que leurs genoux se touchent.

Ils en paraissent inconscients mais je suis sûre que non en réalité, et Lara laisse faire.

Je sais qu'elle en est émoustillée. Elle rit à gorge déployée, se penche vers lui en signe d'intérêt intense, offrant de la sorte au regard de Vlad son décolleté insolent de beauté et, dans le cours de leur passionnante conversation, lui touche même le bras et l'épaule sous forme de petits passages furtifs, de sa main légère et caressante.

Mais ses caresses ne peuvent que m'être réservées, et en exclusivité, nom d'un chien !

Pourquoi se permet-elle de toucher cet homme ?

Elle lui donne l'impression d'être conquise de manière non équivoque, sans vergogne et ne me lance jamais de regard complice pour me signifier qu'elle pense à moi. Je n'ai droit de sa part à aucun signe de considération.

Elle m'a oubliée, je n'existe plus…

Et lui, là, qui monopolise son attention…

Qui gonfle son ego comme une baudruche à chaque fois qu'elle glousse, comme une poule, à ses propos…

Va-t-elle cesser de le toucher ?!

Non, mais à quoi joue-t-elle donc ?!

Ses yeux pétillent comme jamais avec moi lorsqu'elle l'écoute, le regarde fixement, pupilles dans les pupilles… Quelle insolence !

J'en ai des nausées. La jalousie jaillit par tous mes orifices comme si j'étais une bouteille de soda qu'on remue sauvagement et dont la pression intérieure augmente dangereusement jusqu'à risquer de faire péter le bouchon d'un instant à l'autre.

Ma main gauche se mit à frotter vigoureusement le velours du fauteuil sur lequel je me tortille de rage, à l'en déchirer.

Oh ! Il lui pose la main sur le genou !!!

Ses doigts glissent sur sa peau, imperceptiblement, d'avant en arrière…

Il s'y prend bien, le salaud !!! Je suis sûre qu'elle est au bord de l'orgasme, je vois son teint s'empourprer !

— Clara ! Clara, tu m'écoutes ?

Lyubov, s'apercevant de mon inattention à sa conversation qui tournait en monologue, un peu vexée, se lève subitement.

Elle me laisse alors seule face à mes bourreaux et à ma détresse sans cesse croissante.

Lara, à mon grand dam, est en pleine phase séduction.

Je détourne le regard de cette scène insupportable, et aperçois une femme debout à côté d'une commode en acajou.

Elle a l'air triste, seule, avec une évidente amertume dans le regard. Elle passe doucement et de façon répétitive le bord de son verre sur ses lèvres pulpeuses qui se déforment légèrement à chaque passage de ce dernier.

Il ne me faut pas très longtemps pour deviner qui est cette femme, ni pour savoir quel parti je peux en tirer.

Ni une ni deux, j'élabore à la va-vite un plan d'expédition punitive envers Lara et Vlad.

Je me lève et approche langoureusement, l'air détaché et tout sourire, de cette belle alliée providentielle.

— Bonjour, je viens de m'apercevoir de votre présence discrète… Nous n'avons pas été présentées et je meurs d'envie de faire votre connaissance.

Mon nom est Clara.

Sans tourner la tête, la femme oriente un œil un peu désabusé dans ma direction et me répond poliment d'un petit…

— Bonsoir.

Puis dans un léger soupir, elle pose son verre sur la commode, me tend la main, tourne enfin son visage vers moi et balbutia d'un air las :

— Sophia. Je suis l'épouse de Vladislav.

Enfin, je pensais l'être encore jusqu'à ce que je m'aperçoive que la place que j'occupe ici semble de toute évidence optionnelle ou chancelante…

Est-ce également votre avis ?

Clara ?

Répondez avec autant de franchise qu'il vous est possible, si vous voulez bien.

Les circonstances ne vous permettent aucune hésitation à cet égard, je crois.

Elle prononça ces mots tout en fixant son mari d'un regard qui en disait long.

Je ne réponds pas directement à sa question, il ne m'appartient pas de la conforter dans ses impressions de façon si frontale, aussi vraies qu'elles puissent paraître.

— Permettez-moi de rester silencieuse, Sophia, je vous respecte bien trop pour vous faire l'affront d'exprimer aussi librement mes sentiments quant à cette situation.

J'avais vu juste, Vladislav est bien son mufle de mari.

Un rapide coup d'œil à l'annulaire de celui-ci me le confirme, puisqu'une alliance identique à celle de Sophia occupe la phalange concernée.

Pour combien de temps est-il encore son mari ?

Il est malheureusement légitime de se poser cette question embarrassante, eu égard à l'attitude on ne peut plus débridée de cet homme, d'autant plus que la présence de son épouse et des invités dans cette pièce, ne semble aucunement tamponner sa fougue.

Le rire de Lara que d'habitude j'adore, là, a le don de m'agacer au plus haut degré.

Ce soir, pour moi, il ne s'agit plus de rires envoûtants et pleins de charme, mais des piaillements ridicules d'une poulette immature !

— C'est bien mon avis aussi.

— … Je vous demande pardon ?

— Je vous dis que je partage vos pensées.

Je lis en vous avec une facilité déconcertante.

Je vais même vous éviter de longues explications et négociations destinées à me convaincre, car j'adhère également totalement à votre plan de vengeance.

Je le devine sournois peut-être, mais terriblement et efficacement féminin.

Je me trompe ?

D'autant que je n'aurai aucun mal à passer à l'action avec vous.

Vous me plaisez beaucoup.

Ne tournons pas autour du pot, voulez-vous ?

Enchaînons sans tarder.

Elle me toise du regard, me scanne de la tête aux pieds d'un air satisfait.

Je fais de même.

Cette femme qui doit approcher de la cinquantaine, et malgré la peine qui assombrit son visage, a gardé une tenue de grande classe et un corps plus qu'appréciable.

Elle a deviné mes intentions, preuve d'intelligence et d'un esprit vif.

Elle est brune, cheveux lisses tombant jusqu'aux épaules, d'assez petite taille, de grands yeux noisettes, une jolie petite poitrine pointant sous sa robe légère comme un présage de pur bonheur.

Ses épaules et son dos sont droits.

Elle est fine et élégante. Son corps est représentatif de quelqu'un qui a grandi sous le poids d'un sentiment dominant de trahison.

Elle est donc naturellement hyper sensible à cette notion, plus que n'importe qui d'autre.

Entre les mains de ce géant, elle doit paraître fragile et cassante comme de la porcelaine…

Nous improvisâmes une mise en scène bancale visant à attirer l'attention sur nous.

Ni l'envie ni le temps de trouver mieux… Malgré l'aspect très discutable de notre plan.

Nous nous embrassâmes du coin des lèvres, juste le temps qu'il fallut à Vlad et Lara, les principaux intéressés, pour nous remarquer.

Très proches l'une de l'autre, nos doigts s'entrelacèrent discrètement, mais à la vue de tous.

Je sais, c'est un peu grossier et pas trop moral, mais très efficace.

Ceci savamment exécuté au regard stupéfait de l'assemblée, nous nous éclipsâmes, main dans la main, sans mot dire.

Avant de quitter la pièce, du coin de l'œil, j'eus le temps d'apercevoir le visage figé de Lara dont la bouche restait béante sous l'effet de surprise.

Dès la porte du petit salon rouge refermée derrière nous, nous remarquâmes que le silence s'installa et persista dans la pièce.

Pari gagné !

Le résultat ne se fit pas attendre, car aussitôt surgit Vladislav dans un grand fracas.

Fronçant sévèrement ses sourcils foncés, il s'adressa à Sophia de manière très autoritaire.

Grondant d'une voix rocailleuse comme le tonnerre de Dieu un soir de tempête au Cap Horn.

— Sophia ! Où vas-tu ainsi ?! Reviens immédiatement au salon, je te prie !!!

Ton attitude est intolérable !

Tu me fais honte !

Nos invités sont inquiets !

Sophia lui répondit sur un ton calme mais très ferme.

— Mon attitude ?

Tu oses me parler de mon attitude, Vladislav ?!

Mais qui donc de nous deux a une attitude déplacée, dis-moi ?

Qui de nous deux drague ouvertement et sans complexe la première midinette venue ?

Et cela sans se soucier le moins du monde des sentiments que je peux éprouver face à cette grossièreté que tu étales sous mes yeux, sans considérer une seule seconde ma présence esseulée ?

Qui plus est, tu sais pertinemment bien que cette fille est en couple avec Clara ici présente !

As-tu bien conscience du comportement ridicule que tu adoptes en présence de madame décolleté plongeant ?!

Ah ! Oui, pour ça, tu plonges tête baissée, comme un bourrin que tu es et as toujours été !

Vous êtes beaux, tous les deux ! Tels que vous êtes là, je ne donne pas une demi-heure pour que tu renverses ton « zakouski » sur le canapé et le dévores devant tout le monde à même le cuir !

C'est ton attitude qui est intolérable, Vladislav !

Tu as un ego plus gonflé que le zeppelin « Hindenburg », il ne laisse aucune place pour une épouse, pour moi en l'occurrence…

Si tu as besoin d'une potiche pour décorer ton manoir, ce ne sera pas moi, monsieur le Tsar !!!

Tu n'as qu'à demander à ta star en Dior !

Tu sais, celle qui rit bêtement et par pure politesse à tes blagues stupides, et t'attend avec impatience dans ce foutu canapé qui va bientôt prendre feu tant elle a chaud au cul !

Et toc ! Ce petit bout de femme a du caractère, ça me plaît !

Dans l'emportement et l'excitation du moment, je faillis envoyer ma main droite, celle qui donne, dans la figure de Vladi.

Ça me démangeait, mais la bienséance voulut que je m'en abstienne.

Sophia me tient toujours la main gauche, et dans son énervement, elle me la serre à l'en broyer.

Alors il se passa un événement qui provoqua chez moi une bouffée de joie indiscutable, Sophia envoya de façon fulgurante sa petite main gauche, arquée (C'est plus douloureux), en pleine face burinée de Vlad le beau mufle ténébreux.

En pleurs, elle lui tourne le dos et s'enfuit sans me lâcher la main, m'entraînant avec elle bien malgré moi, cette fois.

Je trébuchai et faillis m'étaler de tout mon long sous les yeux effarés de Vlad.

Elle est partie sur les chapeaux de roue, je n'ai même pas eu le temps de voir la trace rouge sur la joue de son mari. J'eus pourtant trouvé cela plaisant.

Je la suis dans sa course, bien triste et frustrée, ou peut-être soulagée que Lara ne se soit pas montrée à son tour.

De son côté, Vlad, arborant maintenant un sourire faussement détendu, tente de rassurer ses invités et les pria de bien vouloir excuser son épouse pour son attitude déplacée et incompréhensible…

— Non Vladi, je ne suis pas d'accord avec toi !

— Bogdan ?! Je te demande pardon ?!

— Tu ne changeras donc jamais, Vladi ?

Lorsque j'ai épousé ma femme, Lyubov, tu as tenté de la séduire. Tu as toujours convoité toutes les filles qui passent dans ton giron.

Je pense que tu as profondément blessé Sophia par ton attitude, Vladi.

Tu es mon frère et je t'aime beaucoup. J'ai souvent fermé les yeux sur cet aspect de ta personnalité, alors aujourd'hui, je suis en devoir de te faire remarquer que si tu veux sauver ton mariage et garder ta merveilleuse femme auprès de toi, tu devrais changer de comportement et aller lui présenter tes excuses.

Vladislav, interloqué, ne dit mot et, trop fier, feignit ignorer la remarque de son petit frère.

Il s'approcha de Lara, pensant trouver en sa personne une alliée de choix.

Mais celle-ci, consciente de la situation et honteuse de sa responsabilité dans cet incident qui n'aurait jamais dû survenir chez des personnes d'un niveau convenable, refusa tout de même catégoriquement, bien que poliment, de le supporter dans son entêtement.

Félix se précipita à ce moment dans la pièce, ébouriffé et l'air affairé, porteur d'un message pour Vladislav.

Il lui murmura quelque chose à l'oreille en toute discrétion.

Ce dernier, l'air catastrophé, nous apprend qu'il doit s'absenter un moment, nous demande de bien vouloir l'en excuser, mais qu'il s'agit d'un cas de force majeure et qu'il nous rejoindra dès qu'il le pourra.

Sur ce, il quitta le salon alors que Félix, essoufflé, recoiffant tant bien que mal ses cheveux pleins de brillantine à l'aide de ses doigts, invita les convives à passer à table.

Pour ma part, je décide de ne pas prolonger plus avant ma petite mise en scène et explique à Sophia que mon intention est maintenant de rejoindre Lara qui, j'ose l'espérer, a dû se rendre compte de ma souffrance face à son attitude.

Bien décidée de reprendre possession de mes privilèges auprès d'elle, j'essuie du revers de la main mes joues pleines de larmes, respire deux ou trois fois profondément entre deux sanglots et prends congé de Sophia, encore toute à sa peine, lui plaquant un gros bisou sur son joli minois pourtant tout déconfit.

— Bonne chance pour la suite ! lui dis-je, empressée.

Dans le hall, je croise Vladislav qui m'aurait bousculée si je ne m'étais pas écartée de son chemin lorsqu'il a déboulé comme un beau Diable.

Comme s'il ne m'avait pas vue…

Intriguée, je le vis sortir du manoir, claquer la porte derrière lui à en briser le vitrage, et dévaler quatre à quatre les marches monumentales menant du perron au jardin.

Le nez collé à la porte vitrée, je le suis du regard jusqu'au garage duquel à peine dix secondes plus tard, surgit en trombe une Bentley blanche, tous feux allumés.

Que s'est-il donc passé ?!

S'il cherche Sophia, elle a regagné ses appartements à l'étage…

Il faut que je demande des explications à mes amis. Bogdan doit savoir, lui. C'est son frère.

Je n'ai pas le temps d'atteindre la salle à manger qu'une angoisse saisissante me prit les tripes.

Cette histoire m'a mise dans tous mes états et, très mal à l'aise, l'esprit assombri, je crains que la soirée ne finisse très mal.

J'ai peur que Lara m'en veuille et qu'elle adopte une attitude froide, de glace envers moi, que les événements malheureux de cette soirée aient soufflé la flamme et que je la perde à tout jamais… Ainsi que Lyubov, Bogdan et Dusha.

Mon Dieu oui, je mourrais si je perdais l'amour de la petite ! Cela serait monstrueux !

Mon intuition ne m'a aucunement trompée, la salle à manger est plongée dans la pénombre.

Éclairée uniquement par quelques chandelles blanches trônant dans de lourds chandeliers d'argent.

À cette lueur vacillante, mes amis m'apparaissent tous assis à table, raides, statufiés, de marbre, les mains sagement posées sur la nappe face à leur assiette respective.

Ils n'ont pas de visage… Mon Dieu, ça recommence !

Lara est là, cheveux frémissants au vent, une fenêtre est grande ouverte. Les rideaux immaculés tombant jusqu'au sol gonflent et se soulèvent sous la brise dans une danse aussi élégante que macabre.

Je m'approche de mon amour. Elle est chaude, elle a la chair de poule.

— Lara ?! Lara, réponds s'il te plaît, ma chérie…

C'est en vain que je tente d'attirer son attention.

Quelle horreur, je deviens folle de terreur… Je ne comprends pas…

Lyubov et Bogdan sont pareils. Même Félix qui est debout dans le coin de la pièce. Une grosse mouche verte, posée sur le pavillon de son oreille, frétille bruyamment des ailes sans qu'il ne bronche. Ces visages ne regardent rien.

J'étais ainsi chez Lisbeth…

Un léger murmure me parvient. Mon sang se glace dans mes veines. La voix vient de dessous la table… Je n'ose pas bouger, l'atmosphère est très effrayante.

Je ne sais que penser, mon esprit est confus et je suis pour l'instant incapable de trouver la trame logique de ce qui m'arrive.

Une enfant chante doucement une comptine dans une langue slave sous la table.

Je suis si effrayée que je ne sais combien de temps s'est écoulé alors que je restais là, sans bouger, à écouter cette petite voix…

Sortant de ma torpeur, je décide avec beaucoup de courage de fléchir les genoux pour me mettre à quatre pattes… Ce n'est pas facile dans cette fichue robe fourreau.

J'ai bien envie de l'enlever et de la mettre à la poubelle !

Ce Vladislav ne mérite pas que je la porte plus longtemps.

L'angoisse se fait de plus en plus pesante.

Ça y est, je suis à même le sol.

Mon genou est encore endolori de ma mésaventure québécoise, la douleur est toujours vive.

Ma main gauche, paume arquée, frotte le poil ras du tapis persan.

La nappe soyeuse descend jusqu'au sol et caresse ma joue alors que je la soulève de ma main libre et que j'avance mon visage pour distinguer enfin qui entonne cette étrange mélodie.

L'angoisse est à son paroxysme.

Sans doute s'agit-il de Dusha. Elle a assisté à toute la scène du petit salon rouge et doit être furieuse contre moi. Je m'en veux, maintenant. J'aurais dû réfléchir et éviter ce scandale inutile.

Mon impulsivité me vient sans aucun doute de mon sang italien. Je suis chaude comme la braise et cela ne sert pas toujours positivement mes intérêts.

J'appelle la petite d'une voix tremblotante.

— Dusha, ma chérie, est-ce toi qui chantes ?... Dusha ?

La voix se tait. J'interromps mon mouvement et me tais à mon tour, aux aguets.

La pénombre est prégnante. Les yeux grands ouverts, pupilles dilatées, je devine sa présence.

La petite chansonnette reprend de plus belle, mélodie répétitive faiblement audible, comme une enfant qui s'ennuie et chantonne de sa petite voix juvénile, claire et pure comme le cristal.

Je m'habitue à l'obscurité et peux mieux voir à présent. J'ai peur de découvrir de qui il s'agit… La silhouette accroupie à même le tapis pourrait bien correspondre à celle de Dusha, mais alors pourquoi ne me répond-elle pas ?

Je suis sûre qu'elle est horriblement fâchée contre moi, elle a vu des choses que l'on ne devrait pas voir à son âge, des choses terriblement décevantes pour son regard d'enfant innocent… Des choses laides. Oui, je suis laide et ridicule dans ces moments où les émotions prennent le contrôle sur mon comportement, sur moi-même.

Je n'ose imaginer sa petite bobine si triste, toute déconfite… Je n'avais pas le droit de faire ça…

Dusha, si c'est elle, va sûrement me hurler sa douleur de m'avoir vue si moche dans ma jalousie excessive.

Derrière cette silhouette en ombre chinoise, apparaissent les jambes de Lyubov et Bogdan, toujours immobiles sur leurs chaises.

Je plisse les yeux et au moment où je peux enfin mieux distinguer les détails, l'enfant se tut à nouveau, deux secondes à peine.

J'en profite pour lui demander pardon.

— Dusha, ma chérie, je suis si désolée…

Je vois maintenant ses jambes, sa robe… je lève les yeux vers son visage et au moment où il apparaît, la surprise de cette vision me fait faire un bond fulgurant en arrière. Cette chose émet un cri strident, inhumain, qui vrille mes tympans… Un hurlement interminable qui provoque en moi une montée d'adrénaline d'une intensité peu commune.

Le visage de Dusha était celui d'une très vieille femme décharnée, avec sur le crâne de rares cheveux filasses pendouillant lamentablement de manière disparate devant ses yeux énormes, vitreux et globuleux. De la bouche grande ouverte et édentée de la créature, s'écoulait un long filet de bave gluante, brunâtre.

De dessous sa robe sort un fil d'argent qu'elle tire à l'aide de ses orteils avec des gestes discordants, saccadés.

Ma réaction est si forte que je heurte violemment de la tête le haut de la table et bouscule la chaise où est assise Lara, qui tombe à terre et se brise en mille morceaux, comme du verre.

Je crie à mon tour, si fort que mes cordes vocales faillirent éclater comme des élastiques trop tendus.

Je m'enfuis à toutes jambes et la créature, tout droit sortie de l'enfer, continue de hurler.

Lors de ma fuite désordonnée, je jette des coups d'œil répétitifs derrière moi car je crains d'être suivie.

Je dois me résoudre à marquer un arrêt afin de me débarrasser de mes chaussures à talons pour pouvoir courir plus vite.

Je monte les escaliers à une vitesse record et file me réfugier dans ma chambre, bien qu'aucun endroit de cette maudite bâtisse ne me paraisse encore sécurisant.

Je m'y engouffre, claque la porte, et verrouille la serrure de l'intérieur.

Cette opération à peine effectuée,…

— Petite sœur ?!

Mon sang ne fait qu'un tour.

L'appel de Dusha coïncide avec son apparition au coin de la salle de douches, à l'opposé de la pièce.

Je hurle de plus belle, terrorisée.

Je ne rêve pas. Dusha est bien là, devant moi, dans ma chambre !!!

Oui, mais heureusement, telle que je la connais. Une belle petite fille souriante.

Mais cela ne me rassure que très peu.

Par quel prodige se trouve-t-elle dans ma chambre ?! Comment a-t-elle pu y arriver avant moi ?!

Je l'ai laissée sous la table du rez-de-chaussée, grimaçante et affreuse !

— Dusha !!! Dusha, surtout, ne m'approche pas !!!

Reste où tu es !!!

Paniquée, mes bras tendus dans sa direction comme pour la repousser loin, très loin, s'agitent.

— Hihi ! Clara, n'aie plus peur !

Je ne le ferai plus, je te le promets !

Je suis gentille, maintenant.

J'ai bien vu que tu n'aimes pas jouer, alors j'ai tout arrêté.

N'en pouvant plus, je tombe à genoux sur la moquette. Mes nerfs lâchent.

Mes larmes coulent abondamment sans que je puisse les retenir.

Entre deux sanglots, je trouve la force de m'adresser à elle d'une voix mal assurée.

— Attends une minute… Attends… Attends !... Tu veux dire que c'est toi qui as provoqué tout ce tintouin ?!

— Ben oui, quoi ?! Enfin non, pas tout.

— Mais pas tout quoi, enfin ?! Explique-toi, Dusha !!!

J'élève le ton, c'est plus fort que moi.

— Oooouuhhh !!! Mais ne te fâche pas, Clara, je ne voulais pas t'embêter…

Houhouhouuuu !!! C'est à cause de toi aussi, je t'ai montré… Sniff !... Ce que tu voulais voir.

Ce n'est pas ma faute si tu… Sniff !... Si tu avais si peur quand tu es entrée dans la salle à manger… Sniff !

Interloquée, je compris en une fraction de seconde que ce que j'ai vu là, ce que je viens de vivre, c'est moi qui l'ai provoqué.

Bien sûr, Dusha a raison !

Je connais bien maintenant ce principe selon lequel le monde est perçu selon ce que l'on croit qu'il est… Mes amis pétrifiés dont le regard est vide, la vision effrayante de la petite, la comptine plaintive, cela représentait tout ce que je craignais le plus en entrant dans la salle à manger.

La perte de mes amis à cause de mon comportement de jalousie, la perte de leur amour, la mort de tout espoir, Lara brisée en mille morceaux à terre, mon amour brisé…

Mes angoisses se sont matérialisées, je retrouve mes pouvoirs et ne peux encore les contrôler.

Tout devient clair maintenant.

Dusha alias Tarantula, ne faisant qu'obéir à ma pensée créatrice, par sa nature et ses fonctions, a donné vie à mes pensées !

— Oh ! Ma petite chérie, je viens de comprendre !

Ne pleure pas, viens près de moi que je te prenne dans mes bras, viens vite !

Dusha ne se fit pas prier et vint sécher ses grosses larmes sur mon épaule.

Elle sent toujours bon la pivoine, ma petite Dusha.

Ah lala ! Je sais pourtant bien qui elle est.

— Dis, Dusha, comment as-tu fait pour arriver dans ma chambre plus vite que moi ?

— Ben je te l'ai dit au bord du lac, je déplace ma conscience là où je veux et quand je veux. Ça se fait tout de suite, alors c'est facile !

— Ah ! Oui, suis-je bête, bien sûr !

Je la berce doucement et regarde la pluie battante s'éclater sur les croisillons de la fenêtre.

Je repense à mon rêve, à ma vie d'avant.

— Dusha, dis-moi, euh… Lara et Vladislav, je les ai vus ensemble… Tous les deux…

Euh ! Je veux dire que… Enfin, c'est aussi moi qui ai projeté cela ?

— Mais oui Clara, tu avais si peur de la perdre, tu étais si jalouse à l'idée que Vladislav soit sous son charme, la voie si belle et attirante… Alors tu as vu ce que tu craignais de voir, c'est toi qui as provoqué ça, qui a créé cette situation.

Peut-être que tu ne t'en es pas rendue compte, mais ce n'est que toi qui as demandé à vivre ça avec tes émotions et ton imagination. Elles étaient si fortes que leur pouvoir créateur a agi instantanément. C'est ta force de volition.

C'est comme si tu en avais donné l'ordre à l'univers et moi, ben comme c'est mon travail, j'ai fait ce que tu as demandé, je n'avais pas le choix… Sauf que j'ai pu tout arrêter quand j'ai vu que ça allait trop loin.

Ooooh ! Clara, excuse-moi, s'il te plaît, mais je suis ce que je suis et je ne peux pas faire autrement.

Je suis faite pour ça, matérialiser ce qu'il faut… Je suis la matrice, tu comprends ? Tu te souviens ? Et je ne peux pas choisir tout ce que je crée, je dois obéir aux commandes qui me parviennent.

Tu me pardonnes, hein ?

Allez, dis-moi que tu me pardonnes, Clara…

— Mais oui mon petit colibri tout doux, tu es mille fois pardonnée.

— Et toi, tu veux bien me pardonner pour tout à l'heure ?

— Oh ! Oui, mille fois aussi et plus encore, petite sœur adorée !

Un baiser sur sa petite frimousse humide de larmes et elle retrouve un large sourire qui lui fait croller les yeux vers le haut.

Son front et ses joues à fossettes rougissent de plaisir. Elle est adorable.

— Alors viens, j'ai faim ! On va manger !

Comme si rien ne s'était passé, elle m'emmène par la main, en sautillant comme à son habitude, en direction de la salle à manger où je retrouve tout le monde dans son état normal, cette fois-ci.

Lara se leva précipitamment pour me prendre dans ses bras, tout émotionnée.

Je suis heureuse qu'elle ne soit plus en mille morceaux et qu'elle ait retrouvé ses yeux et ses lèvres pour qu'elle puisse enfin à nouveau m'admirer et m'embrasser.

Mes mains enserrent ses hanches pour ne plus qu'elle m'échappe.

— Ouch !!! Ne serre pas si fort, Clara, mon corps est tout endolori. Je ne sais pas pourquoi, comme si je m'étais brisée en mille morceaux… Ce doit être ma punition pour mon attitude de tout à l'heure. Hihi !

— ?!

Je décide de ne pas relever.

— Clara, il faut que tu me pardonnes, je m'en veux tellement !

Je voulais juste te rendre un peu jalouse car dans la voiture, tout à l'heure, tu te souviens ? Tu étais sous le charme de Bogdan… Ça m'a profondément touchée.

— Mais Lara, Bogdan est… Enfin, il a été mon père jadis. Je veux dire, dans ma vie précédente… Ce n'était pas sérieux, voyons.

— Bon, je ne sais pas si je dois croire à tes histoires de réincarnation, c'est bizarre, mais en tout cas, j'ai eu tellement peur de te perdre ! Alors je me suis un peu vengée avec Vladislav, c'était plus fort que moi, je voulais que tu ressentes la même chose, mais c'était sans compter sur ta nature italienne. Tu es un vrai volcan, dis donc !

Elle m'embrasse aussitôt fougueusement sous les acclamations de joie de nos amis.

Ouf ! Je me sens soulagée. Quelle différence par rapport à tout à l'heure.

Le repas est prêt à être servi. Félix nous l'annonce à l'instant.

La mouche verte a quitté son oreille et Sophia n'a toujours pas réapparu.

Sans doute ne la reverrons-nous plus de toute la soirée.

La petite est déjà installée sur sa chaise et est la première à être servie. Nous sommes à l'époque des enfants-rois.

Le potage au potiron est délicieux et les langues commencent à se délier.

— Mais où sont donc passés Vladi et Sophia ? dit Lyubov.

— C'est juste, seront-ils de retour pour le dessert ?

— Hé, ils nous préparent peut-être une surprise…

— Oui, peut-être, j'espère qu'ils se seront réconciliés.

C'est alors qu'au travers des fenêtres, les phares de la Bentley projettent leur lumière blanchâtre sur les murs de la salle.

— Ah ! Revoilà Vladi ! J'espère que tout va bien.

Visiblement, Bogdan est un peu mal à l'aise vis-à-vis de leur invective de tout à l'heure. Je tente de le rassurer du mieux que je le peux.

— Tu sais, Bogdan, tu es son petit frère et ta remarque était justifiée. Il l'acceptera mieux venant de ta part que de n'importe qui d'autre.

Et puis au fond de lui, il sait bien que tu as raison.

Pour ma part, je suis toute disposée à lui pardonner. Ma Lara est si merveilleuse… Je comprends qu'il ait été émoustillé.

Dommage que Sophia ne soit pas dans de meilleures dispositions, la pauvre a sans doute du mal à apaiser son chagrin.

— J'espère que tu as raison, Clara.

Me dit Bogdan, en soupirant.

La portière claque, et le crissement de ses pas dans les gravillons de l'allée indique que Vladi marche d'un pas vif.

Félix se précipite pour lui ouvrir la porte d'entrée du manoir.

— Mes amis ! Veuillez excuser mon absence momentanée.

Il fallait que je règle une affaire de la plus grande importance.

Je peux maintenant vous accompagner pour ce délicieux repas.

Sur ces mots, il s'assied en bout de table, à la place du maître de maison, comme de juste.

Il affiche un sourire crispé sur son visage.

Il pense à Sophia. Elle lui a laissé une lettre lui expliquant qu'elle est partie… Définitivement.

Ces dernières années, elle se montrait froide et distante avec lui, elle s'absentait souvent, l'évitait, le fuyait… Son couple avait du plomb dans l'aile.

Il jette un regard furtif à Lara puis, devinant que je l'observe, évite mon contact visuel en feignant un air détendu sonnant aussi faux que la « sonate au clair de lune » jouée au djembé par un orang-outan.

Enfin bon, je le tiens tout de même à l'œil, ce coco-là.

Lara, un peu effrontée, lui demande « innocemment » si Sophia a l'intention de nous rejoindre.

Il toussote, un peu gêné, cherche ses mots et déclare calmement qu'elle est souffrante et restera dans ses appartements ce soir.

Il n'a aucune envie de révéler la douloureuse vérité à ses invités.

Le silence qui s'ensuit est pesant et long.

Nous évitons d'échanger nos regards.

Chacun a les yeux rivés sur les queues de langoustines fumantes aux petits légumes croquants du jardin qui garnissent le fond de nos assiettes.

Vladislav rompt soudainement le silence.

Il fait tinter son verre à vin en cristal du tranchant de son couteau, en réclamant notre attention à tous.

— Mes très chers amis, j'ai été informé d'un événement d'une grande tristesse.

J'ai beaucoup réfléchi.

Je ne pensais pas opportun de vous en parler d'emblée à mon retour, vu les circonstances un peu particulières que nous connaissons ce soir.

Mais je dois me résoudre à vous mettre au courant sans tarder car vous êtes tous concernés au premier degré par ce qui va suivre. Le moment est grave.

Comme vous le savez, notre peine est grande à l'heure où certains des nôtres sont soumis à la question par les sbires de l'autorité grise.

Vous n'ignorez pas qu'ils se sont fait capturer ce matin même à « Roissy-Charles de Gaulle ». Vous en avez été les témoins directs et vous avez vous-même échappé de justesse à la rafle.

Je n'ose imaginer quelle est leur souffrance à l'heure actuelle.

Pauvres, pauvres Jean, Louise, Linda et Anita !

Hélas mes amis, j'ai une encore plus insupportable nouvelle à vous annoncer…

Lisbeth et Antoine ont aussi été alpagués chez eux, à Murdochville…

Ils ont tous deux succombé.

Les yeux de Vladi se remplissent de larmes.

— Antoine a perdu la vie en tentant de protéger celle qu'il chérissait le plus au monde, mais en vain…

Pour le faire parler, les hommes en noir, ces maudits assassins, ont battu Lisbeth devant ses yeux.

C'était mal connaître ce dernier !

Se libérant de l'entrave de ses bourreaux et n'écoutant que son courage, il se jeta avec force sur les brutes qui s'acharnaient sans aucune pitié sur sa bien-aimée, mais malheureusement… trop tard.

Lisbeth avait déjà rendu la vie sous les coups redoublés de ses meurtriers.

Quant à notre infortuné compagnon, il fut froidement abattu d'un coup de feu en pleine tête, par derrière.

Je vous propose une minute de silence à la mémoire de notre pauvre Antoine et de notre pauvre Lisbeth…

Nous sommes tous sous le choc. Un frisson d'horreur parcourut l'assistance durant cette minute interminable.

Une dernière grosse larme perla au coin de l'œil de Vladi. Une larme dans laquelle tous, autant que nous étions, nous nous reflétions, visages hébétés, faiblement éclairés à la flamme dansante des chandelles. Cette larme, emportée par l'apesanteur, coule lentement vers la pointe du menton du maître de maison. Elle se fraie un chemin par l'aile du nez, qu'elle contourne, puis par la commissure des lèvres, baladant notre image tout au long de son trajet, et oscilla un moment avant de tomber et de s'éclater sur une lame du parquet en chevrons.

Nos reflets y disparurent en même temps que nos espoirs.

Dans un silence de plomb.

Vladislav se ressaisit et déclara encore :

— Comme vous vous en doutez, un rituel est prévu dans l'urgence à minuit, pour influer sur le destin de l'humanité.

Je propose donc de doubler ce rituel et de commencer par celui visant à apporter une aide substantielle à nos amis captifs, ainsi bien sûr qu'à Antoine et Lisbeth, dans l'au-delà.

Dusha-Zlata, notre petite princesse, aura évidemment un rôle de premier ordre à jouer à cette fin, car au vu de sa personnalité, elle fera ce qui est en son pouvoir, hélas limité, pour que tout soit pour un mieux.

N'est-ce pas, ma chérie ?!

Le regard de Vladislav se pose avec énormément de tendresse sur la petite qui conserve un air grave et sérieux, mais qui acquiesce d'un hochement de tête.

Un sourire étrangement carnassier se dessine sur ses lèvres, un sourire qui n'appartient pas à un visage d'enfant.

Le sourire d'une adulte déterminée.

Nous nous rasseyons et personne n'a le goût de toucher au dessert pourtant très appétissant que le brave Félix, lui aussi très attristé, vient de nous servir.

Vingt-trois heures et seize minutes, nous nous dirigeons au sous-sol du manoir par un large escalier de pierre en colimaçon, sur les pas de notre hôte.

Après plusieurs circonvolutions, nous aboutissons dans une vaste pièce au plafond voûté, supporté par deux rangées de colonnades faites de pierre de taille également.

— Oh ! Mais je connais cet endroit !

Bien sûr, comme dans ma vision de tout à l'heure, dans l'auto…

Lyubov me sourit et murmure :

— Oui Clara. Tu vois, tu t'éveilles !

Vladi revêt une toge de lin blanc et une ceinture de couleur violette, puis allume de gros cierges disposés en ordre parfait autour d'un autel affublé d'un symbole mystique d'Hyperborée.

Il psalmodie d'une voix grave des formules incompréhensibles aux oreilles profanes.

Pendant ce temps, Félix nous distribue les mêmes vêtements et nous invite à les enfiler alors qu'il éteint la lumière électrique pour plonger le sous-sol, ou plutôt le temple, dans une semi-pénombre.

Une fois tout le monde prêt pour le rituel, à minuit exact, Vlad se tourne vers nous.

— Mes frères et sœurs, nous voici réunis ici pour prier du fond de notre cœur.

— Commençons sans tarder, si le voulez bien, au profit de Lisbeth et Antoine.

Face à l'est, il fait un signe de croix orthodoxe, accompagnant sa main active de formules invocatoires, de sa grosse voix sonore.

Ensuite, de son index pointé devant lui, il trace dans l'air des signes mystérieux. Il fait de même face aux quatre points cardinaux.

Je sens l'air changer de texture, plus subtile, moins lourde.

— Ce lieu est maintenant consacré !

Vlad revient se positionner devant l'autel et nous fait face.

— Nous pouvons prier, mes amis, je sens la présence spirituelle de Lisbeth et Antoine parmi nous.

Ils me disent qu'ils sont tristes de n'avoir pas pu passer plus de temps avec nous dans leur incarnation.

Ils auraient voulu continuer à participer à l'aventure de leur vivant.

Ils nous demandent d'être prudents car le danger est palpable.

Linda, Louise, Anita et Jean sont encore en vie, mais leurs tourments sont à la limite du supportable.

Il faut prier pour leur salut car leur vie est en danger imminent.

Ils sont aussi inquiets pour Dusha-Zlata.

Nous devons veiller sur elle.

Ils sont fiers de nous, et nous empressent de mener notre mission à bien. Il nous faudra beaucoup de courage car notre groupe est déjà bien réduit…

Ils nous embrassent tendrement, mais il faut qu'ils partent maintenant. On les appelle sur d'autres plans. Nous nous retrouverons dans d'autres vies, me disent-ils…

Ils sont partis !

Un courant d'air frais nous soulève les cheveux.

Un dernier signe sans doute, comme un au revoir.

Vlad lève les bras au ciel et invoque l'énergie Christique afin qu'elle descende sur les esprits de Lisbeth et Antoine, sur nos amis prisonniers et nous-mêmes.

Nous prions tous dans le recueillement le plus fervent.

Cette énergie de vie imprègne notre être tout entier, rayonne de l'intérieur de nos cellules pour irradier sa toute puissante lumière à l'extérieur. La salle de rituel est baignée d'amour pur.

Vlad continue :

— Vous savez, vous savez que la situation à travers le monde est critique et que le plan satanique des entités grises est sur le point d'aboutir.

Ils ont retrouvé notre trace, ont envoyé leurs hommes en noir nous piéger dans ce manoir.

Nous devons mener à bien ce rituel et nous disperser dans la nature avant qu'il ne soit trop tard.

Hélas, mille fois hélas, l'asservissement des peuples de la terre est déjà une réalité.

John Fitzgerald Kennedy lui-même en son temps a tenté de nous en avertir lors de son dernier discours aux américains.

Quelques jours plus tard, il se faisait lâchement assassiner.

Tel est le sort réservé à ceux qui luttent contre le système.

Les fausses crises économiques successives ne sont que des mises en scène à l'échelle mondiale, ils veulent instaurer la peur dans les esprits.

Et ils y parviennent.

Sous prétexte de mélange multiculturel soi-disant salutaire, ils programment la perte des repères, des valeurs et de la culture du peuple blanc en premier, car ce sont les plus libres d'esprit, les plus gênants pour eux. Et les autres populations de la planète suivront.

À grands coups d'ingénierie sociale et d'une propagande efficace, ainsi qu'à l'aide de l'utilisation abusive de l'intelligence artificielle, des pulvérisations par chemtrails, ils cassent la fierté du peuple blanc de façon à le rendre, pensent-ils, plus malléable et de lui faire accepter son triste sort.

Ils dressent les religions les unes contre les autres, ils font en sorte que les nations perdent leur souveraineté.

Ils veulent nous faire oublier qui nous sommes, à quelle ascendance nous appartenons.

Mais nous savons, dans notre cœur, d'où nous venons.

Nous sommes du fier peuple de Thulé, des Hyperboréens !

Nous sommes Celtes, descendants directs des Atlantes. Et nous ne l'oublierons jamais !!! Jamais !!!

Ils provoquent une immigration massive pour mettre la pression à la baisse sur les salaires, ce faisant, ils attisent les haines communautaires et dressent les peuples les uns contre les autres, créant un malaise de plus en plus grandissant dans les différentes populations qui développent sur ce même territoire d'Europe, des sociétés parallèles, car le vivre ensemble n'est qu'une utopie irréalisable.

Ils asservissent par l'usure et font en sorte que les peuples occidentaux aient honte d'eux-mêmes.

Ils désinforment, propagent de nouvelles maladies, nous imposent une nourriture morte et appauvrissent nos sols.

Ils diminuent la qualité de notre santé et nous soumettent aux dictats de l'industrie pharmaceutique, des instances médicales qui ont autorité, imposent à nos enfants une éducation mensongère orientée et restrictive, abrutissante, afin de créer une nouvelle race d'esclaves stupides pour leurs entreprises-prisons.

Ils veillent au grain pour maintenir leurs privilèges au détriment de toutes les populations du globe.

Ils entretiennent la pauvreté, maintiennent les gens dans un état d'esprit éternellement préoccupé, inquiet et déprimé au travers de médias menteurs aux informations faussées.

Bref, dans le déni de ce qu'est en réalité l'être humain.

Ils imaginent attentats et guerres, ah oui, ils les aiment leurs guerres !

Ils se sont appropriés, ont usurpé le pouvoir politique des états et gouvernent en trompant les gens trop crédules, dissimulant leurs véritables intentions ô combien inavouables.

Mes amis, je dis que nous pouvons être et rester fiers de qui nous sommes, de notre culture magnifique, fiers de nos parents et grands-parents, de nos ancêtres, de nos avancées sociales, scientifiques, culturelles, industrielles car le côté négatif de toutes ces belles avancées n'est que ce qu'en ont fait ces entités grises.

Aucun peuple n'est parfait, qui peut se vanter de l'être ? Mais la perfection, nous y aspirons car c'est dans notre nature. Et les erreurs relèvent de la responsabilité tandis que les intentions malhonnêtes relèvent de la culpabilité. C'est ce qui nous différencie, nous, peuples de la terre entière, de nos « élites » qui excellent dans la traîtrise.

Regardez avec fierté les véritables progrès auxquels nous avons abouti. Ne sont-ils pas merveilleux ?

Alors renforçons-les, améliorons-les pour évoluer positivement encore, au lieu de prêter attention à ces monstres, de croire leurs délires et de nous appesantir sur les défauts qu'ils veulent nous attribuer à tort pour nous culpabiliser, pour détruire cet esprit franc et pur que nos ancêtres nous ont légué en héritage au prix de tant d'efforts. Respectons cela. Respectons la vie et ses lois naturelles ! Reconnaissons la transcendance divine.

Concentrons nos efforts sur la vraie fraternité entre peuples et sur nos meilleures qualités, et elles sont nombreuses !

Nous lamenter sur nos pseudo-défauts ou nos ratés entraînera inévitablement notre chute, car cette tournure d'esprit négative est hautement déstructurante.

Tout peuple peut être sainement fier de lui-même, a droit à la souveraineté et à la préserver, a droit au respect et à tout ce que la nature, notre nature, nous offre comme bienfaits. Mais tout peuple a aussi des devoirs, dont celui de se respecter lui-même et de respecter les autres. S'entre-aider d'une nation à l'autre, d'une race à l'autre est un de ces devoirs, mais dans le respect de la nature de chacun, le respect de son habitat et de sa terre, le respect des lois immuables de l'univers et, très important, le respect du rythme de chacun.

Mes amis, luttons pour sauver l'humanité et sa diversité !!!

Si nous aimons cette diversité, alors préservons-la plutôt que de la dissoudre. Quoi de plus logique !

Le mélange sur un même territoire de populations si différentes, de toutes provenances, de toutes obédiences et de toutes tendances, donnera le contraire du paradis multiculturel qu'espèrent les doux rêveurs qui coopèrent sans s'en rendre compte avec cette élite impérialiste qu'ils, et c'est là le paradoxe, détestent pourtant.

Ainsi, nous n'aboutirons qu'à la confusion, le communautarisme, la haine de l'autre et le chaos. Un véritable mêle-pot bouillonnant prêt à nous exploser à la figure car l'humanité et l'ordre divin qui la régit ne fonctionnent pas de cette manière, non ! Mille fois non !!!

C'est bafouer les lois.

Il nous suffit d'ouvrir les yeux et de constater dans quel désarroi est plongé le monde actuellement dans ce système délétère. Et nous n'en sommes qu'au début.

Il est crucial que chaque peuple vive en paix et en harmonie, en croissance positive sur son territoire d'origine correspondant avec ses énergies propres, avec l'aide de ses voisins si besoin est. Il ne faut pas couper les peuples et les races de leurs racines ! C'est d'une violence inouïe ! Tous en paix sur les territoires propres à chacun, correspondant à nos énergies, vers une évolution digne et avec nos traditions. Voilà le modèle le plus logique et le plus équilibré. C'est du bon sens.

C'est alors que pourront avoir lieu les vrais échanges entre cultures, positifs et enrichissants, pour la bonne marche de tous, chacun avec ses qualités intrinsèques.

La mondialisation est un non-sens.

Ces projets iniques sont si énormes que peu nombreux sont ceux qui sont prêts à y croire et c'est justement ce qui fait la force des entités grises.

Nous les cautionnons par notre ignorance ou notre indifférence.

Nous disons, nous, que les quatre grandes races humaines et leurs sous-groupes, bien préservés sur terre, dans le respect des uns vis-à-vis des autres, sont aussi nécessaires à l'équilibre de la planète et de l'humanité que les quatre éléments fondamentaux.

À savoir la terre, le feu, l'air et l'eau.

Or, dans l'état actuel des choses, les blancs sont sous peu amenés à disparaître en premier, avec leur civilisation. Ils ne représentent déjà plus que huit pour cent seulement de la population mondiale. Cela fait partie des plans occultes.

Car les blancs sont particulièrement gênants pour eux, ils représentent l'élément air. Ce peuple est l'objet d'attaques ignobles. Puissent-ils retrouver leur colonne vertébrale !

Puissions-nous nous dresser contre notre ennemi qui est virulent.

Reprenons possession de notre identité, celle de nos ancêtres ! Voici venu le moment d'agir !

Lyubov, Bogdan et moi-même resterons dans cet espace-temps, à continuer notre travail de diffusion de la vérité avec nos homologues des autres populations, de tous les continents. Par le biais d'internet et par nos conférences, nous éveillerons les terriens à une plus grande conscience.

Petit à petit, par le nombre d'éveillés sans cesse grandissant, nous influerons sur la conscience collective avec un effet décuplé par la lumière Christique qui est de notre côté.

Nous serons tous liés au même combat au nom des hommes ! Que nous soyons blancs, noirs, jaunes ou rouges, ce sera le même combat pour tous et au nom de tous !

Mais nous enverrons également quelqu'un dans le passé, quelqu'un qui tentera de peser sur l'histoire à un moment clé de celle-ci.

Afin de changer, en notre faveur, le cours des événements.

Cela multipliera nos chances de victoire.

Nous avons parmi nous une invitée de choix qui va nous aider dans cette rude tâche.

Vladislav hésita un moment en me regardant fixement.

Stupéfaite, j'ouvre la bouche pour protester, mais je reste coi, ne sachant ni que faire, ni que dire… Et effectivement, je ne peux rien dire d'autre qu'un timide :

— Ah mais non !

Tous les regards se posèrent sur moi.

— Clara, veux-tu me rejoindre ? Il s'agit de toi.

En un éclair, me reviennent en tête les souvenirs du lac de Murdochville.

Mais qui a bien pu mourir ce matin-là dans ces eaux noires ?

Et qui a pu renaître à la vie dans les eaux claires et limpides de la rivière ?

Qui suis-je devenue à mon insu ?

Ces images me bousculent et me harcèlent.

Lyubov me prend gentiment la main, me la caresse avec une grande tendresse, m'oblige à faire un premier pas en direction de l'autel recouvert d'une nappe blanche immaculée.

— Non, je ne veux pas !

J'entame un deuxième pas…

— Non, je ne veux pas !

Je suis comme dans un rêve, dans un état second, un peu hypnotique.

Lyubov, sentant ma réticence, augmente l'étreinte sur mon poignet.

Je suis morte dans les eaux troubles…

Je suis née dans les eaux claires ruisselantes…

Mon subconscient s'est nettoyé, mon ADN s'est reprogrammé.

Le poisson-bisou ne s'y est pas trompé. Il m'a rendu mon aspect divin.

Je suis une femme neuve, une page vierge prête à recevoir les saintes Écritures.

Le poisson-bisou est l'outil scripteur de l'avenir du monde.

Je retrouve enfin ma connexion à Dieu.

Il ne s'agit que du début.

La tension en moi se fait moindre, mes muscles se détendent. Lyubov peut me lâcher la main, je suis dans l'acceptation béate de mon rôle.

Je ne lui en veux pas, je sais à quel point mon sacrifice est important et je sais également que tous, ici présents, sont ma famille de lumière.

Des êtres bons et généreux qui œuvrent pour l'avenir radieux de la planète entière, de tous les peuples sans exception.

Je sais à présent que nous sommes tous, du règne humain, animal, végétal, minéral ou autre, des parcelles individualisées de Dieu.

Nos expériences conjointes et simultanées nourrissent chaque jour son dessein.

Ce vécu est fait de ce que nous appelons le bien ou le mal, mais il n'existe que des expériences qui nous sont ou agréables, constructives et harmonieuses, ou désagréables, déstructurantes.

Toutes ces choses ne sont que les différents aspects de Dieu. Nous sommes de Dieu, Dieu est tout.

Aux prises avec mes pensées, j'avance délibérément vers Vladi, seule et sereine à présent.

Lara, ne comprenant pas grand-chose à ce qui se passe, saisit tout de même le fait que je vais partir, et qu'elle ne me reverra probablement plus jamais.

Alors elle se précipite vers moi, affreusement inquiète, me serre fort dans ses bras, m'embrasse encore et encore, pleure et demande à la ronde, la voix chevrotante, ce qu'il adviendra de moi.

Je la rassure, lui chuchote à l'oreille que je l'aime si fort… Qu'elle doit être courageuse et faire confiance. Nous restons un long moment-là, debout, à savourer notre amour, à nous embrasser.

Lyubov vient la chercher, lui demande de me laisser à mon destin… La douleur ressentie dans nos cœurs est vive et brûlante.

Cet arrachement est insupportable.

C'est au tour de Dusha, elle me saute au cou et m'embrasse goulûment, ses cheveux bouclés se trémoussant comme autant de petits ressorts cuivrés et scintillants autour de son petit visage. Elle me dit qu'elle fera tout ce qui lui est autorisé de faire pour me soutenir, qu'elle sera toujours à mes côtés, mais qu'elle ne pourra pas me sortir de toutes les situations, elle sera tributaire de tout un tas de choses qu'elle ne contrôle pas.

Elle me quitte en me dévorant des yeux.

Je perdis conscience, tombai éperdument confiante, dans le vert émeraude d'amour du regard de Dusha-Zlata Dazdra, Tarantula.

Pendant ce temps, Louise, Jean, Anita et Linda n'ont pas fière allure.

Les autorités françaises les ont confiés à leurs collègues canadiens.

Ils ont immédiatement été envoyés à Ottawa par avion spécial, incognito.

Mains entravées par un lien de nylon, yeux bandés, bâillon dans la bouche, ils sont traités sans ménagements, comme des criminels.

— Vous êtes des criminels !!!

Anita, visage émacié, parsemé de bleus, est attachée sur une chaise dure et intentionnellement trop basse pour ses jambes.

Obligée de relever les genoux et de courber le dos pour se maintenir en équilibre depuis de nombreuses heures, tout son corps lui fait mal.

La grande femme-cheval qui lui assène des volées de gifles en pleine figure, hurle en grimaçant de rage.

Cela fait, en réalité, un peu plus de trois heures que l'interrogatoire a commencé dans cette grande pièce vide et toute carrelée de blanc, qui ressemble étrangement à un atelier de découpe de boucherie.

— Où est la petite Dazdra ?! Tu vas répondre, vermine ?!

Si les baffes ne te suffisent pas, on passera au programme suivant !!! C'est ça que tu veux ?

Puis, d'une petite voix sifflante de fausset, elle lui murmure à l'oreille :

— Tu vas pisser le sang par tous les pores de ta peau, ma belle !

Tu n'auras même plus la force de me supplier d'arrêter… Je suis très douée pour rendre mes victimes folles de douleur.

Leur cerveau ne tient pas le choc. Tu m'entends, pétasse ?!

Celles qui n'en sont pas mortes finissent leurs jours à l'asile psychiatrique !

Personne ne me bat dans cette discipline, et tu es la suivante sur la liste ! Tes copines et ton p'tit pote ont déjà goûté de mon art et je te jure qu'ils ont vite déballé ce qu'ils avaient à dire. Hahahahaha !!! Intarissables !

Il n'y avait plus moyen de les arrêter.

Ce sont de vulgaires mauviettes, et toi aussi !!!

On sait déjà tout, tu n'as plus qu'à confirmer leurs aveux, tu vois… ?!

C'est déjà trop tard !

Nos agents sont en route pour s'occuper de la petite peste et de ses géniteurs.

On les a vite repérés dans leur terrier, en France. Hihihihihi ! La tête que tu tires, hihihihi ! Je suis au bord de l'extase, ça m'excite, ça !!!

Anita n'écoute même plus ce qu'elle raconte.

Elle trouve l'haleine de cette folledingue fétide à en mourir et n'osa pas respirer cette infection de tout le temps que dura cette litanie, de peur d'absorber cet air vicié dans ses poumons.

La faim lui tenaille l'estomac et elle a une envie d'uriner qu'elle ne pourra contenir encore bien longtemps. Sans compter les crampes persistantes qui la font souffrir depuis ces heures interminables.

Et paf ! Elle ramasse encore une gifle magistrale, toujours sur la même joue, qui lui dévisse les vertèbres cervicales.

Un filet de sang s'écoule de son nez.

Pauvre Anita !

Alors que sa tortionnaire recule en ricanant sinistrement, elle en profite pour respirer enfin une grande bouffée d'air, puis analyser cet étrange visage.

Une brune aux yeux foncés très rapprochés, sans expression… La mâchoire large et plate avec le menton en galoche et de petites dents pointues bien rangées, mais écartées les unes des autres.

Les cheveux sont fins et rares, tirés en arrière par une queue de cheval trop peu épaisse.

Ce visage… On croirait voir un reptile.

Son corps est grand et large, avec une taille qui n'est pas marquée, comme un bloc de béton, mais sa démarche est bizarrement légère et rapide.

Elle file d'un coin à l'autre de la pièce à une vitesse impressionnante.

Anita attend la suite avec appréhension.

Elle se demande dans quel état elle regagnera sa cellule… Elle est sûre que ses compagnons n'ont rien révélé, c'est du bluff.

Elle est déterminée à tenir, il faut tenir jusqu'au bout ! Coûte que coûte !

Louise, quant à elle, pleure doucement dans sa cellule et espère que les Dazdra et Clara, Lara et Vladislav penseront à eux, qu'ils pourront influer sur leur destin, qu'elle puisse sortir vite de là… Qu'ils pourront les libérer bientôt. Oui, bientôt…

Ses joues sont toutes rougies, gonflées, mais elle a confiance, alors elle prie fort, très fort.

Au manoir de Haut-Regard, Dusha-Zlata s'est installée en bonne place.

Elle se transforme, elle mute. La lumière des rares bougies ne suffit guère à détailler la scène, mais on peut aisément deviner la petite tisser une toile entre les colonnes du temple.

Sa respiration se fait plus profonde, plus bruyante. Elle est concentrée et s'affaire, allant furtivement d'une colonne à l'autre.

Au fur et à mesure, elle se débarrasse de ses vêtements qu'elle projette de-ci, de-là…

Sa silhouette devient plus longue et le feu de ses cheveux s'est changé en reflets noirs bleutés, lunaires.

Tarantula est fidèle à elle-même, elle va m'aider à mon propre changement, à m'emmener dans un nouveau corps, une nouvelle vie, dans le passé…

Par moments, l'éclat d'un fil d'argent perce les ténèbres et scintille l'espace d'une fraction de seconde.

La respiration de Tarantula remplit l'espace sonore du temple et devient obsédante.

Bogdan s'en souvient bien, lorsque dans une autre vie il était Léon, de cette même respiration caractéristique.

L'assemblée est silencieuse et Lara est effrayée de ce qu'elle voit. Les yeux écarquillés, une torpeur s'est emparée d'elle. Elle gémit doucement sans s'en rendre compte.

Le moment est d'une grande importance.

La situation mondiale est déjà trop avancée et ce retour dans le temps est vraiment nécessaire.

Une mission me sera confiée dans les années d'avant-guerre.

Bientôt, j'adombrerai définitivement le corps d'une autre personne. Je changerai à nouveau d'apparence et d'époque tout en restant moi-même.

J'attends sagement allongée sur le drap blanc de l'autel et prie pour le salut de Linda, Louise, Jean et Anita.

J'entends le souffle de la petite, je sais qui elle est, et à quoi elle ressemble à présent.

Je sais qu'elle est belle, grande et fine, splendide dans sa nudité, mais aussi étrange. J'entends le chuintement du sang qui coule dans ses veines.

Je l'aime.

Tarantula est la maman, la matrice du monde créé.

Elle compte sur nous.

Nous devons préparer les conditions propices à la création d'un monde plus juste.

Je garde les yeux fermés, j'attends.

— Hihihi ! On veut te rattraper dans ta chute, Clara, on veut t'agripper au collet, Clara.

Prends garde aux cochons du veau d'or, ce sont les plus vicieux. S'ils accrochent ta croupe, tu auras le vent en poupe.

Hihihihihi !

Mon Dieu !!! Je ne peux empêcher ces larmes chaudes de couler ! Sa tendre voix m'a tant manquée !!!

C'est bien toi, ma grande sœur chérie !

Jamais tu ne m'as abandonnée. Et tu me reviens sous ta forme initiale.

Tu me plaisais pourtant bien aussi en petite fille rousse.

L'émotion soulève ma poitrine par saccades et une bouffée d'amour me submerge. Je tourne la tête vers elle, ouvre les paupières et la vois, la revois enfin !

Tarantula, dans toute sa superbe, étendue sur sa toile… Ma reine…

Son corps parfaitement blanc, ses veines bleutées, sa longue crinière sauvage intensément noire, et ses yeux tournoyants, énormes… Si roses… Sa longue langue conique, pointue, qui darde et remue, sinueuse, gluante et infatigable… Et son amour infini qui vous foudroie sur place.

Elle aime comme une italienne, Tarantula.

De tout son être !

Elle descend de sa couche tel un félin, sans bruit, s'approche de moi et baise mes lèvres de son souffle glacial… Puis glisse ses doigts froids, agiles, longs et fins comme des lianes sous mon corps et m'emporte avec elle sur sa toile.

Elle m'entortille de son fil d'argent. La danse de ses membres inférieurs me fait tourbillonner dans les airs, me confectionnant un cocon du fil soyeux tiré de son sexe.

Je suis à présent lovée au creux de son bras gauche et elle me berce comme un bébé.

— Je suis la maman du monde, mes enfants !

Je donne naissance à ce monde en collaboration avec tous les hommes et les femmes de cette terre et suis obligée de tenir compte de leurs influences, bonnes ou mauvaises, fussent-elles inconscientes.

Cette création se fait trop souvent par défaut et certains, plus au fait de ces choses, utilisent sciemment votre ignorance pour vous emmener dans une création sombre et éloignée de la lumière.

Étant tributaire de votre volonté, je suis bien malgré moi trop souvent obligée d'accoucher d'un monde qui ressemble de plus en plus à une erreur.

Le feu marque l'eau de son empreinte.

Mais ce soir, le feu va, avec votre force volitive, la vôtre, mes amis ici présents, contraindre ces conspirateurs à faire preuve d'un peu plus de modestie car ils mangent du pain interdit depuis trop longtemps.

Un déséquilibre fatal est sur le point, par leur cupidité, de faire tomber l'humanité entière dans une impasse sans retour.

Que la lumière chasse les ténèbres !

Qu'il en soit ainsi pour les siècles des siècles, et par mon maître, le Christ lui-même !

Ses yeux roses tournent dans leurs orbites de plus en plus vite, et un tourbillon de lumière aveuglante en jaillit, ainsi que de sa bouche. Sa langue ressemble maintenant à un glaive hispaniensis aux trois tranchants. Triskel de feu.

Ce rayon fulgurant envahit le lieu tandis que les officiants entonnent un chant mystique si vibrant que les murs du manoir en tremblent. Les lustres dansent aux plafonds et les vaisselles tintent bruyamment dans leurs armoires.

La lumière Christique traverse les parois en balayant sur son passage l'entièreté des scories stagnantes, puis traverse la région, le pays et le continent entier, traverse les océans et va dénicher exactement où elle le doit, les forces des ténèbres, jusque dans l'âme des pauvres hères étant sous leur emprise.

Un ouragan calme, invisible et silencieux, combattant les forces du mal dans l'esprit des impurs.

Ceux dont la structure vibratoire est trop lourde pour supporter ce nettoyage en profondeur sont mis à rude épreuve.

Les résultats de ce rituel seraient plus probants si des millions de personnes se réunissaient avec ce même but au même moment, et priaient avec foi et ferveur.

Ceci, opéré en si petit nombre, est malheureusement insuffisant pour renverser la situation mondiale.

C'est pourquoi Clara sera envoyée en mission dans le passé, dans un lieu et à une époque propices au changement.

Luigi, derrière son comptoir, vit mal son inquiétude.

Cela fait trop longtemps qu'il n'a plus aucune nouvelle de Clara.

Il a laissé des dizaines de messages sur son portable sans aucune réponse. Rien !

Pas le moindre signe de vie… Il a même questionné le concierge de son immeuble, ses voisins et ses amis sans en tirer le plus petit renseignement utile.

Comme il est en possession de la clé de son appartement, il a pu y investiguer et tout ce qu'il a découvert est un brouillon griffonné au crayon et tout chiffonné, posé à côté de son ordinateur portable.

Il portait les indications d'un vol pour le Canada et une adresse. Il l'emporta avec lui, pensant utiliser ces informations pour retrouver la trace de sa chère amie de toujours.

La mine assombrie et les pensées vagabondes, il frotte nerveusement ses verres à vin jusqu'à les user.

Sans Clara, c'est un peu comme si sa vie s'arrêtait et perdait tout son sens, sa saveur.

Il l'aime, sa Clara, à sa façon mais sincèrement, profondément.

Pour lui, elle représente bien plus qu'une grande sœur ou une simple confidente… C'est sa vie, c'est tout !

Il bougonne dans sa barbe en se mordillant les lèvres, que si jamais quelqu'un s'était avisé de lui faire du mal, il le retrouverait un jour ou l'autre et lui arracherait les oreilles avec des tenailles de menuisier, le désosserait après l'avoir dépiauté entièrement à l'aide d'un canif émoussé et rouillé !!!

Ou alors peut-être a-t-elle trouvé l'amour là-bas, au Québec… ?!

Il a vu des reportages sur ce coin du monde.

Les hommes canadiens ont l'air plutôt bien bâtis et ont du charme avec leurs chemises à carreaux rouges, leurs pectoraux musclés et leurs chiens de traîneau.

Clara n'est pas indifférente à ce genre d'hommes.

Mais alors, si c'était le cas, elle se serait empressée de lui téléphoner pour tout lui raconter… C'est ce qu'elle fait d'habitude, elle ne reste jamais muette si longtemps.

Non ! Il se passe à coup sûr quelque chose d'inhabituel, cette attitude ne lui ressemble pas !

« Peut-être faut-il que j'alerte la police. »

— Porca miseria !!! Clara, reviens !

Les quelques clients de la taverne, médusés, tournent tous un regard goguenard en direction de Luigi qui, dans son emportement, a laissé s'échapper ce cri qui lui vient du fond de son petit cœur d'artichaut.

Il se fiche pas mal du qu'en-dira-t-on.

Il fallait que ça sorte.

Il ne peut réprimer un sanglot. Son verre lui glisse des mains et s'éclate au sol, à ses pieds.

— Ma vie est brisée ! pense-t-il tout haut.

— Ta vie est brisée ? demandent deux voix jumelées et parfaitement synchronisées.

— Hein ?! Quoi ? Qui me parle ?!

Les pieds de Luigi se soulèvent, se posent et se soulèvent encore pour se poser à nouveau.

Il se dandine machinalement, faisant crisser les petits éclats de verre qui se réduisent en plus petits morceaux encore à chaque pression des semelles de cuir.

— C'est nous, Luigi !

Qui veux-tu que ce soit ?!

Les jumeaux assis au bar sur des tabourets hauts, les coudes appuyés sur la main courante de laiton et le visage dans leurs paumes, fixent curieusement Luigi, la bouche ouverte, dans l'attente d'une réponse de sa part.

Ils parlent en même temps. Toujours !

Ce sont de vrais jumeaux.

— Ah ! Vous êtes là, vous ?!

— Comment ça, on est là… Bien sûr Luigi qu'on est là !

— Ça fait même cinq bonnes minutes qu'on est là, Luigi !

— Ho ! Ça ne va pas ? Tu ne nous as même pas vus arriver, Luigi !

— Ouais, Luigi, tu ne nous as même pas captés !

Ils sont drôles ces deux-là. Non seulement ils parlent synchro, mais ils bougent aussi ensemble. L'un est le miroir de l'autre.

Maurizio et Massimo, les cousins de Luigi.

De quelques années plus âgés que lui, ils se sont pris tant de fous rires, Clara, lui et les jumeaux ! Des soirées entières de bonheur passées bras dessus, bras dessous, à faire les sots.

Ils sont souvent à la taverne pour passer du temps avec leur cousin ou pour donner un coup de main lorsqu'il y a des coups de feu.

La clientèle les connaît bien, ils font partie intégrante du décor.

— Hé Luigi, ça va comme tu veux ?

T'as pas trop l'air d'aller !

— Madonna ! Non, ça ne va pas les gars !

Clara me manque et je deviens enragé de ne pas avoir de ses nouvelles.

Il se penche pour ramasser les déchets de verre et, distrait, verse la moitié à côté de la poubelle, mais ne s'en tracasse pas et, se redressant d'un coup, réapparaît aux yeux des jumeaux comme un Diable surgissant d'une boîte, l'air accablé.

— Je parie que c'est son dentiste qui a commandité son enlèvement pour se venger de la baffe que Clara lui a balancée l'autre jour.

C'est sa spécialité, les baffes… Pas vrai, les gars ?!

Les deux frères gloussent bêtement sans quitter des yeux le visage de leur cousin.

— Pour ça, faut avouer, elle est douée !

On s'en souvient tous, hein, Massimo ?! C'est toi qui en as eu le plus !

— Hihihiiii ! Ouais, Maurizio. Ça alors, on y a tous eu droit à ses grosses baffes !

— Je n'aime pas cette histoire, les jumeaux ! Elle est partie si vite…

Elle a rêvé un truc à la con, puis pfuuiiit… Ciao Luigi ! Pas le temps de t'expliquer ! Je te téléphonerai !

Ah les femmes ! Tu parles qu'elle m'a téléphoné ! Rien, pas un seul coup de fil à l'horizon, silence radio.

J'ai même demandé à ses collègues de travail et vous savez quoi ? Ils l'ont remplacée, à l'opéra. C'est ta petite Pauline qui termine son travail pour la première de Nabuchodonosor.

Son chef est furieux et il m'a dit qu'il n'est pas sûr de vouloir la reprendre si elle repointe le bout de son nez.

Non, ça ne lui ressemble pas, les gars !

Elle ne fait pas des choses comme ça, Clara.

Y'a un truc pas net là, c'est sûr !

— Luigi.

— Oui ?

— Va te reposer, Luigi.

On s'occupe de la taverne. Allez, ouste ! Andiamo !

Dans le sous-sol du manoir de Haut-Regard, Tarantula, tenant toujours fermement Clara contre son sein, s'entretient télépathiquement avec elle.

Les yeux dans les yeux, fixement, sans sourciller ni cligner des paupières.

Elles sont plongées l'une comme l'autre dans leur univers respectif, au plus profond de leur conscience, de leurs cellules.

Elles connaissent tout l'une de l'autre.

Elles s'introduisent l'une dans l'autre, y glissent les tentacules de leur amour, répandant celui-ci jusqu'au cœur de leurs atomes.

C'est bien entendu Tarantula qui mène la danse et achemine, avec son total accord, Clara vers la dissolution extrême mais momentanée, de son ego.

Clara sait maintenant qu'elle va adombrer définitivement le corps d'une jeune fille et rester dans celui-ci jusqu'à sa mort physique.

Juste entre-deux guerres, elle devra influencer dans l'ombre, un homme puissant qui jouira d'une position on ne peut plus stratégique et de tout premier ordre dans la situation géopolitique de l'Europe et d'ailleurs du monde.

Un homme inspiré, très controversé, qui nourrit des projets quasi mystiques pour le destin des peuples.

Clara devra donc peser de son influence, le conseiller, le canaliser et le guider pour tenter par son biais de changer le cours de l'histoire.

Cette horrible guerre fratricide programmée d'avance par les entités grises de l'époque, n'a d'autre but que de commettre un génocide sur les éléments les plus robustes et les plus prometteurs de l'Occident. Finir le travail que la Grande Guerre précédente n'a pas suffi à mener à terme.

« Que cette guerre dure le plus longtemps possible et qu'il en meure un maximum. »

Tel était le mot d'ordre des véritables responsables de cet inconcevable conflit.

VIII

William Hunt, jeune homme d'une vingtaine d'années, enfant unique né en Angleterre dans le Yorkshire, n'a jamais manqué de rien depuis sa naissance.

Fils d'artisan prospère, les premières années de sa vie furent pourtant rudes par l'éducation stricte qu'il reçut et par une enfance jalonnée de travail et de dur labeur.

Dès ses plus jeunes années, ses parents l'ont drillé à l'ouvrage bien fait et au devoir altruiste.

Depuis qu'il est en âge, il a été mis à l'œuvre pour aider ses parents, d'une part à la forge sous l'égide de son père maréchal-ferrant, et d'autre part, affecté aux tâches ménagères pour aider sa maman à tenir la maison.

« Être un homme, mon fils, c'est être droit, juste et rigoureux envers soi-même et les autres. Avoir une colonne vertébrale, faute de quoi tu passeras ta vie à ramper comme une limace, le ventre mou et baveux. Tu dois aussi savoir être tendre quand il le faut et compréhensif, pragmatique, pouvoir contrôler tes émotions pour savoir prendre les bonnes décisions, respecter l'autorité de ta hiérarchie de droit, tes parents, et vénérer les ancêtres qui ont fait de toi ce que tu es et qui sont toujours en toi, dans ta chair. Tu dois avoir conscience que ta nature est liée directement à l'environnement de ton peuple de naissance et à ses énergies, car celles-ci te nourrissent et détermineront ta destinée. Si, dans ta vie d'homme, tu es amené à voyager, reviens toujours chez toi, ton lieu de naissance, ta tribu. C'est ta maison.

Respecte et entretiens ton corps et ton esprit comme il se doit. Cultive la bravoure et le courage. Protège ton épouse, chéris-la ainsi que tes enfants. C'est sacré. Il faut que tu connaisses et vives les tâches féminines pour être capable d'apprécier à leur juste mesure les bienfaits que t'apportera l'épouse qui sera à tes côtés pour t'épauler et t'aider à atteindre tes objectifs. Lorsque tu t'unis à une femme, vos énergies se mélangent et se nourrissent l'une de l'autre. Les énergies de cette, ou de ces femmes, marqueront à jamais ton âme. Fais donc bien attention à la qualité de la personne avec qui tu passes un moment, ou toute ta vie.

Ne trahis jamais personne, et surtout pas toi-même. Et agis toujours dans l'intérêt de ta famille, de ton peuple, de ta terre et pour le bien commun avant le bien personnel. Que ces paroles soient ton crédo, fils. »

William est fasciné par la personnalité de son père, qui voue un culte immodéré à la civilisation nordique.

Visionnaire pour son époque, il savait déjà que l'Occident serait voué à un effondrement à court terme si on n'y prenait garde.

Les indices sautaient aux yeux de toute personne avertie.

Patriote et celte dans l'âme, il vénère comme ses ancêtres l'arbre sacré. Cet homme est fier de façon très saine de ses origines et sait donc exactement qui il est et ce qu'il fait là.

Physiquement et moralement, le gaillard est solide comme un roc et tendre comme le bon pain.

Très ouvert d'esprit, d'une grande générosité reconnue de tous, il est très apprécié dans sa petite ville.

Une bonne tête de kelt.

Se reposer sur ses lauriers est l'apanage des morts en sursis ! disait-il sans arrêt.

La vocation de son fils était, avec un tel bagage, toute tracée et, dès l'école primaire, William militait auprès de ses camarades pour diffuser un esprit de fraternité, entretenir la flamme de la fierté d'appartenir à un peuple si ingénieux et industrieux, et au passé si fascinant.

À l'université, son esprit vif et brillant le fit remarquer par les membres d'une confrérie secrète arborant comme emblème une croix celtique de toute beauté, faite d'argent sur fond noir.

Observé, jaugé à son insu, il fut vite convié à se présenter à une réunion se tenant dans le plus grand secret de la nuit, à l'intérieur des murs austères de l'université de Cambridge, dont les autorités n'ont rien à voir avec ce qui se trame à leur insu dans leurs locaux du sous-sol, au sein même de leur institution.

Nous sommes en mille neuf cent trente-deux, le vingt et un décembre à une heure du matin, alors que le campus est endormi.

Deux hommes jeunes, de grande taille, ont frappé discrètement à la porte de la chambre de l'étudiant.

Au vu de l'heure avancée, les yeux encore bouffis du premier sommeil dont il vient d'être inopinément extirpé, sa première réaction fut évidemment de se méfier.

Il hésita à se lever, voulant croire qu'il avait rêvé et que personne ne pouvait arpenter les couloirs à cette heure de la nuit froide.

Mais il restait aux aguets, sourcils froncés, silencieux.

Cependant, les coups légers frappés contre sa porte, se répétèrent une deuxième fois.

À pas feutrés sur le carrelage glacial, il s'approcha de celle-ci et chuchota d'une voix mal assurée :

— Qui me demande ?

— Veuillez ouvrir, sir !

— Mais qui diable êtes-vous ?!

Savez-vous l'heure qu'il est ?

Dévoilez votre identité !

— Nous sommes les serviteurs de la grande fraternité hyperboréenne.

Nous venons en amis vous faire part d'une invitation très personnelle de notre grand maître, sir Hunt.

Veuillez nous suivre.

— Oh ! Ah très bien, Euh... Bien sûr !

Je vous prie de me laisser le temps d'enfiler une tenue décente. Je suis à vous dans un instant.

William sentit son pouls s'accélérer et la chair de poule se manifesta sur tout son corps, tant la tension nerveuse s'accentua d'un seul coup.

Méfiance ! Il peut s'agir d'un piège tendu par ses ennemis, les jeunesses communistes, opposants à son idéologie qui, régulièrement, s'en prennent à lui verbalement et parfois physiquement, le traitant de raciste, fasciste arrogant et qui, plus d'une fois, tentèrent sans grand succès, heureusement, de le rouer de coups dans les vestiaires du gymnase ou dans quelque autre endroit, à l'abri des regards, du complexe universitaire. Ils sont très agressifs avec qui ne partage pas leurs opinions.

Mais tant pis, il faut y aller pour en avoir le cœur net, et la curiosité l'emporte.

D'ailleurs, si ses craintes s'avèrent fondées, William est bien décidé à se défendre bec et ongles pour son intégrité personnelle.

Ce ne sera pas la première fois. Ces individus fanatiques et écervelés se mettent fréquemment en travers de son chemin.

Enfilant maladroitement son pantalon de tweed, dans un même temps, il empoigna son peigne de corne et se lissa rapidement les cheveux en arrière afin de ne pas perdre trop de temps à peaufiner son look.

Après avoir lacé ses chaussures de cuir impeccablement cirées, il prit tout de même la précaution de glisser dans sa poche le robuste canif que lui a forgé tout spécialement son père pour son dernier anniversaire.

On ne sait jamais…

Bientôt, c'est les yeux bandés et escorté de ses deux cerbères, qu'il parcourt en silence les quelques centaines de mètres qui les séparent du lieu de rendez-vous. Tenu aux bras, de part et d'autre, par la poigne d'acier de ces derniers.

Trajet interminable s'il en est, dans l'attente du pire.

Soudain, ils stoppèrent et il entendit frapper à une porte.

Sans attendre de réponse, ils investirent une pièce dans laquelle William ne put faire autrement que de sentir une fragrance à la fois suave et envoûtante. Un parfum de femme.

Il perçut une présence et de légers froissements de tissu.

Les deux gardes du corps l'enjoignirent à s'asseoir sur une chaise de bois puis le lâchèrent, et il resta ainsi un long moment, dans un silence pesant.

Ses oreilles bourdonnaient et le bruit de sa propre déglutition lui parvenait comme assourdissant.

Un claquement de doigts retentit et simultanément, on lui retira le bandeau des yeux alors qu'une lumière aveuglante lui inonda le visage.

Une lampe était braquée sur lui et il ne put rien distinguer de ce qui se trouvait alentour.

Plissant des paupières, William hochait de la tête et se redressa sur sa chaise, s'attendant à tout moment au pire comme au meilleur, les doigts crispés sur le manche de son canif, au fond de sa poche droite.

— Lâchez votre arme et sortez vos mains des poches, sir Hunt, nous ne vous ferons aucun mal.

Interloqué, il obéit à cette voix féminine étonnamment jeune, pourtant autoritaire, et resta muet.

Une fille ici ?! Que cela peut-il bien signifier ? Curieusement, il ne s'attendait pas à cela.

Il sentit au ton de la voix qu'il pouvait obéir sans courir de risque.

Une intuition. Souvent, son père l'encourageait à suivre ses intuitions. Ils passaient du temps ensemble à cela dès qu'ils avaient un moment à y consacrer.

Entre sa vie scolaire, les horaires de travail de son père et les obligations ménagères, il aimait ces moments de proximité avec cet homme fier, à l'allure altière, mais toujours proche et aimant.

Quand il ne sentait pas le charbon, il sentait toujours bon et sa présence a toujours été agréable à quiconque l'approchait. Il dégageait une aura affectueuse et apaisante.

— Monsieur Hunt, vous me semblez bien jeune… Mais votre verve a attiré notre attention car vos idées semblent rejoindre les nôtres en de nombreux points.

C'est notamment pour cette raison que vous vous trouvez ici en ce moment.

Vous êtes du genre militant, vous désirez manifestement être entendu et voyez-vous, nous sommes disposés à vous écouter plus avant.

Accepteriez-vous de nous éclairer sur vos convictions profondes et de répondre aux éventuelles questions que nous aurions à vous poser sur celles-ci ?

Vous l'aurez compris, nous nous positionnons en amis et malgré les apparences, il s'agit moins d'une convocation que d'une invitation.

Vous êtes donc libre de refuser celle-ci et de vous en aller si tel est votre désir, séance tenante. Comme bon vous semble.

Si cependant vous acceptez cette entrevue, sachez que nous sommes puissants et en mesure de vous aider à atteindre votre but ultime car nous sommes particulièrement influents non seulement en Angleterre, mais aussi dans une grande partie de l'Europe et du monde.

Quelle est votre réponse ?

Cette fille a une voix charmante, avec une petite touche d'accent germanique, me semble-t-il.

Il peut s'agir d'une personne très douce sous ce discours très formel.

Il transparaît dans cette voix une belle âme baignée d'amour au sens divin du terme.

William a déjà sa réponse en tête et il va accepter, mais il doit surtout laisser quelques minutes de délai pour leur faire comprendre qu'il n'est pas dupe. Il ne faut pas qu'ils sentent d'enthousiasme trop juvénile de sa part, sinon il perdrait en crédibilité.

Cela serait une bien grossière erreur d'ordre stratégique que de leur livrer son cœur trop rapidement.

Il doit être sur ses gardes et la jouer fine car son intuition pourrait aussi le tromper sur les intentions réelles de ses interlocuteurs.

— Puis-je poser une question ?

— Mais je vous en prie…

— Combien êtes-vous à m'observer alors que moi, je ne peux vous voir ?

— Vous avez raison, veuillez m'excuser. J'aurais dû me présenter.

J'ai fait preuve d'une impolitesse bien déplacée à votre égard.

Évidemment, je ne vous donnerai pas nos identités véritables, mais vous pouvez m'appeler Hilda.

Je suis la seule femme de ce comité et également la personne de référence.

Six frères m'entourent.

Ceci vous situe notre nombre à sept personnes en ce lieu actuellement, mis à part vous, bien sûr.

Je ne vous considère pas encore comme faisant partie des nôtres.

Bien entendu, la loge comprend bien plus de frères et de sœurs, mais vous ne serez amené à les rencontrer que sous certaines conditions.

Et il nous appartiendra d'en décider.

Alors, puis-je à présent connaître votre réponse, sir Hunt ?

« Hilda… Un prénom certes d'emprunt, mais à consonance germanique, je m'en doutais. »

— Devrai-je passer le temps imparti à ce petit jeu aveuglé de la sorte, ou allez-vous enfin vous décider à éteindre cette fichue lampe ?

— Vous m'en voyez désolée, sir Hunt, mais dans l'immédiat, il faudra vous en accommoder.

Nous n'avons pas l'intention de prendre le risque que vous puissiez nous reconnaître en cas d'échec à votre examen d'admission.

Dans quel cas vous seriez reconduit à votre chambre, et vous n'entendriez plus jamais parler de nous.

— Très bien. J'accepte, mais à une seule condition. Et je serai intransigeant sur celle-ci.

— Laquelle ?

— Je voudrais une tasse de thé.

— Condition accordée.

— Earl Grey, avec un nuage de lait si ce n'est pas abuser de votre bonté.

— Nous avons cela.

Quelqu'un se leva et disparut dans une pièce contiguë.

William entendit le tintement de couverts et de vaisselle.

Ils ont un équipement ménager sous la main, cela lui laisse supposer que s'ils sont organisés pour ce genre de détail, ils doivent également l'être pour tout le reste.

Il peut donc en déduire qu'il s'agit probablement d'une organisation sérieuse.

« Je détesterais avoir affaire à des amateurs manquant de rigueur », se dit-il.

D'accord, il se lance !

— Très bien, merci. En attendant mon thé, nous pouvons commencer. Allez-y, posez-moi vos questions, je suis prêt.

— Dans ce cas, ne perdons plus de temps.

De façon globale, pouvez-vous nous expliquer quelle est votre vision personnelle du monde qui nous entoure ?

— Vous commencez fort ! C'est vaste… Je vais tâcher d'être concis et de me faire comprendre de la façon la plus juste possible car comme vous le savez, faire passer des idées de manière à être bien compris n'est pas chose aisée puisque les interlocuteurs ont généralement cette fâcheuse tendance à passer vos paroles au travers des filtres de leurs interprétations qui sont en accord avec leur vécu, leurs charges émotionnelles et leurs frustrations, leur culture et leurs croyances. Sans parler de leur éventuelle mauvaise foi.

— Vous décrivez là le comportement de personnes en carence de conscience.

Ce qui n'est pas notre cas, sir Hunt, je vous l'assure.

— Bien… Vous m'en voyez ravi !

Dans ce cas, je continue.

Le monde matériel que nous percevons est la manifestation de différentes fréquences énergétiques, des ondes.

Du point de vue lié à l'état de conscience du commun des mortels, nous ne pouvons être sûrs de la perception que l'on a de ces différentes manifestations qu'à partir des outils dont nous sommes équipés, et non pas forcément de l'essence même de celles-ci, qui pourrait être tout autre.

La diversité est grande dans ce que nous sommes à même de percevoir.

Quel que soit le règne dont nous parlons. Minéral, végétal, animal, humain, ou autre.

Toutes ces différences sont utiles à la diversité dans son ensemble et interagissent entre-elles pour trouver un équilibre que la nature des choses a mis des millions, voire des milliards d'années à mettre en place. Cet équilibre est fragile.

Il en est de même en ce qui concerne les humains.

Je suis intimement convaincu que tous les humains sont égaux en droits, en devoirs et en importance aux yeux de la création, de Dieu.

Et ces différences d'ordre énergétique, couleurs de peau, constitutions physiques, dont le classement relève plus de la taxinomie que de la génétique, ceci dit en passant, ont donné prétexte à de bien sinistres personnages pour exercer leurs penchants ignobles au racisme primaire dans le plus mauvais sens du terme, le plus exacerbé. Quelle que soit leur appartenance ou leur provenance car aucun peuple n'a le monopole de la bêtise.

Sachez que je le condamne fermement !

À mes yeux, toute ethnie, toute nation, toute race, tous les peuples de la terre ont droit au même respect, à la même considération. Mais attention, ils ont aussi les mêmes devoirs.

Les différences culturelles sont enrichissantes à souhait à condition de ne pas les utiliser de manière non appropriée.

Chacun des quatre grands types humains principaux représente, d'un point de vue ésotérique, une sorte d'énergie fondamentale.

Les hommes noirs sont représentatifs de l'élément terre.

Les hommes jaunes le sont de l'élément eau, les hommes blancs, de l'air et les rouges, du feu.

Ces quatre éléments réunis par l'esprit, matérialisent et orientent la création vers l'équilibre le plus parfait si les conditions d'harmonie entre eux sont présentes.

Car les humains, par leur constitution psychique et leur libre arbitre, ont une influence plus qu'énorme sur la création de leur monde manifesté, en accord ou en désaccord avec les lois de l'évolution voulues par Dieu.

Ceci démontre toute l'importance qu'ont les différents peuples et chaque type humain sur terre.

Que l'un d'entre eux soit menacé ou disparaisse, et le déséquilibre ainsi créé serait fatal à tous, non seulement pour l'humanité dans son ensemble, mais aussi pour la planète et tout l'univers, qui en seraient également affectés.

L'équilibre divin en serait bafoué et les conséquences terribles.

— Vous êtes de type blanc nordique.

Par conséquent, vous sentez-vous supérieur aux représentants d'autres ethnies ? Ainsi que le croient certains ?

— Pas le moins du monde ! Je vous l'ai dit, nous avons tous notre fonction, bien spécifique, mais de même importance en ce qui concerne notre rôle dans le plan divin. Car nos énergies sont complémentaires et doivent être équilibrées.

En revanche, étant conscient d'appartenir au peuple blanc, je ne me sens pas non plus en situation d'infériorité.

Il n'est aucunement question de croire en ces sornettes.

L'homme blanc est aussi utile aux autres que le contraire.

Je suis par contre très attaché, mais de façon saine, et c'est bien normal, à mon propre peuple, qui est ma famille au sens large, puis à l'humanité entière qui est ma famille au sens plus large encore.

Comprenez-vous ?

C'est comme les ensembles, en mathématiques, qu'on nous enseigne à l'école. Il y a des ensembles, des groupes et des sous-groupes. C'est pareil.

Attention que l'appellation « sous-groupe » ne doit pas être prise au sens péjoratif du terme, ceux-ci sont diversifiés et individualisés, font partie intégrante des groupes principaux. Ils jouent leur propre rôle d'importance égale à tout autre, quel qu'il soit.

L'ensemble de ces groupes bien différenciés forment l'humanité, la communauté humaine.

Sachant cela, chacun occupe une partie de la terre qui est en adéquation directe avec ses énergies constituantes.

Les mélanges entre personnes de différents groupes au nom de l'amour véritable sont inévitables et parfois bénéfiques. En périphérie, en bordure, mais à doses raisonnables ne devant pas mettre en péril l'homogénéité des peuples concernés. Tout comme l'introduction d'une autre culture dans celle d'un peuple autochtone ne doit absolument pas perturber, dénaturer celle de la population concernée. Les peuples ont besoin de leur propre culture pour leur propre évolution.

Si de trop fortes migrations organisées par l'homme, c'est-à-dire ne respectant pas l'ordre établi, devaient avoir lieu sur terre, les peuples en perdraient leur identité génétique, leur spécificité énergétique donnée par Dieu, ils perdraient repères et cultures, le chaos s'ensuivrait inévitablement.

Car un homme coupé de ses racines est perdu, déstabilisé.

Tout comme l'arbre déraciné tombe et meurt, les peuples également, pour très longtemps et peuvent ne jamais s'en remettre.

Ces remous énergétiques modifieraient et perturberaient irrémédiablement l'ordre et l'harmonie.

Voici des millions d'années que l'homme évolue sur terre, naturellement différencié en de multiples ethnies. Si un tel mélange devait avoir lieu de manière fluide au fil des millénaires pour servir la volonté de la nature, soit.

Mais si cela devait se passer sur quelques dizaines d'années seulement et de manière forcée, par la volonté irréfléchie de quelques-uns, nous irions à la catastrophe.

Qui aime les différences doit les préserver et non les perdre par dissolution.

Je vais tenter d'illustrer mes dires par l'évocation d'une simple expérience.

Prenez une tôle métallique, saupoudrez sa surface de grains de sable disparates ramassés sur une plage. Transmettez à cette tôle des vibrations continues en passant sur sa tranche les crins d'un archet d'instrument à cordes, ou de toute autre manière.

Dans un premier temps, il vous semblera que les grains de sable se déplacent et sautillent dans une anarchie totale sous l'effet de l'énergie vibratoire diffusée dans ce support.

Ils finiront cependant par se structurer et se rassembler en des endroits très précis de la surface métallique en fonction de leurs différences de taille, de poids, densité, formes etc. Ils vont se déplacer et se rassembler exactement par types, aux endroits les plus appropriés à leurs propriétés, jusqu'à former de très jolies et étonnantes figures géométriques, régulières et harmonieuses.

Chaque grain de sable occupe une place attribuée en fonction de ses propres caractéristiques et en fonction de l'énergie vibratoire spécifique diffusée dans l'ensemble de la tôle.

Imaginez maintenant à quoi ressemblerait cette harmonieuse organisation obtenue si, à l'aide de votre main, vous obligiez les grains de sable à se mélanger de façon aléatoire en les déplaçant volontairement, à l'encontre de l'énergie vibratoire diffusée dans leur support…

Eh bien, il en va de même sur terre pour les différents peuples.

L'archet représente l'harmonique divine qui a mis des millions d'années à organiser les choses, les grains de sable sont les différents règnes, groupes, et la main perturbatrice, la volonté imbécile de certains hommes qui pensent pouvoir impunément mettre le désordre dans tout cela, supposant l'incompétence de Dieu à gérer sa création, faut-il croire.

Déplacez artificiellement ces grains de sable contre la puissance organisatrice des énergies vibratoires en place, et alors vous obtiendrez une anarchie réelle, contre-naturelle et perturbant la volonté de la source rythmique divine.

Trouvez-vous de façon naturelle, sans les y avoir importés, des colibris dans le nord de l'Europe ?

Trouvez-vous naturellement des baobabs au Tibet ?

Ou des edelweiss en Afrique subsaharienne ?

Non.

On peut toujours essayer d'en planter…

Ou l'ordre naturel des choses peut changer de lui-même, et faire un jour du pôle nord un paradis tropical… Mais ce ne sera pas de la main de l'homme.

L'archet représente le divin répartissant ses énergies en bon ordre sur cette planète comme dans l'univers entier.

L'homme, avec sa petite conscience, a le chic pour perturber la nature des choses en faisant preuve d'un esprit étroit et buté.

À croire qu'il est incompréhensible pour lui d'admettre que la nature fait bien les choses. Il faut avouer qu'il a la vilaine manie de vouloir tout transformer…

Outre ceux qui agissent ainsi en toute inconscience, il y a ceux qui le font de manière totalement délibérée.

Il est actuellement de bien sombres projets dans l'esprit d'une poignée de personnes influentes sur la scène financière et politique.

Ceux-ci trouvent facilement des collaborateurs volontaires ou non, des idiots utiles, et peuvent manipuler assez facilement les autres, la grande masse, pour servir leurs desseins.

William se tut. Un long silence s'ensuivit, brisé par de légers chuchotements, ils se concertent.

— Voici votre thé, Sir Hunt.

Il est encore chaud, profitez-en avant qu'il soit imbuvable.

Un des cerbères, veillant bien à rester dans l'ombre, lui tendit la tasse, soucoupe dessous, avec un léger tremblement faisant cliqueter la porcelaine.

— Merci, c'est très aimable de votre part.

Mais s'il vous plaît, j'insiste. Ne pouvez-vous vraiment pas éteindre cette lampe ?

Je préfère encore porter le bandeau sur mes yeux plutôt que de supporter cela dans la figure ne fût-ce qu'une seconde de plus.

— Certes, il en sera fait ainsi.

Un nouveau claquement de doigts et le même géant replaça le chiffon occultant sur son visage.

Cette maudite lampe s'éteignit enfin et il put siroter son thé plus à l'aise, mais à l'aveugle.

Pas de doute, il s'agit de gens bien éduqués et plutôt amicaux, mais prudents.

— Mister Hunt, avez-vous déjà entendu parler de nous ?

— Non, jamais.

— Qui vous a appris toutes ces choses ?

— Mon père est à l'origine de mon enseignement quant à ces matières. Aucune école officielle n'enseigne ce genre de choses, vous le savez.

Ensuite, l'observation, les analogies et l'amour de la nature ont fait le reste.

— Vous avez des soucis avec les jeunesses communistes locales car vous exposez vos idées au grand jour. Savez-vous que vous êtes, pour eux, politiquement incorrect ?

— Oui, je le sais et je m'en moque ! Ils le sont également de mon point de vue.

Je suis fondamentalement respectueux et inoffensif. Ils pourraient avoir la correction de tolérer le fait que je puisse penser différemment d'eux.

— Est-ce de la témérité ? De l'insoumission ?

— Peut-être, je n'y ai jamais réfléchi. Je suis juste au diapason avec mon être profond. Je ne me soumets à personne.

— Nous avons besoin de bien cerner vos convictions et vos capacités, eu égard à l'importance extrême de la mission à venir que nous pourrions vous confier le cas échéant, et mettons beaucoup d'espoirs en vous.

— My God ! Quelle responsabilité !

— Exact ! Une énorme responsabilité.

Il déposa sa tasse vide, encore fumante, sur une petite table se trouvant de côté et songea qu'au fond de lui, il attendait secrètement dans sa vie l'occasion de vivre ce moment précis. Malgré le ton légèrement ironique qu'il adopte, il le sent d'une solennité dont le poids le surprend.

Ses épaules s'affaissent imperceptiblement et une angoisse naissante se rajoute à la sensation désagréable de la peur de ne pas être à la hauteur.

— Miss Hilda ?

— Oui ?

— Êtes-vous une jolie femme ?

— Question hors contexte et sans importance !

Restez concentré sur ce qui nous occupe, je vous prie, sir Hunt.

— Oh ! Non seulement jolie, mais avec du caractère !

Il esquissa un sourire non dissimulé, volontairement arrogant, tant il était sûr de lui sur ce coup.

— Sir Hunt, je crois sincèrement que vous n'avez aucune idée de qui je peux être.

— Détrompez-vous, je peux vous prouver le contraire très facilement.

Je vous imagine aussi jeune que moi… Et aussi vive d'esprit, visionnaire, dirais-je. De tempérament fort. Une véritable âme de viking !

Votre accent vous vient sans aucun doute du nord, sans que je sache pour autant le situer avec précision. Vous êtes issue d'un milieu aisé et votre éducation a été plutôt… traditionnelle.

Vous avez de longs cheveux blonds bouclés qui scintillent particulièrement au soleil rasant d'automne, et virent presque au blanc au soleil d'été.

Votre peau est mate et vous avez le teint légèrement hâlé.

Vos yeux sont noisette, ce qui laisse présager une sexualité exacerbée ou débridée. Un joli nez fin, légèrement aquilin, aux narines diaphanes et frémissantes surplombe des lèvres pulpeuses et bien dessinées, signe d'un important sens relationnel aux autres.

Votre visage est agrémenté de quelques grains de blé, juste ce qu'il faut, sur vos pommettes hautes et légèrement proéminentes, à la façon slave.

Votre silhouette est svelte, mais vos hanches sont généreuses et vos fesses haut placées sont fermes et rebondies, mais pas trop, assurant lorsque vous vous déplacez, un déhanché à tomber par terre. Le grand Casanova lui-même en perdrait son latin.

Vous aimez porter des tailleurs stricts et élégants, un peu austères, mais votre allure reste extrêmement féminine et sexy.

Ah ! J'oubliais… Vous portez des lunettes d'écaille derrière lesquelles vos beaux yeux en amande s'écarquillent de rage et d'étonnement en ce moment même où je vous parle.

En bref, vous prenez conscience que vous sombrez dans les affres de l'amour et que le sujet de tous vos tourments n'est autre que… Moi-même !

Je me trompe ?

Mon monologue était très audacieux et risqué.

Je pris un air malicieux, pensant avoir déstabilisé Hilda, mais il n'en fut rien.

Elle garda son aplomb et sa réponse fusa comme un trait d'arbalète pour atteindre mon ego en plein cœur.

— Mister Hunt, votre esprit espiègle de petit enfant et votre inconséquence représentent un léger obstacle à la confiance que nous vous accordons.

Je vous avoue que cela ne nous a pas échappé par le passé, et nos préoccupations à ce sujet ont fait l'objet de longs débats au sein de notre assemblée.

Malgré tous ces défauts que vous traînez derrière vous comme autant de casseroles, nous avons décidé à l'unanimité de vous inviter ce soir en raison de vos qualités incontestables et exceptionnelles qui font contrepoids.

C'est une chance inespérée pour vous.

Alors si vous tenez à collaborer avec nous à l'avenir, je ne saurais trop vous conseiller de faire un petit effort sur vous-même et de mettre définitivement en exergue ces aspects gênants de votre personnalité.

Est-ce bien compris, très cher !?

— Diable ! J'ai compris, oui… Quelle répartie admirable, miss Hilda… Waouh !

J'ai une question…

— Nous vous écoutons.

— Quelles sont vos activités, précisément ?

— Brièvement, nous protégeons les descendants de la lignée Hyperboréenne de la disparition, en agissant au niveau de la politique nationale et internationale, en infiltrant des agents dans les gouvernements des pays concernés afin d'influencer autant que possible leurs prises de position dans divers domaines de l'échiquier.

— Pourquoi pas en plein jour ?

— C'est évident. Nous ne tiendrions pas une seule journée. Nos ennemis de l'extérieur comme de l'intérieur sont bien trop actifs et puissants, ils agissent avec efficacité depuis trop longtemps contre la nature de notre race.

— Et qu'est-ce qui vous permet de croire que je nourris l'envie de participer à vos actions ?

— Je vous laisse deviner, Sir…

— Mmmmh ! Très bien…

— Nous retenons votre candidature et accusons réception de votre accord tacite de faire partie intégrante de la grande fraternité hyperboréenne.

Sommes-nous également au diapason sur ce point ?

— Entièrement d'accord également sur ce point, miss Hilda.

— Cela suffit pour aujourd'hui !

La séance est levée. Mes hommes vont vous raccompagner dans votre chambre.

Écoutez attentivement ce qui va suivre !

Vous ne parlerez de cette entrevue à personne et attendrez patiemment de nos nouvelles.

Dans le cas contraire, nos représailles à votre égard seront sans appel et sans pitié aucune !!!

Comprenez que nous ne pouvons nous permettre de prendre le moindre risque !

All right ?

Je vous souhaite une bonne nuit, sir Hunt.

— Moi de même, miss.

Il entendit Hilda et ses sbires tourner des talons et disparaître de la pièce.

Pour sa part, il fut raccompagné sans mot dire à sa chambre par les deux mêmes lascars que tout à l'heure.

Il était heureux de retrouver sa couche mais, malgré l'extrême fatigue, il ne put trouver le sommeil tant cette entrevue avait un côté excitant, voire un peu effrayant.

Le matin, il rassembla ses affaires à la hâte et prit le train afin de rejoindre ses parents, pour fêter Noël et Nouvel An dans son Yorkshire natal.

1933 arrivait à grands pas et lui réserverait à n'en pas douter son lot de surprises.

Hilda, troublée malgré elle par le charme de cet impertinent personnage, de suite après l'entrevue, salua ses amis et regagna ses pénates, non loin de là, par une nuit froide et humide.

Un petit sourire persistait sur ses lèvres.

Le brouillard très dense limitait sa vue à une dizaine de mètres à peine.

Elle serra son col en frissonnant, pour empêcher le vent glacial d'atteindre son cou dénudé. Elle réfléchissait intensément à la plus-value que William apporterait à son organisation.

Ce faisant, sa main gauche se mit à frotter, de sa paume déployée, le velours de son manteau.

Elle pressa le pas, frigorifiée, ne pensant plus qu'à se glisser entre ses draps de coton.

Elle se sentait soulagée de n'avoir pas éveillé les soupçons de ses compagnons à propos de sa véritable et nouvelle identité.

La nuit passée, elle a, elle, Clara, pris possession du corps de cette jeune fille.

Profitant de l'accord de son âme qui a laissé place nette, elle s'est glissée dans ce nouveau réceptacle biologique.

Zut ! Se dit-elle, il semble bien étroit pour moi… Il faudra que je m'y habitue. Ce n'est pas très confortable, là-dedans !

Heureusement, cette fille n'est pas trop mal fichue. Enfin, c'est relatif. Je préférais tout de même mon corps précédent… Soit ! Je me souviens parfaitement de qui j'étais et de ce que je suis censée faire maintenant.

La récente fécondation de mon âme par le poisson-bisou a décuplé mes facultés psychiques.

Jamais je n'aurais cru ce machin aquatique bizarre capable d'un tel prodige…

J'ai également intégré toute l'histoire et la mémoire de cette fille dont j'occupe le corps actuellement.

Agnetha Olofsson, une Suédoise de dix-neuf ans seulement, expatriée en Angleterre depuis à peine deux ans.

Heureusement qu'un heureux concours de circonstances m'a permis d'obtenir son assentiment pour cet échange. Son âme, mal incarnée, avait mieux à faire ailleurs.

C'était une condition sine qua non.

Il m'a fallu accepter sa vie et son physique avec ses qualités et ses défauts. Je dois me faire à ma nouvelle identité jusqu'à la mort de ce corps qui maintenant est mien.

Surtout, je dois faire attention à ne pas laisser transparaître les vieilles habitudes de Clara, pour ne pas éveiller les soupçons des proches d'Agnetha.

Vous me suivez ?...

Cette fille était fiancée, en Suède, à un jeune garçon de la haute bourgeoisie car elle-même est fille d'un politicien en vue et elle vivait un bonheur banal et peu entaché tant sa vie était conforme et monotone.

Il y a deux ans, son fiancé Olaf, de cinq ans son aîné, rencontra la mort au volant de sa Bugatti rouge, un soir de fête trop arrosée.

Il fut fauché au sens propre par la lame de la grande noire car son corps, littéralement coupé en deux dans l'accident, fut retrouvé de part et d'autre de la petite route de campagne, dans une brume matinale rampante, sous les premières lueurs matinales de ce fatal jour de février.

Heureusement, Agnetha n'avait pu l'accompagner à cette sauterie, suite au strict veto que lui imposa son père la veille du drame.

Bien sûr, les manchettes des journaux à grand tirage du pays ne manquèrent pas de relater l'information avec force détails et, rapidement après les faits, monsieur Olofsson père, qui avait de nombreuses connaissances au Royaume-Uni, organisa pour le plus grand bien de sa fille Agnetha, son départ pour Cambridge où elle entamera ses études universitaires et sera logée à proximité de l'institution, dans la maison d'un généreux et bon ami de la famille.

Cela lui fera changer d'air et la remettra d'aplomb, elle finira par oublier… Car depuis le décès de son amoureux, la petite portait sur ses épaules une peine bien trop lourde.

Ce que savait déjà dans le plus grand secret ce brave père, c'est qu'Agnetha, malgré son jeune âge et très discrète sur ce fait, nourrissait déjà des idées très particulières et bien ficelées sur la politique. Les chats ne font pas des chiens.

Elle mettra en place, dans cette institution de renom, les moyens de se faire un entourage propice au développement concret, sur le terrain, de ses objectifs.

Elle sera, en à peine deux années, à la tête d'une organisation internationalement étendue, se voulant influente, poussant ses tentacules à l'intérieur de tous les hémicycles de la plupart des pays de la vieille Europe.

Agnetha, d'une intelligence hors normes, combinait ses activités occultes avec de brillantes études dont elle remportait chaque année, haut la main, la plus grande distinction.

« Au moins, Tarantula a choisi un personnage intéressant pour ma nouvelle incarnation, c'est déjà ça. Je lui en suis reconnaissante… »

Enfin dans mes draps, je ne pus m'empêcher de penser à ce satané William. Une forte tête, sans nul doute, mais charmant garçon. Rebelle et culotté, mais j'aime assez cela… Un bon mélange de parfait gentleman avec une touche « bad boy ».

Que ma douce Lara me pardonne. Dans cette vie, je suis prête à basculer du côté d'un amour exclusivement hétéro.

De toute façon, au vu des convictions qui sont maintenant miennes et de l'époque dans laquelle j'ai été transposée, j'ai tout intérêt à rester sagement dans les normes sociétales.

Sans cela, je risque bien de voir éclater en mille morceaux, et ma crédibilité, et le réseau duquel je suis la tête et l'exemple moral.

Mes pensées s'envolent comme des papillons de nuit dans le bleu noir de ma chambre et, bercée par les ronflements sortant de dessous la grosse moustache de mon hôte qui dort comme un sac de blé juste à l'étage inférieur de ma chambre mansardée, je finis par sombrer à mon tour dans un sommeil profond et réparateur.

Cette double vie est exaltante mais épuisante.

Être étudiante le jour et intrigante la nuit n'est pas de tout repos.

C'est le matin, à mon réveil, que je pris vraiment conscience que nous sommes à quelques jours seulement du premier janvier 1933.

Et je dois sauver le monde… Les larmes au coin des yeux, un sanglot étranglé, je repense à Luigi, qui n'est même pas encore né, et qui doit être complètement désespéré de ma disparition, dans son espace-temps.

Et Lara, ma tendre Lara aussi, la pauvre, dans quel état est-elle ?! Elle me manque si fort !

Et tous les autres… Mon Dieu, je ne les reverrai plus jamais !!!

À cette pensée, une énorme décharge d'adrénaline se déverse dans mes veines, comme si une colonne de fourmis carnivores grouillait dans tout mon corps et me dévorait de l'intérieur.

Il faut que je me ressaisisse. Surtout ne pas laisser progresser cette tristesse envahissante qui se répand sournoisement en moi… !

Je sais que mes amis, ma famille et mon amour continuent la lutte courageusement de leur côté.

Dès ce matin, me voici à nouveau dans mon rôle d'étudiante.

D'interminables heures de cours de sciences politiques… Des conversations futiles avec mes camarades aux heures de pose…

William, lui, était déjà arrivé dans sa famille afin d'y passer les fêtes de fin d'année. Mes informateurs me l'ont précisé. Il est surveillé vingt-quatre heures sur vingt-quatre et tous ses faits et gestes me sont rapportés.

À son retour, je provoquerai une nouvelle rencontre. Cette fois, seule à seul avec lui.

Ma protection sera bien assurée, mais à distance raisonnable. Il en sera ainsi jusqu'à ce qu'il ait fait ses preuves. Demain, ce sera à mon tour de partir dans ma famille en Suède.

Ma journée terminée, j'entame les préparatifs pour le voyage.

Papa vient me chercher en avion privé.

Une rencontre dont je me réjouis, même si je connais plus ou moins mes nouveaux parents au travers des souvenirs d'Agnetha.

La rencontre physique avec eux, qui sera une grande première pour moi, risque d'être une surprise de taille.

Espérons qu'elle sera agréable et qu'ils ne se douteront pas du changement survenu chez leur fille.

À l'abri d'une grande baie vitrée, c'est rêveuse que je fixe du regard le macadam luisant de l'aérodrome, proche de la côte, où doit atterrir le Fokker personnel de papa.

Il accuse un retard conséquent sur l'horaire.

Rien à l'horizon… Le ciel est bas et il tombe une fine pluie éparse, froide et cinglante, qui se plaque à la vitre par bourrasques successives, irrégulières.

Le climat marin est imprévisible, l'eau ruisselle.

Bien sûr, mes souvenirs ressurgissent aussitôt ! Comme à chaque fois. J'ai l'habitude.

Tarantula, Dusha-Zlata chérie, ma grande sœur adorée, matrice universelle, ne m'abandonne pas… Où es-tu ?

Un sentiment de grandes difficultés à venir m'envahit et me met mal à l'aise.

Je m'impatiente.

Un ronronnement se fait entendre, de plus en plus bruyant.

Mais oui ! Le voilà… Je le vois qui perce l'épaisse et sombre couverture nuageuse d'un gris soutenu plein de nuances qui caresse le sommet des falaises anglaises, d'être si basse sur l'horizon.

Dans un vacarme pétaradant, il se cabre pour rencontrer la piste, luttant contre les rafales fortes, soufflées de la bouche du Dieu Éole en colère, qui essayent de le soumettre, comme s'il s'agissait d'une vulgaire feuille morte, à leurs forces implacables.

De la carlingue grise dégoulinante de l'aéronef à l'arrêt, surgit une silhouette tout aussi grise, un homme de haute stature au chapeau élégant et manteau de laine peignée.

— Papa !

Dos voûté sous l'averse, il se précipite, tenant d'une main son chapeau pour éviter qu'il ne s'envole, et de l'autre, le revers de son paletot, relevé sur son cou.

Ses chaussures font gicler l'eau à chaque pas, mouillant le bas de son pantalon rayé au pli parfait.

Ma main gauche partit d'un mouvement de va-et-vient sur la surface de mon propre manteau, en velours vert anglais.

Couleur de circonstance puisqu'à une époque reculée, c'était celle qu'arborait fièrement le père Noël.

Toute à mon excitation, je courus à sa rencontre, les joues empourprées et un sourire de joker découvrant l'entièreté de mes dents à l'émail presque sans défaut.

Il ouvrit grand ses bras pour me recevoir et m'embrasser chaleureusement, m'assurant combien il était heureux d'enfin me retrouver, moi, sa petite fille chérie.

La peau rêche de ses joues sentait bon l'eau de Cologne.

Ce fut un moment merveilleux et de suite, j'eus l'impression de le connaître depuis toujours.

Lentement, car je me sentais bien dans ses bras, je me dégageai de son étreinte pour le dévisager.

Il ôta son chapeau et quelle ne fut pas ma stupeur d'apercevoir des traits ressemblant à s'y méprendre à ceux de... Papa Léon !

Je poussai un cri de surprise et mon visage se liquéfia.

— Allons Agnetha, ne sois pas sotte ! C'est moi, papa... Tu ne me reconnais donc pas ?

— Ah ! Euh, si... Enfin... Ah ça pour te reconnaître, je te reconnais, effectivement ! Mais...

L'air désabusé, il sourit de façon exagérée pour masquer un petit malaise.

— Mais quoi, ma fille ? Ai-je tant vieilli à tes yeux pour que tu me tires pareille bobine ?!

— Oui ! Je veux dire non ! Euh... Tu es mieux, bien mieux que dans mes souvenirs, je t'assure !

Et là, je ne mentais pas du tout.

— Bon ! Eh bien, me permettras-tu de t'offrir un café ou un thé en attendant que l'équipe vérifie le Fokker et le ravitaille en gazoline ?

— Oui bien sûr, papa.

Attablés au mess, face à face devant une grande tasse de café brûlant, je l'observais me parler de choses et d'autres.

Ses lèvres mobiles et humides, ses yeux gris clair, profonds comme l'océan arctique, ses fins cheveux blancs, autrefois blonds, épars et tirés en arrière, sa prestance et ses épaules larges, cet homme a beaucoup de classe naturelle.

Il impose le respect par sa hauteur d'âme et son charisme.

Je me sentis fière d'être sa fille.

Mais quelle étrange ressemblance avec papa Léon. Est-ce un hasard ?

Je me risquai à lui poser la question qui, depuis tout à l'heure, me brûlait les lèvres plus encore que le café fumant dans ma tasse.

— Papa Léon, est-ce toi ?

Interloqué, papa se tut, paupières mi-closes. Parfaitement immobile.

Pour toute réponse, il esquissa lentement un très léger sourire de biais tout en plissant des yeux, lui faisant apparaître des pattes d'oie aux tempes. Il gardait le regard dans le vide.

Puis, après un long silence, il parvint à me murmurer, si faiblement que je doutais avoir bien entendu, un tout petit :

— Tu n'es jamais seule, Loïse.

Je blêmis et de chaudes larmes coulèrent en abondance sur les pommettes hautes, roses et rebondies de mon visage de fille du Nordland.

Visage bientôt encadré de ses grandes mains chaudes et tendres dont les pouces, par de petits mouvements circulaires, asséchèrent à intervalles réguliers mes larmes naissantes.

Perles bonheur d'argent, infantes précieuses d'émotions cryptées, terrassantes, terribles, les plus prenantes, surgies en ligne directe des profondeurs insondables de mes tripes les plus enfouies.

Tant de magie, tout cet amour pour moi, comment est-ce possible ?!

Je restai silencieuse toute la durée du vol pour Stockholm. Voyage chaotique à travers des nuées chargées d'électricité qui ballotaient l'avion, tel un brin d'herbe dans la tourmente, à l'image même du parcours et des épreuves qui m'attendent dans les proches années à venir.

Si je réussis la mission qui m'est confiée, le monde sera radicalement différent, plus humain, plus proche de la nature et de ses lois.

Courage Clara, me dis-je, l'organisation est déjà sur pieds, Agnetha a fait un excellent travail avant que je ne m'introduise dans son corps.

La grande fraternité hyperboréenne est très bien ficelée et, malgré le peu de temps d'existence de sa formation, elle donne déjà ses premiers résultats, prometteurs, dans certains pays d'Europe.

Le séjour à Stockholm fut merveilleux.

J'ai passé des fêtes féériques et surtout, j'ai fait la connaissance de ma nouvelle maman suédoise. Cette femme un peu effacée, c'est vrai, mais cependant très attachante et affectueuse, que papa protège et chérit comme s'il s'agissait d'un trésor précieux et fragile.

Je suis certaine maintenant que cet homme est en réalité papa Léon, alias Bogdan.

Sans doute a-t-il développé les facultés psychiques nécessaires à l'incorporation en conscience de plusieurs personnalités en des lieux et temps différents.

Je travaille dur en vue d'obtenir de tels résultats et ne tarderai pas à y parvenir, je le sais.

Je passe aussi beaucoup de temps à m'occuper de mon organisation pour que son efficacité soit optimale.

La nuit de Nouvel An, j'étais à peine couchée que quelqu'un frappa discrètement à la porte de ma chambre. C'était papa.

Il s'assit sur le bord de mon lit et posa sur moi son doux regard gris et hypnotisant, un long moment, avant de murmurer d'un air entendu :

— Ma fille chérie, il faut que je te dise.

Je sais quelles sont tes préoccupations pour l'avenir de l'homme et je voudrais te parler de l'un d'entre eux.

— Il s'appelle Adolf Hitler et semble être à deux doigts de prendre le pouvoir en Allemagne.

J'ai la certitude qu'il jouera très bientôt un rôle de premier ordre en ce qui concerne la direction que prendra l'Europe à l'avenir.

Peut-être pourrais-tu t'y intéresser de plus près... Il voudrait débarrasser le continent de l'influence du capitalisme, de l'usure et aussi du bolchévisme. Ces faux jumeaux asservissent les peuples.

Je l'ai rencontré il y a de cela quelques mois, à l'occasion de négociations avec notre gouvernement, et il semble animé du feu sacré. Une force terrible circule dans ses veines et il a l'étoffe d'un meneur. C'est un socialiste doublé d'un nationaliste, pangermaniste.

Je pense sincèrement que le monde entier sera bientôt focalisé sur ses réalisations.

Je dis ça, je ne dis rien…

Mais attention, je dois te mettre en garde à son propos.

Car s'il représente bien une opportunité de changement, il est aussi comme une arme à deux tranchants.

Cet homme est également animé d'un esprit exalté, prêt à tous les débordements et ne reculera devant aucun sacrifice pour parvenir à son but. Sache donc qu'il est aussi le potentiel destructeur capable de mettre à feu et à sang la terre entière s'il le juge utile.

Il ne lâchera rien. Et il a l'intention de s'attaquer à deux gros morceaux qui, eux non plus, ne lâcheront rien du tout et peuvent être aussi pugnaces que lui. Peu s'en faut. Ils ont fait leurs preuves, tu le sais.

Tu as compris que cet Hitler a deux facettes… L'une exploitable et l'autre redoutable, à corriger absolument.

Inutile donc de te convaincre que la situation est électrique.

Papa continuait à me fixer sans cligner des yeux. Il sentait bon, comme toujours.

Son souffle chaud, rassurant, soulevait une mèche de mes cheveux à chacune de ses expirations.

Ma main gauche chercha en vain un bout de velours et se contenta, à défaut, de la couverture de laine.

Papa poursuivait son monologue, tenant ma main droite dans la sienne.

— Cet homme, sans doute, pourrait à la condition ferme qu'il équilibre sa raison et choisisse mieux ses collaborateurs, incarner l'Europe de demain, la grande Europe des nations, les pieds bien ancrés dans ses fondements ancestraux traditionnels, l'intelligence des justes et la magnanimité. Cette Europe qui a de tout temps rayonné à travers le monde par la grandeur de ses peuples et de leurs avancées.

La déesse Europa auréolée de gloire, pure et délivrée, enfin sortie de son carcan, sauvage et belle dans un vent de liberté comme une femme épanouie et comblée, aux hanches solides, qui enfante à l'aube d'un avenir radieux.

Tu la vois, ma fille ? Tu vois cette merveille se dessiner dans ton esprit ?

Quoi qu'il en soit, fais bien attention, tu mets les pieds dans quelque chose qui pourrait bien te dépasser.

Les forces obscures se tapissent souvent aussi dans les espoirs les plus fous et les plus beaux pour mieux se déchaîner à satiété.

Ta responsabilité est grande !

Bonne nuit, mon ange.

N'oublie pas que dans deux jours, je te raccompagne en Angleterre car les congés de Nouvel An se terminent. Hélas.

Sache que maman et moi aurions voulu te garder auprès de nous, mais je pense qu'il est préférable, pour d'évidentes raisons, que tu puisses finir tes études et poursuivre ton œuvre sous le climat anglais.

Soyons raisonnables, n'est-ce pas ?!

Je te soutiendrai dans ton œuvre, Agnetha. J'y suis favorable.

Dieu fasse que tu puisses insuffler l'amour nécessaire à cet Adolf et ses ennemis tout aussi belliqueux, pour un avenir plus juste.

Bien sûr, je connaissais cet homme dont me parle papa.

Il n'aurait pu en être autrement. Et papa le sait. Il tenait juste à attirer mon attention sur le danger de côtoyer un tel personnage.

Il m'embrassa sur le front et borda ma couverture, puis referma la porte derrière lui sans faire le moindre bruit.

Je m'endormis avec, me flattant les narines, la résilience persistante du parfum de papa.

Les deux jours suivants se passèrent sans incident notoire et mes contacts me rapportèrent des nouvelles du jeune William qui est déjà de retour à Cambridge après avoir passé un séjour sans encombre chez ses parents.

Tant mieux ! J'aurais détesté devoir écourter mes vacances à Stockholm à cause des facéties de cette maudite tête brûlée.

Le Fokker personnel de papa me ramena donc à bon port dans des conditions de vol plus clémentes qu'à l'aller.

De retour à mon logement de Cambridge, le soleil timide d'hiver filtrait entre deux nuages au jour déclinant, ce qui donnait à la luminosité ambiante l'air un peu surnaturel d'une aura céleste orangée, un peu sombre.

Si cet aspect des choses était symbolique, cela pourrait être le présage d'une lueur d'espoir quant à l'avenir dont il m'appartenait désormais de changer le cours.

Or, l'issue de cette ignoble guerre à venir, je la connais en ma qualité de voyageuse du temps…

Cet Adolf Hitler, pétri d'ambitions qu'il voulait salutaires pour son peuple d'abord, puis pour l'Europe ensuite, j'en connais l'histoire… Et la fin tragique. Puisse mon intervention éviter ce conflit… À tout prix.

Je dois dorénavant trouver les moyens de mener à bien mon projet. Non pas avec l'aide et le secours des pouvoirs exceptionnels dont dispose Tarantula, mais par une simple influence exercée sur les grands de ce monde.

C'est bien ainsi que cela doit se passer et pas autrement.

L'émergence de ce dictateur d'un genre nouveau, dont les idées révolutionnaires sont en dissonance totale avec l'idéologie communiste et le système capitaliste, représente une véritable opportunité pour moi. Il veut lutter contre les tentatives de déstabilisation de l'Occident au sens large, cela fait de lui un point focal, un choix de premier ordre pour mes plans.

En effet, il sera la pièce maîtresse des événements à venir.

Les mois qui suivirent, outre mon cursus universitaire, furent activement mis à profit pour la mise en place de taupes dans l'entourage le plus proche du futur Führer. Ce qui ne fut pas chose aisée.

Un jeune garçon allemand, originaire des Alpes Bavaroises, Hans Kruger, est justement un ami de longue date de William.

Ils se sont connus lors d'un voyage d'agrément, dans cette magnifique région, que ce dernier a fait avec ses parents lorsqu'il était encore enfant.

Les Hunt ont été hébergés par une famille d'agriculteurs tenant une ferme modeste située dans une campagne au paysage féérique.

Louer des chambres aux voyageurs constitue un revenu non négligeable et ma foi, le tarif était bien plus que raisonnable.

La famille Hunt a donc fait escale plusieurs jours chez ces gens charmants et Hans, leur fils, sensiblement du même âge que William, s'est lié d'une amitié durable et sans faille avec le jeune anglais.

Ils ne se sont jamais perdus de vue, s'écrivant de longues lettres à longueur d'année.

J'y vis l'occasion rêvée d'utiliser, avec son total accord bien sûr, les services de ce jeune homme.

Hans a grandi en force. Le dur labeur de la ferme a fait de lui un solide gaillard, haut en taille, à la carrure imposante et au caractère bien trempé.

Blond comme les blés, les yeux bleus et le visage coupé à la serpe, il présente les caractéristiques physiques idéales (cela ouvre des portes, dans ce régime) pour prétendre intégrer et, ou, approcher au plus près les plus hautes instances du gouvernement du tout nouveau Führer de la grande Allemagne.

Il fut donc, en secret, contacté par William et mis au courant de notre projet.

Il accepta immédiatement avec enthousiasme de jouer un rôle dans celui-ci car il a tout de suite compris l'enjeu capital qui se préparait et qui plus est, comme beaucoup de ses compatriotes à cette époque, il nourrit l'espoir légitime que ce nouveau chef providentiel puisse sortir l'Allemagne du marasme dans lequel elle se trouve.

Il était convenu qu'il approcherait Hitler d'assez près pour pouvoir lui adresser la parole en toute confiance, le but étant de le convaincre de rencontrer William, notre chargé de mission, car lui et lui seul a les capacités de modérer l'homme dans ce qu'il a de plus virulent et de l'amener à une politique plus raisonnable. En parallèle, comme une entente anglo-allemande est encore espérée, l'organisation appuiera prioritairement dans l'ombre et dans ce sens, le gouvernement anglais dans un but de détente.

Connaissant l'admiration que porte Adolf au peuple voisin d'outre-Manche et les accords de paix entamés entre les deux nations, cela devrait être envisageable, ou en tout cas, vaut le coup d'être tenté.

Dans un même temps, des infiltrés œuvrent activement au sein des autres nations protagonistes comme la France, la Russie, les États-Unis, Pologne, et autres, qui auront un rôle tout aussi important à jouer dans le destin du monde, dans un effort de paix. Mon Dieu, quel travail harassant !

William reçut une formation intensive en géopolitique, psychologie, langues, disciplines sportives diverses et sciences occultes. Ce pour quoi il a, de naissance, des prédispositions réellement exceptionnelles.

Il se montra très doué et progressa rapidement pour devenir redoutable, par exemple en matière d'influence hypnotique sur autrui.

Si ce n'est, petit bémol, qu'il gardait latent son esprit joueur et parfois un peu trop désinvolte qui paraissait vouloir reprendre le dessus à tout moment.

Une fois la confiance établie entre nous deux, je lui permis un jour de voir mon visage. De nombreuses fois, il s'était montré insistant sur ce sujet.

On peut dire que j'ai craqué, au sens propre comme au sens figuré, d'ailleurs.

Je dois avouer qu'il ne me fallut pas très longtemps pour tomber sous son charme ravageur… et c'était réciproque.

Nous formions à présent un couple passionné, ce qui représentait un risque au vu de notre situation, j'en avais bien conscience.

Mélanger le travail et les sentiments risquait de compromettre le succès de notre délicate mission.

Je lui appris tout ce que je pouvais lui transmettre. Mes propres facultés étant maintenant parvenues à leur paroxysme.

Il se montra un élève surdoué qui serait bientôt prêt pour accomplir sa tâche.

Heureusement car actuellement, en Allemagne, les événements se précipitent.

Hans, lui, est membre de la S.A. et a demandé son affectation à la garde personnelle rapprochée du führer.

Il fait preuve d'un zèle à toute épreuve et devrait bientôt arriver à ses fins.

Le national-socialisme est une idéologie en gestation dont la définition finale comporte encore des zones d'ombre dans l'esprit de beaucoup de personnes. Les membres du gouvernement eux-mêmes sont d'ailleurs souvent en désaccord entre eux, vis-à-vis des tenants et aboutissants de leur formation politique, les grandes lignes en étant pourtant déjà bien tracées par le chancelier lui-même.

Mais la mise en pratique demandait un certain temps d'adaptation et nous laissait tous dans l'expectative.

C'est pourquoi notre intervention pouvait avoir toutes ses chances et était si importante.

La plus grosse difficulté venait de l'organisation et de l'administration impressionnantes d'efficacité dont faisait preuve cet état, et qu'il fallait parvenir à franchir haut la main et dans les règles pour éviter les remous, ce qui aurait fait entrave à notre progression.

Parlons aussi du caractère belliqueux des proches collaborateurs les plus influents d'Adolf, qui partent dans des conceptions inconsidérées en matières raciales et de supériorité… Débordements extrêmement dangereux émanant d'esprits, hélas, encore trop immatures pour exercer les responsabilités des postes d'importance qu'ils occupent. Les obsessions de certains d'entre eux tiennent vraiment du délire.

Revenons en 2020 au manoir de Haut regard.

La fin du rituel marqua le moment de faire le point et de donner les consignes à chaque membre du groupe, qui devait maintenant se disperser afin d'une part, d'échapper aux agents des entités grises, et d'autre part, de continuer inlassablement le combat le plus efficacement possible.

Clara et Dusha sont dans un autre espace-temps. La toile d'argent, tissée entre les colonnes de pierre du sous-sol, perle encore d'humidité, et est vide de toute présence.

Bogdan et Lyubov resteront en Europe et prendront de nouveaux contacts, seront très actifs sur internet et organiseront sans relâche des conférences et des séances de méditation réunissant le plus possible de personnes afin d'élever la conscience collective et d'envoyer une énergie d'amour, la plus puissante possible, afin de lutter à la dissolution de l'égrégore monstrueusement pesant que l'humanité a mis en place, souvent par défaut, au cours des derniers millénaires de sa présence sur terre.

Vladislav, quant à lui, rencontrera ses homologues africains, asiatiques et autres qui agissent de même sur leurs continents respectifs, afin de tisser des liens, un réseau international superpuissant de millions d'âmes de bonne volonté.

Ces personnes, sublimes de charisme et d'évolution spirituelle sont capables d'agir sous la même bannière pour la lumière et le salut de l'humanité entière. Qu'il en soit ainsi !

La tâche semble insurmontable, mais en gravissant échelon par échelon, et en se tenant la main, ils peuvent y arriver.

Branle-bas de combat ! Félix, qui fait le guet, avertit que des véhicules, tous feux éteints, encerclent le manoir.

Les portières claquent et des pas pressants se font entendre.

Les hommes en noir courent en direction du manoir, dans le parc, et le cliquetis sinistre des fusils que l'on arme souligne l'urgence de la situation.

On entend le pauvre jardinier hurler. Il se fait interroger sans ménagements et tente courageusement de donner l'alarme.

Mais il n'est au courant de rien, lui. Il doit se demander ce qui lui arrive…

Ses cris cessent soudainement.

Espérons qu'ils ne l'ont pas… Mon Dieu !

Dans le temple, les toges de lin glissent à même le sol et tous s'enfuient précipitamment par un passage secret savamment dissimulé derrière une gigantesque et ancienne tapisserie, ornée d'une magnifique croix celtique argentée sur fond noir.

Dans le passage étroit du souterrain, Lyubov s'arrêta net dans sa fuite, prit Vladislav par les épaules, le regarda de ses grands yeux écarquillés et lui dit :

— Vladi ! Sophia ! Mon Dieu, elle va se faire capturer…

Il faut aller la chercher, vite !!!

— Non, Lyubov. Sophia a quitté le manoir tout à l'heure, après notre dispute… Et moi aussi par la même occasion. Tu sais, elle vivait une vie dissolue indépendamment de moi ces dernières années, comme une adolescente.

Je l'ai perdue à tout jamais et j'en partage avec elle la responsabilité. Bogdan avait raison de me le rappeler, tout à l'heure.

Rassure-toi, elle est hors de danger.

Continuons.

Éclairés d'une lampe torche, ils continuèrent, à pas rapides, leur progression.

L'esprit de Vladislav s'assombrit, le chagrin faisant son œuvre, sans concessions.

Il se souvient de ces tristes événements qui ont marqué leur couple à plusieurs reprises depuis quelques années.

De façon inexorable, prévisible, Sophia était de moins en moins présente auprès de lui, au fil du temps qui passait.

Les derniers moments de leur union, Vladislav se sentait plus seul en sa présence qu'en son absence.

Le mépris et le manque de considération de sa femme à son égard étaient devenus son lot quotidien. Et la mélancolie, qui s'imposait à lui pour être sa plus fidèle compagne dorénavant, lui susurra spontanément quelque complainte qu'il murmura dans ce tunnel, durant sa fuite en avant, mais qu'il fut seul à entendre car largement couverte par le froissement de leurs pas sur le sol moite de ce passage vers leur salut.

— Sophia…

« À l'aube nouvelle, ma muse s'en est allée.

Son regard, de moi, elle a détourné.

Sur le pavé, son amour, triste dépouille, elle a laissé.

Aux plaisirs éphémères, corps et âme, elle s'est livrée.

Aux ivresses d'une liberté assassine, elle s'est adonnée.

Crucifiant aux quatre vents le sacré de sa livrée.

Pour ne jamais se retourner, ne jamais en pleurer.

De son dédain, mon âme, elle a giflé.

Tel le fouet d'un vent glacé, le froid de ses chairs me punit à la volée.

Alors que d'autres s'y réchauffent d'une volupté qui m'est subtilisée.

L'abominable de son absence n'a d'égal que sa présence, car perfide par le silence est son essence.

À l'aube nouvelle, ma muse s'est envolée. »

Félix les pressa et ils aboutirent, après une vingtaine de minutes, en pleine campagne. Apercevant au loin « Haut-Regard », qu'ils pouvaient deviner sous la lumière blanchâtre de la lune.

Finalement, personne ne put dormir cette nuit dans le manoir.

Dans une grange proche, attendaient des voitures banalisées prévues dans cette éventualité.

C'est ainsi qu'ils se quittèrent, chacun filant vers son destin.

— Bogdan, Dusha nous reviendra-t-elle ?

— Oui Lyubov, elle doit s'assurer que Clara a bien pris possession de sa nouvelle incarnation juste avant-guerre, et lui consacre la totalité de son attention pour le moment. Je dois faire moi-même des incursions à cette époque pour montrer à Clara qu'elle n'est pas seule. Que nous sommes tous avec elle. Je prendrai l'apparence d'un papa Léon suédois et dois passer les fêtes de Noël et Nouvel An avec elle.

— Ah ?! Et elle va bien ?

— Pour le moment, oui. Elle est incarnée dans le corps d'une jeune femme, mignonne comme tout.

Dusha nous reviendra bientôt, rassure-toi.

— Ouf !

Lyubov sourit, confiante, tandis que leur auto s'engageait sur une nationale, vers un avenir trépidant mais incertain.

Lyubov eut une pensée émue pour leurs compagnons d'aventure qui ont payé cher leur fidélité. Anita, Linda, Jean, Louise, Lisbeth et Antoine…

Son cœur serre…

— Mon Dieu, quelle horreur ! Finira-t-on tous aussi tragiquement dans les griffes de ces démons ?

Notre groupe s'est considérablement réduit en quelques heures seulement.

J'espère de tout mon cœur que Clara parviendra à changer le cours de l'histoire !

Bogdan ne répondit pas, il lui prit la main tendrement.

Puis lui demanda de former sur son portable le numéro de Rachid. Un imam influent rallié à leur cause et basé à Brest, en Bretagne.

Ils doivent le rencontrer pour mettre en place un plan d'action commun.

— Demande-lui s'il peut nous recevoir, s'il te plaît, ma chérie.

Lara, quant à elle, en larmes, les yeux rougis de tristesse et de fatigue, seule au volant de sa petite Audi de couleur crème, avait pour consigne de reprendre son travail comme si de rien n'était. Elle serait tenue au courant des événements, quoi qu'il arrive.

Elle sait qu'elle ne reverra sans doute plus jamais sa Clara, partie à une époque où ses propres parents n'étaient pas encore nés.

Son chagrin est immense et c'est à peine si elle parvient encore à tenir le volant et à distinguer la route dans la lumière des phares.

Toujours incrédule par rapport à ce qu'elle vient de vivre, elle tente de mettre un peu d'ordre dans ses idées…

Le GPS lui indique la direction à suivre de sa voix robotisée et impersonnelle, brisant le silence de mort de l'habitacle.

Lara conduit elle-même comme un automate, le regard vide.

« C'était trop beau pour durer », se dit-elle. Pourquoi faut-il donc toujours que les moments les plus heureux d'une vie soient aussi les plus courts ?!

Luigi, lui, a confié le « Fiorino » à ses cousins, et c'est l'air solennel, plissant les yeux pour leur signifier sa détermination, qu'il leur dit adieu.

Car on ne sait jamais, avec les femmes, dans quel genre d'embarras elles nous emmènent.

— Tu as raison, Luigi, surtout avec Clara !

Madonna ! Va savoir dans quel merdier elle s'est encore fourrée…

Luigi, tu vas peut-être devoir te battre avec des gangsters canadiens ou la délivrer de l'emprise de ses ravisseurs, de cruels kidnappeurs mangeurs de pancakes…

Le ton des jumeaux est à peine moqueur…

— Ne vous en faites pas les jumeaux, je suis ceinture noire de judo, j'en ferai mon affaire ! Et dussé-je mourir dans d'atroces souffrances, je ramènerai Clara à Liège saine et sauve !

Sur ces paroles chevaleresques, il tourna les talons et prit le taxi qui l'attendait avec ses bagages dans le coffre, pour l'emmener à l'aéroport de Zaventem.

Pour l'occasion, il a enfilé son plus beau costume noir, le même que celui de James Bond, et c'est avec ses « Ray Ban » sur le nez qu'il disparut au regard de Massimo et Maurizio.

Il a en poche l'adresse que Clara a notée sur un papier volant.

C'est à Montréal que l'indéfectible Luigi débutera son enquête.

IX

Allemagne, 1934

Hans vient de recevoir sa nouvelle affectation.

Il doit rejoindre les unités d'élite de la Schutzstaffel, plus communément appelée la « SS », fournissant pour la garde personnelle d'Hitler, une troupe de cent vingt hommes triés sur le volet, parmi les meilleurs éléments de ce corps d'élite. La SS-Stabswache Berlin, qui plus tard, muera en prestigieuse Leibstandarte-SS Adolf Hitler, et dont un détachement restera toujours affecté à la garde rapprochée du Führer.

Ils recevront une formation en conséquence de la spécificité de leur rôle.

Il s'agit d'un honneur extraordinaire pour Hans, mais surtout, c'est excellent pour la mission secrète dont il est porteur.

Il se rapproche de son Führer et de son but.

À Cambridge, au siège de la grande fraternité hyperboréenne, la nouvelle est accueillie avec enthousiasme et Hilda est littéralement transportée de joie.

Les choses se mettent en place, pourvu que cela continue… Il faut absolument que Hans approche Hitler, le mette en confiance et lui parle en tête à tête pour le convaincre de rencontrer William dans le plus grand secret. Celui-ci deviendra alors son mentor et son conseiller.

Un seul faux pas serait catastrophique pour l'organisation, mais surtout pour l'avenir.

Si seulement cette guerre pouvait être évitée et si le dictateur pouvait changer de comportement et de politique… Il a de bonnes et de mauvaises idées, il a besoin d'être guidé pour un peu plus d'humanité.

Hans joue le jeu à merveille. Il se fait remarquer par sa force, son caractère en acier trempé, son assiduité, sa résistance, son obéissance aveugle, son intelligence et sa pugnacité, apparente du moins, à servir le Reich. Le soldat dévoué et parfait jusque dans les moindres détails.

Il grandit rapidement dans l'estime de ses instructeurs. Si bien qu'il sera vite transféré au château de Wewelsburg, école et centre de formation des cadres de la SS.

Reçu par Heinrich Himmler lui-même qui tint à le féliciter pour ses qualités remarquables et son avancée hors normes au sein de la SS.

Hans en profita pour braver avec toupet et effronterie les conventions, afin d'adresser à son Reichsführer-SS, une missive réclamant un avancement de nature particulière.

Être affecté à la garde rapprochée d'Hitler, mais comme garde du corps personnel.

D'abord irrité par tant d'arrogance, Himmler lui fit payer cher ses prétentions en le mettant aux arrêts pour faute grave envers le protocole.

La situation était cocasse, passant des honneurs au déshonneur. Mais ce malheureux intermède sera heureusement de courte durée, car Himmler, touché par la volonté incroyable du jeune Kruger, finit par donner des ordres en faveur de sa demande, décidé en finale à lui donner satisfaction.

Après tout, il s'agit là du plus doué des éléments à disposition. Et il savait au fond de lui-même qu'il ferait le meilleur garde du corps que l'on puisse trouver pour le chef de l'état.

Les mois passèrent et l'instruction que recevait Hans, dans toutes les matières, intellectuelles, physiques et spirituelles, se faisait de plus en plus rigoureuse.

Pas un seul instant, celui-ci ne fléchit. À tel point que, impressionnant tout le monde, on finit par ne plus parler que de lui. Son nom était sur toutes les lèvres, jusqu'en haut lieu.

Il devint presque une légende vivante et un exemple pour l'Allemagne nazie.

Hitler fut intrigué par ce jeune homme et demanda à être renseigné sur lui.

Le revers de la médaille, c'est que la surveillance accrue dont il faisait l'objet lui permettait difficilement de garder contact avec Cambridge. Il devait prendre beaucoup de risques et trouver des stratagèmes toujours renouvelés pour ce faire.

Sa vie était épluchée en détail par les services de renseignements et l'enquête était si serrée qu'aucun fait ou presque, le concernant, ne pouvait être inconnu de cette administration.

William, de son côté, devenu un de ces êtres d'exception supra-conscients avec l'aide d'Agnetha et de Tarantula, était lui aussi prêt à assumer son rôle dès que le moment serait venu.

À Wewelsburg, au retour de ses classes de mathématiques, il fut annoncé à Hans que son séjour au château prendrait fin dès le 30 du mois non sans avoir subi l'ultime consécration solennelle, de nature ésotérique, sur le site des « Externsteine », que tout membre de l'élite SS se devait de passer.

Il sera transféré à la « Neue Reichkanzlei », la chancellerie de Berlin afin d'y prendre ses nouvelles fonctions de garde du corps personnel du Führer.

À cette nouvelle, Hans sentit ses jambes se dérober sous lui et fut partagé entre une joie immense de se rapprocher de son but, et le poids de la mission risquée qui l'attendait encore.

À la vie, à la mort ! Il faut qu'il tienne bon et qu'il continue.

« Meine ehre heisst treue ». Mon honneur est appelé fidélité. Voici une maxime qui prenait tout son sens.

Hans jouait machinalement avec son poignard sur la lame duquel était gravée cette devise.

Le regard dans le vague.

Quand tout cela sera fini, s'il devait en réchapper vivant, il se dit qu'il aimerait reprendre la ferme familiale, se marier avec Greta, la jolie fille de l'instituteur, et avoir une ribambelle d'enfants gambadant dans les champs de blé, cheveux au vent et un bonheur immense se lisant sur leur visage, dans son si cher pays, en paix… Son idéal de vie. Simple, traditionnel, sain et pur.

Au fond, cette vie de soldat ne lui plaît guère et cette dictature, même si elle se montre efficace au niveau social et économique, même si elle est bienveillante pour les nationaux, commence déjà à déraper concernant ceux qui n'ont pas la chance d'être considérés comme faisant partie des élus. Tout cela peut tôt ou tard verser dans la folie. Et peu importent les raisons.

L'espoir de Hans est que cette mission dont il est le fer de lance, comme la lance de Saint Longin, réussisse à orienter la marche des choses vers plus de cohérence et d'humanité. Alors ce sera une réussite.

Il faut profiter de cette conjoncture du moment qui est propice aux changements majeurs pour inverser le cours de l'histoire.

Avril 1936. Le grand jour est arrivé.

Hans, en tenue d'apparat, impeccable de la tête aux pieds, est introduit en toute simplicité dans une pièce mi-bureau, mi-salon, au décor sobre mais coquet.

L'officier accompagnant Hans est prié d'attendre dans le couloir.

Après une attente de courte durée, il eut la surprise d'être accueilli par un personnage qu'il jugea directement beaucoup moins impressionnant qu'il ne l'avait imaginé auparavant, car il s'afficha souriant, courtois et affable.

Il se montra aussi très intéressé par le parcours et la personnalité de Hans avec qui il discuta agréablement durant de longues minutes.

D'une grande empathie, il s'enquérait de la santé de ses parents et s'inquiéta du dur labeur à la ferme.

Hans apprit par la suite que cet homme, tout dictateur qu'il est, se montre sensible à la condition des petites gens, ayant vécu lui-même dans une misère noire durant ses jeunes années. Il a toujours un mot gentil pour le personnel qu'il croise dans les couloirs.

Très sobre, il travaille tard et ne mange jamais de viande. Il est végétarien.

C'est déstabilisant, se dit-il, car en parallèle, cet homme sait aussi se montrer impitoyable…

— Comment allez-vous, monsieur Kruger ?

— Bien, je vous remercie, Mein Führer.

— Vous vous prénommez bien Hans, n'est-ce pas ?

— C'est exact. Hans.

— Asseyez-vous Hans, mettez-vous à l'aise. Nous passerons dorénavant beaucoup de temps ensemble. Je préfère que nous soyons en confiance tout de suite. Vous êtes issu d'une famille de modestes agriculteurs de Bavière, m'a-t-on dit… Quelle région magnifique ! Parlez-moi de vous et de votre famille, voulez-vous ?

Et l'entretien se poursuivit ainsi durant une bonne demi-heure.

Laps de temps durant lequel Hans reçut toutes les instructions nécessaires concernant sa nouvelle affectation, de la part même du chef incontesté du troisième Reich.

Il en ressortit très étonné et bouleversé car il ne s'attendait pas du tout à un entretien si peu formel avec un homme qui d'habitude, lors de ses apparitions publiques, se montre si énergique, voire emporté et déterminé…

Tant mieux ! Car même si sa nouvelle fonction exigeait de lui la plus grande discrétion, il trouverait bien le moyen et le moment propice pour lui parler de William.

Horaires inexistants, mise à disposition permanente, la vie de garde du corps personnel n'est pas du tout reposante, mais Hans prend son rôle très à cœur et se fait très vite apprécier tant par son chef que par ses collègues, bien qu'avec ceux-ci, les sujets de discussion doivent être très succincts et superficiels, discrétion de la fonction oblige !

Les jours et les mois passent sans que Hans puisse mettre un seul moment à profit pour se confier à son patron.

Pourtant, il l'accompagne dans tous ses déplacements et ne le quitte jamais d'une semelle.

Le moment se doit d'être choisi dans un cadre rigoureusement favorable, faute de voir tous les espoirs tomber à l'eau. De plus, Hitler n'est pas homme à recevoir des conseils facilement. Surtout de la part d'un sous-fifre.

À Cambridge, la tension est de plus en plus pesante.

Tous attendent avec impatience le feu vert de Hans pour organiser « la » rencontre entre Adolf et William.

D'autres membres du réseau sont infiltrés auprès des principaux chefs d'État alliés et tentent avec beaucoup de difficultés d'infléchir les décisions de ceux-ci quant à leur politique guerrière. Les négociations avec l'Allemagne sont soit tendues, soit tout simplement réfutées.

Ils sont loin d'être les seuls infiltrés. Les éminences grises sont elles aussi bien implantées et ô combien puissantes, au sein même de ces différents gouvernements.

Il n'est pas peu dire qu'ils le sont bien plus.

Tant et si bien que certains des agents de la grande fraternité hyperboréenne ont été démasqués par ces derniers.

Quelques-uns d'entre eux ont même été physiquement éliminés, déjà.

Hitler venait, grâce aux droits d'auteur de son livre « Mein Kampf », d'acquérir et de transformer le « Berghof », sa résidence secondaire située dans les Alpes bavaroises, non loin du charmant village de Berchtesgaden. Il y recevait proches et dignitaires et aimait aussi, lorsque son emploi du temps très chargé le lui permettait, s'y reposer en toute quiétude auprès de sa bien-aimée Éva Braun, dont le statut de maîtresse n'était connu, à cette époque, de quasiment personne tant le secret était bien gardé.

C'est tout naturellement que Hans l'y accompagna pour la première fois, à bord du « Führersonderzug », le train spécial du chef d'État.

Le lendemain de leur arrivée, Adolf contemplait le paysage, les yeux plissés car il supportait mal la forte luminosité depuis le gazage dont il fut victime dans les tranchées de la « Grande Guerre ».

Il était debout sur le chemin d'accès au Berghof, bien campé sur ses deux pieds et les mains derrière le dos.

Hans, impressionnant dans son uniforme noir d'officier SS, se trouvait à quelques mètres de lui, sur son arrière-gauche.

Le soleil de fin de matinée chauffait déjà en ce printemps et les abeilles virevoltaient de fleur en fleur dans un bourdonnement champêtre.

— Hans ! Approchez-vous !

Interloqué et tout à sa surprise, car c'était la première fois depuis qu'il était à son service, que son chef lui ordonne de s'approcher de lui, si près et sans raison d'utilité officielle.

Hans ouvrit grand les yeux, d'abord incrédule, puis obéit et s'approcha de l'homme. Car oui, c'était bien un homme simple tout comme lui à ces moments où il n'était pas en représentation.

Arrivé à ses côtés, il copia inconsciemment sa posture et attendit la suite.

Les deux hommes restèrent quelques minutes ainsi, côte à côte, devant le panorama grandiose et majestueux qui se présentait à eux comme le plus beau des décors.

La scène, vue de l'extérieur, eut valu une photo car le jeu d'ombre et de lumière exercé par les rayons de soleil sur les deux hommes sous cet angle de vue était de toute beauté, artistiquement parlant.

Hans se dit qu'il pourrait mettre à profit ce moment d'intimité avec son Führer pour lui toucher un mot de son ami William.

Ses méninges s'activaient, son activité cérébrale était très intense.

— Ne trouvez-vous pas cet endroit splendide, Hans ?

— Bien sûr, mein Führer, il suscite en moi tant d'émotions et d'amour pour mon pays que les larmes embrument mon regard.

C'était vrai. Ses yeux étaient mouillés. La ferme de ses parents n'était qu'à quelques kilomètres de là, Mais ce dont

Adolf ne se doutait pas, c'est que Hans était émotionné également pour une autre raison. Un stress immense.

— Voyez-vous, Hans, comme vous, je suis aussi extrêmement sensible à cela.

Ici, je trouve la force d'aller de l'avant, de continuer mon œuvre pour la grandeur de l'Allemagne et le bonheur de mon peuple. Il est temps maintenant qu'il retrouve sa fierté, sa puissance et sa souveraineté. Il doit gagner, par son courage seul, la place qui lui revient de droit. Il doit se libérer du carcan odieux qui l'a étouffé et asservi depuis de trop nombreuses années. Plus jamais il ne mourra de faim !

Je suis là pour le guider fermement, malgré les difficultés et les prises de position souvent impopulaires, grandement inconfortables qui m'incombent pour obtenir le résultat escompté.

Hans sait qu'il est sincère. Socialiste dans l'âme, son crédo est que le bien commun passe avant le bien personnel. Mais…

Mais Hans, qui est un homme simple et pragmatique, est en finale si peu intéressé par la politique, qu'il se garde bien de juger plus avant l'homme et son œuvre. Là n'est pas son rôle.

Hitler enchaîna de suite avec une révélation qui fit sursauter Hans et lui fit momentanément perdre ses moyens.

— Mes services de renseignements m'ont signalé que vous n'avez pas beaucoup d'amis, Hans, mais que parmi ceux-ci, figure un jeune anglais du nom de William Hunt…

Ce détail leur a échappé de prime abord et ma première réaction fut de vouloir vous faire arrêter.

Avoir omis ce détail est une faute inadmissible de la part de ces fonctionnaires. Les responsables ont été immédiatement mis à pied.

Vous vous rendez compte, Hans, que votre amitié avec ce représentant de la nation anglaise, depuis l'abdication d'Édouard huit, n'est pas en faveur de votre maintien à ce poste de garde du corps…

Hans, rouge comme un coquelicot, décontenancé, déglutit difficilement et balbutia quelques onomatopées incompréhensibles en guise de réponse.

Adolf tourna son regard vers lui et le fixa dans les yeux en silence, une bonne dizaine de secondes, qui parurent une éternité.

Les yeux plissés d'Hitler provoquèrent l'apparition de rides en delta sur la peau fine de son visage, partant de la chute des paupières jusqu'à l'implantation des cheveux.

Hans, mal à l'aise, ne put soutenir ce regard et détourna le sien, revenant à la contemplation du paysage montagneux.

Cependant, et à son grand étonnement, si les yeux du Führer se faisaient inquisiteurs et insistants, il n'y lut qu'amusement et bonté.

Cela contribua à le rassurer un peu, mais le silence restait pesant.

Une hirondelle, à une trentaine de mètres de là, rapide et précise comme un Messerschmitt BF 109, happa une abeille qui butinait paisiblement un bouton d'or.

Hans y vit un sinistre présage, lui qui était à l'instant même dans le collimateur de l'homme le plus puissant d'Allemagne et bientôt, mais ça, il ne pouvait pas encore le deviner, d'Europe.

Malgré cette apparente bonhomie, il savait pertinemment que sur une simple décision, cet homme pouvait faire preuve de la plus ferme intransigeance. Surtout vis-à-vis de ceux qu'il soupçonne d'une quelconque trahison.

Il a horreur de ça, il se montre très méfiant. Et en raison du statut qu'il occupe, on ne peut lui donner tort.

Un coup d'œil derrière lui et Hans s'aperçut que quelques gardes SS attendaient, immobiles, à quelques mètres de là. Ils n'y étaient pas il y a à peine une minute…

« Ils sont là pour m'arrêter », pensa-t-il.

Il attendit la suite, non sans appréhension, la peur lui serrant la gorge.

— Seriez-vous coupable d'intelligence avec l'ennemi, Hans ?

Hans réfléchit à toute vitesse et décida de jouer la franchise, de jeter cartes sur table.

— Mein Führer, vous m'avez honoré de votre confiance en m'attribuant ce poste, et je vous assure en être digne.

Permettez-moi de vous parler en toute franchise, si toutefois vous êtes prêt à m'accorder cette faveur…

Surpris, Adolf se tourna d'un quart de tour pour faire face à Hans et intensifia son regard, toujours fixé droit dans celui de ce dernier, qui fut obligé de le soutenir cette fois, sans se débiner comme précédemment.

La curiosité de son chef était piquée au vif.

— Eh bien mon garçon, allez-y, je vous écoute. Mais soyez bref !

Cette situation incongrue avait quelque chose d'affolant car Hans ne l'avait absolument pas anticipée à ce moment.

Il sentit qu'il jouait sa vie. Cet instant était semblable à un virage à cent quatre-vingts degrés qu'il fallait négocier à grande vitesse et sans erreur de pilotage, sinon l'accident était inéluctable.

Il prit une grande respiration et se lança.

Adolf, lui, retenait la sienne.

— Mein Führer, j'attendais avec impatience de pouvoir vous parler seul à seul, et ne savais comment provoquer une entrevue avec vous.

En me posant cette question, vous m'aidez donc à aborder ce sujet d'une extrême importance, dont j'étais amené de toute façon à vous entretenir. Je vous en remercie.

— Allons, Hans ! Allez droit au but !!!

— Mein Führer, il est vrai que j'ai depuis mon enfance, cet ami anglais. William Hunt. Il passait ses vacances dans la ferme de mes parents cette année-là où nous nous sommes connus.

Depuis, nous échangeons un courrier abondant et notre amitié s'est renforcée avec les années.

À tel point que nous nous considérons comme frères depuis fort longtemps.

Toutefois, bien que nous ne parlions que peu de politique, voici que juste avant mon engagement à votre cause, il me contacta dans un cadre bien différent, m'indiquant qu'il œuvre pour le compte d'un mouvement nommé « la grande fraternité hyperboréenne ».

Qui a pour but la préservation du caractère nordique des peuples blancs, qui sont en sursis actuellement, et dont la disparition programmée menacerait la planète entière d'une catastrophe gigantesque. La situation presse.

Il sut m'en convaincre et cela précipita mon adhésion au parti.

Cette fraternité, donc, est basée en Angleterre et est indépendante, n'est aucunement liée idéologiquement au gouvernement anglais, bien qu'ils y aient introduit des taupes.

Je suis chargé de mission pour vous informer que ce monsieur Hunt voudrait vous rencontrer.

Il a de nombreuses choses à révéler et cherche à vous épauler, vous accompagner dans votre œuvre.

Mon rôle dans cette affaire s'arrêtera là et je resterai indéfectiblement fidèle au Reich et à mon Führer.

Hitler l'écouta avec stupéfaction et, cette fois, ses yeux lancèrent des éclairs du feu de Dieu !

Puis il pivota de nouveau d'un quart de tour afin de faire face une fois de plus à la vue imprenable sur l'Obersalzberg.

Il se souleva sur les pointes des pieds, puis reposa les talons au sol et répéta ce mouvement à plusieurs reprises.

Le gravier gémit sous ses semelles et ses mains, crispées dans son dos, s'ouvraient et se fermaient à intervalles réguliers, signe de grande nervosité.

Hans fut en proie à des vertiges de peur et resta figé dans un silence de mort, espérant que son anxiété ne se remarque pas trop.

Tel un accusé attendant le verdict, il restait prostré, livide. Le scellement de son sort et celui de sa famille se jouaient à cet instant. Il en était bien conscient, espérant tout de même que le cours du destin se rangerait naturellement de son côté.

Soudain vint se greffer sur le grandiose triptyque naturel qu'est ce paysage montagneux ensoleillé, la musique symphonique et triomphante de Wagner, dans toute sa splendeur.

Parsifal, acte un, le prélude…

Les violons sont en rythme avec le vol de l'aigle royal, haut dans le ciel, préfigurant la renaissance du germanisme dans sa plus belle expression. Ce rapace à l'œil acéré, sans concession aucune, du haut de sa puissance, règne sur les monts bavarois comme le Führer règne sur la grande Allemagne.

L'image de celui-ci se reflète dans l'œil de l'animal qui, les ailes déployées d'une envergure impressionnante, et étalant son ombre possessive au sol fertile de son territoire, dans un vol majestueux, tournoie sans relâche en surplombant la scène comme si l'esprit d'Adolf en lui s'était incarné.

Brusquement, l'oiseau décrivit une courbe en piqué et fonça en droite ligne sur Adolf et Hans, serres menaçantes en avant, tout en poussant un cri glaçant, strident.

L'orchestre symphonique, à ce moment, sonna les cuivres dans une allégorie tant épique que renversante.

Hans sortit de sa torpeur et, d'un réflexe très professionnel, protégea de son corps Hitler qui, sidéré, contemplait sans broncher l'animal-roi qui était le seul être au monde à pouvoir lui imposer sa domination, de toute sa superbe, alors que l'homme était complètement fasciné par le spectacle extraordinaire qui s'offrait à son regard incrédule.

Mais au lieu d'attaquer, l'oiseau redressa sa trajectoire avec une précision hallucinante et passa juste au-dessus de la tête du chancelier. Si près que le souffle provoqué par le vigoureux battement d'ailes envoya à terre le képi de Hans tandis qu'Adolf put conserver le sien en place.

Ce vent de furie balaya leur visage et dispersa la colère de Wolfi d'une caresse purement divine.

— Himmel !!! Wunderbar !!! Formidable, c'est formidable !!! C'est un signe du ciel !!!

Adolf ne se sentait plus.

Il battait l'air de ses poings serrés, excité comme un boxeur qui vient de remporter la victoire par K.O. sur son adversaire.

— Cet événement a tout bouleversé, Hans !!! Ma décision de vous faire arrêter, vous et votre famille, pour haute trahison, était imminente jusqu'à ce que cet aigle magnifique me fasse changer d'avis sur la question.

Il prit vigoureusement son garde du corps par les épaules et le secoua comme un prunier.

— Je percevais bien l'accent de vérité dans vos paroles, mon garçon, mais je ne peux me permettre la moindre erreur d'appréciation. Comprenez-vous, Hans ?

Le piqué de cet aigle royal sur moi est un message du ciel m'intimant d'accepter votre proposition. Ma décision est prise !

Organisez-moi un rendez-vous avec ce maudit anglais, mais dans le plus grand secret ! Vous avez mon approbation, Hans ! Mais je vous préviens, au moindre faux pas, n'attendez aucune pitié de ma part !

Il agita son index devant les yeux de son interlocuteur, puis lui asséna une claque amicale, bien que retentissante, sur la joue gauche. Pour sceller leur accord.

Sur ce, il tourna des talons et laissa Hans dans un état qui oscillait entre la terreur d'être passé si près d'une exécution sommaire, et la joie suprême d'avoir réussi la mission périlleuse qui lui a été confiée par Hilda et William.

Il regarda, encore incrédule, son chef regagner le Berghof, accompagné de sa chienne Blondie et suivi de près par les gardes SS.

Il expira alors bruyamment l'air contenu dans ses poumons en signe d'apaisement, essuya la sueur perlant sur son front et voulut se remettre au travail, veillant à distance raisonnable sur son patron contre tout danger.

Il fallait avertir Hilda du succès de l'opération.

Elle donnera les conditions et directives par la suite, qu'il faudra appliquer à la lettre, en bon petit soldat obéissant.

Il eut à peine le temps d'émettre ces pensées qu'il fut emmené de force loin du Berghof, et subit sans tarder un interrogatoire poussé où il dut donner les informations qu'il avait en sa possession concernant ses activités, à son supérieur hiérarchique qui, de son côté, en prit sérieusement pour son grade dans cette affaire.

Les renseignements que les services secrets du Reich obtinrent de la grande fraternité hyperboréenne corroboraient ceux que Hans leur a livrés, cela rassurait Adolf, mais Hans était toujours tenu à l'écart dans des fonctions subalternes, et sous sévère surveillance.

À Cambridge, tout le monde exultait.

Agnetha et William, forts de l'amour qu'ils avaient l'un pour l'autre, décidèrent de se marier dans le plus grand secret. Ils voulaient que cela soit fait avant le départ de William pour l'Allemagne, afin de sceller pour toujours leurs sentiments grandissants qu'ils pensaient secrets… Secrets de polichinelle car c'était sans compter sur la perspicacité de leurs camarades et collaborateurs qui n'étaient plus dupes depuis belle lurette.

X

Sur ce temps, Bogdan et Lyubov ont retrouvé Dusha Zlata sous ses traits habituels de petite fille rousse.

Ils se montraient, eux et Vladislav, très actifs dans leur projet et étaient en passe, aidés par leurs alliés du monde entier, de réunir des millions de personnes de toutes races et toutes confessions, liguées à leur cause pour un monde plus équilibré en faisant surgir un nouvel égrégore suffisamment puissant pour purifier l'atmosphère terrestre et l'âme de ses habitants. Le but étant de renverser pacifiquement la vapeur dans ce monde délétère.

Ils voyagent donc sans répit et dans la clandestinité, bravant sans cesse les tentatives d'annihilation de plus en plus menaçantes des entités grises pour qui ils sont maintenant les ennemis les plus dangereux.

Un nombre incalculable de fois, ils ont été à deux doigts de se faire capturer, sans succès, et doucement, les résultats positifs se mettent en place. Le grand jour approche.

Plus il y aura de participants éveillés à cette action commune, plus les chances de succès seront fortes. Et si Clara, à son époque, réussit à orienter favorablement le cours de l'histoire, la victoire sera alors absolument garantie.

Enthousiasmés par leurs avancements, ils enchaînent conférence sur conférence, sont invités sur des plateformes d'informations dissidentes et sont de plus en plus connus et suivis par un nombre croissant de personnes sur la planète entière. Le mouvement grossit et fait rapidement tache d'huile.

Luigi, quant à lui, sillonne les rues de Montréal, une photo de sa Clara à la main, demandant à qui veut bien l'écouter s'il se souvient avoir croisé cette jeune femme. Il rentre dans les hôtels et questionne inlassablement depuis plusieurs jours, mais sans succès.

Arrivé rue Saint-Jacques, il s'assied, épuisé, sur les marches en pierre de l'entrée encadrée de colonnes d'un bel hôtel « grand genre ». Il traverse une petite passe de découragement et la fatigue commence à faire son œuvre, alors il se dit : « À quoi bon entrer encore dans cet hôtel, j'en ai déjà visité des dizaines… » Alors il lisse ses cheveux en arrière d'un geste las et se remet en route à la recherche, cette fois, d'une terrasse à laquelle il pourrait boire un petit café italien qui contribuerait à lui remonter un peu le moral…

Il a pensé mille fois faire appel à la police, mais s'est ravisé de peur de mettre les pieds dans une lourdeur administrative qui pourrait freiner ses recherches et lui faire perdre son temps précieux dans une multitude de démarches le clouant sur place. Et puis l'individualisme fait partie de ses traits de caractère, sans compter son ego et sa fierté naturelle.

La mine assombrie, mais loin de vouloir abandonner, il se dirigea vers le Mont Royal afin de poursuivre son enquête.

Il héla un taxi qui passait par là. Il monta à l'arrière et demanda au chauffeur de bien vouloir le mener à tous les hôtels et chambres d'hôtes qu'il connaissait dans ce quartier.

— Bien monsieur… C'est parti !

Le véhicule filait bon train et c'est en plein dépassement sur un boulevard fréquenté, que Luigi brandit brusquement la photo de Clara devant les yeux du chauffeur, surpris.

— Connaissez-vous cette jeune femme ?

Ne voyant plus rien de ce qui se passait devant lui, le chauffeur hurla de retirer la photo de son champ de vision.

— Ôtez ça d'là ! Tabarnac' ! J'y vois plus rien !!!

De la main, il voulut repousser la photo lorsqu'il reconnut Clara sur le document.

Il se figea une fraction de seconde, oubliant la route, ce qui fut suffisant pour l'amener à la catastrophe.

Il heurta la voiture de côté et le choc le propulsa sur la voie opposée de la chaussée, il prit de plein fouet le terre-plein central et le taxi se retourna sur le toit pour terminer sa course sous la benne d'un camion de chantier rempli de gravier et dont le chauffeur entamait justement la manœuvre visant à verser le contenu de son engin au sol.

Celui-ci eut la surprise de voir disparaître le taxi, les quatre roues en l'air, sous une montagne de gravillons.

De l'intérieur de la voiture, les ouvriers venus en renfort pour dégager les malheureux à coups de grandes pelletées, eurent la surprise d'entendre fuser des hurlements. Pas de détresse ou de douleur, non, mais une guirlande d'insultes et de sacres à faire honte au plus vulgaire des charretiers.

Ils riaient tellement que c'est à peine s'ils parvenaient encore à pelleter.

Quand enfin les deux occupants purent sortir de leur cage, le plus rouge des deux, rouge de colère, se jeta comme un forcené sur l'autre, qui était devenu blanc comme un linge.

Il fallut toute la force des trois maçons pour maîtriser l'homme.

— On n'a pas idée d'être aussi idiot ! M'a t' dérancher la face, crisse de tarlais, va ! Maudit niaiseux !!!

Luigi, imperméable à ce flot d'insultes dont il ne saisissait pas du tout les subtilités, époussetait son costume d'un air faussement détaché.

— J'la connais ta maudite blonde ! Mais j'te dirai jamais d'où j'la connais ! Tu peux t'crosser, gros colon !

Luigi sursauta. Il n'a pas compris grand-chose à tout ce charabia, mais « J'la connais ta maudite blonde », ça, ça ne lui a pas échappé.

— Madonna ! Tu connais Clara ?! Tu l'as séquestrée hein, fripouille ! Avoue ! Allez, crache le morceau ! Tu vas parler ou je te désosse sur place ?

Sur ces entrefaites, un véhicule de police, sirène hurlante, stoppe net et les agents prennent en charge les protagonistes pour régulariser la situation.

Au poste, Luigi pointa d'un doigt accusateur le chauffeur de taxi et raconta dans un imbroglio incroyable que cet autochtone a tenté de le tuer, après avoir rapté son amie qui est venue spécialement de Belgique à Montréal pour trouver une explication à un rêve qu'elle a fait une nuit, suite à un incident dont elle a été témoin, concernant une vieille femme qui est morte sur la route, et tout ça après s'être faite agresser par son dentiste à qui elle a mis une sacrée baffe dans la tronche et que c'est pour ça que la petite Pauline lui a piqué son job, pour faire le costume du roy et que c'était urgent parce qu'il doit chanter sur scène bientôt !

Alors il est venu la chercher pour la sauver des griffes de ce kidnappeur de pacotille et qu'elle va mourir si on laisse cette crapule de chauffeur de taxi la torturer dans la cave où il la séquestre depuis plusieurs jours maintenant… Voilà !

La réaction des policiers ne se fit pas attendre. Après l'avoir écouté, les yeux écarquillés de stupéfaction, ils tentèrent de se retenir de rire et, sur un ton qui se voulait rassurant, mais qui laissait bien transparaître la moquerie, ils l'emmenèrent dans une cellule, lui assurant que Blanche Neige et Mary Poppins l'y attendent impatiemment. Et que s'il n'était pas sage, Hulk et Napoléon Bonaparte sauraient sûrement le calmer pour lui faire un test d'alcoolémie. Et que lorsqu'il aura fini de cuver sa gnôle, il pourra raconter plus calmement son histoire.

Le chauffeur, lui, déposa sa plainte et fut relâché presque aussitôt après avoir subi le test également, puis donné plus sereinement sa version des faits.

De sa cellule, Luigi tendait l'oreille et entendit, lorsque le chauffeur de taxi s'en alla, le policier lui lancer un :

— Bonne soirée tout de même, monsieur Lanteigne.

Il enregistra ce nom dans sa mémoire, car il pensait bien le retrouver lorsqu'il aura recouvré sa liberté. Non mais ! S'il croyait se débarrasser de lui si facilement… Bon, il s'est un peu emporté et peut-être s'est-il mal expliqué, mais qu'à cela ne tienne, il ne lâchera pas le morceau et ramènera Clara saine et sauve avec lui à Liège.

Foi de Luigi !

Dès le lendemain matin, après avoir obtempéré sagement aux forces de l'ordre et rempli toutes ses obligations légales, il fut remis en liberté avec un avertissement sévère et fut instruit que le dossier sera transmis incessamment au tribunal compétent, à Liège, et qu'il doit s'attendre à ce qu'il y ait une suite judiciaire.

Peu lui importe, il réglera cela plus tard se dit-il. Ni une ni deux, après s'être rafraîchi à son hôtel, il se mit immédiatement en quête de ce cher monsieur Lanteigne, bien décidé à lui extirper les vers du nez.

La chose ne fut pas bien compliquée. Il lui suffit de passer un coup de fil à la compagnie de taxi, demandant explicitement à la centrale que le chauffeur Lanteigne en personne passe le prendre au plus vite sur le devant de son hôtel, ayant bien sûr pris soin au préalable de donner une fausse identité afin de ne pas éveiller les soupçons de celui-ci.

Luigi se tenait à l'endroit du rendez-vous, appuyé de dos à un réverbère pour éviter d'être reconnu.

Lorsque le taxi arriva à sa hauteur, il se précipita sur la portière passager et, aussi rapidement qu'il le put, tenta de s'engouffrer par surprise dans le véhicule qui démarra en trombe dès que Lanteigne eut reconnu le drôle.

Il voulait ainsi lui faire lâcher prise mais n'y parvint décidément pas car Luigi s'accrochait comme un beau Diable à la portière ouverte, une jambe et la moitié du corps encore à l'extérieur.

Pour éviter de tomber, il devait pédaler de son pied libre sur la chaussée, ce qui lui donnait un air réellement ridicule.

Edmond Lanteigne lui hurlait de lâcher cette portière. Qu'il ne voulait ni le voir, ni lui parler. Qu'il allait encore abîmer cette nouvelle voiture et que son patron ne le supporterait pas.

Mais Luigi faisait évidemment sourde oreille. D'un bond, il parvint à se propulser sur le siège et claqua violemment la portière pour montrer sa détermination à cette tête de mule.

— C'est du harcèlement ! Descends de là !

— Non ! Faut qu'on cause !

— Pas pantoute !

— Je suis Luigi. Quel est votre prénom ? Ralentissez, vous allez encore déraper…

— Non ! Ça ne vous regarde pas !

— Rangez-vous donc, je dois savoir ce qui est arrivé à Clara ! Elle est en danger !!! Après, je vous laisserai tranquille, je vous le promets !

Alors ?!

Edmond se calma d'un coup. Il ralentit l'allure et continua à rouler, mais plus doucement.

— En danger ?

Il avait repéré un policier qui réglait la circulation au carrefour voisin et brûlait d'envie de lui demander de l'aide pour virer cet importun de son taxi.

— Si je vous dis ce que je sais, vous me ficherez la paix, c'est sûr ?

— Je vous l'ai promis !

— Bon… Elle est descendue à l'hôtel Saint John et je l'ai prise en charge là-bas un jour au petit matin. Je ne me souviens pas de l'heure exacte. Il devait être environ huit heures, par là…

— Ouf ! Merci monsieur. Votre prénom ? Quel est-il ?

— Edmond. Ed pour les amis, mais vous, vous n'êtes pas mon ami.

— Alors merci, Edmond.

— Ouais ! C'est ça !!!

Ensuite, elle m'a demandé de l'emmener à Saint-Constant. J'lui ai dit qu'il n'y a pas grand-chose à visiter par là pour les touristes, mais elle est têtue, votre blonde. Jolie mais têtue comme une mule !

— Mmmh ! Vous m'étonnez…

— Ouais ! Alors je l'ai déposée au musée des chemins de fer canadiens.

Elle faisait peine à voir toute seule là, sur le grand parking… Avec sa tête de mule et l'orage qui menaçait.

Mais c'est mon métier de conduire les gens là où ils veulent alors j'ai pas insisté, comprenez ?

N'empêche, je l'aurais bien gardée avec moi… Il y a plus désagréable comme clientèle, vous savez ?!

— Je m'en doute ! Ensuite ?

— Ben voyez, le plus drôle c'est que je lui ai laissé ma carte au cas où elle aurait encore besoin de mes services, voyez…

— Ah ! C'est drôle, ça ? Oui, mais encore… ?!

— Ben justement, j'y viens.

Elle m'a appelé le lendemain. Puis je vous passe les détails sur son état et l'odeur qu'elle dégageait… Pouah !

J'hésite entre l'ours noir en chaleur ou l'orignal malade… Les cheveux tout crêpés comme une vilaine et de la boue partout sur elle. De la tête aux pieds, je vous dis. Et pas un peu.

Elles sont bizarres les femmes par chez vous, hein ?!

— Porca miseria ! Que lui est-il arrivé ?! Dis-le-moi, Edmond, vite !!!

— Ben ch'sais pas trop, moi, elle faisait comme sa tête de cochon et m'a interdit de lui poser des questions.

Ah oui, elle avait du sang partout sur une jambe, du sang séché mélangé à de la boue. Du coup, ce jour-là, ce n'était pas comme la veille, j'étais plutôt content de la voir descendre de mon taxi, voyez ?! Elle était moins avenante, j'vous dis !

— Pouvez-vous me conduire jusqu'au musée de Saint-Constant, Edmond ? Je vous payerai grassement.

— Ah ! Mais vous, les étrangers, il y a des jours où je ne peux pas vous sentir… Puis des jours où j'aime bien vos dires…

C'est bon, on y va. Mais cette fois, ne m'aveuglez pas avec les photos de toutes vos blondes, sinon c'est à coups de crosse de hockey que je vous sors de mon char, moi !

— Promis-juré, croix de bois, croix de fer, celui qui ment va en enfer !

Quelque temps plus tard, Ed stoppe son véhicule sur le parking du musée et rafle d'un geste rapide l'argent de la course augmenté du gros pourboire que lui tendait Luigi, sans faire plus de manières.

— Merci Edmond, laissez-moi votre carte. Il faudra sans doute que je revienne en ville à un moment ou à un autre.

— Ouais, mais je vous préviens que si je vous ramasse tout crotté et plein de sang, j'vous laisse sur place et vous pourrez rentrer à pieds !

J'vous connais pas, mais si vous êtes du même moule que votre blonde, j'préfère domper que de salir mon nouveau char.

— D'accord, Edmond, merci pour tout et excusez-moi encore pour les événements d'hier. J'étais dans tous mes états et très fatigué.

— Ouais ! Téteux va… Faut aller dormir plus tôt dans la soirée, ça vous reposera l'esprit.

— … ?!

Luigi, seul face à la grosse locomotive noire, s'aperçoit que dans sa tentative épique de rentrer dans le taxi, sa chaussure côté route n'a pas bien encaissé la séquence de patinage sur le tarmac et la semelle ouvre grand la gueule à chaque pas.

— Miseria ! Me voilà bon pour trouver un magasin de chaussures, maintenant. Pfff !

Il décida de demander à la billetterie du musée si Clara est passée par là.

L'employée, l'air blasé, lui dit ne pas se souvenir de la fille de la photo, et que c'est peut-être sa collègue qui lui aurait vendu un billet… Mais que voilà, sa collègue ne travaille pas aujourd'hui.

Luigi lui demanda dans la foulée si elle pouvait lui renseigner un magasin de chaussures car celle-ci a rendu l'âme…

Ce faisant, il souleva son pied comme pour prouver ses dires, sous l'œil peu intéressé de la femme.

— Sais pas. Suis pas du coin. Moi, je ne fais que travailler là, je n'y habite pas. Demandez plutôt à quelqu'un d'autre.

« Bon, je ne suis pas sorti de l'auberge ! »

Pensa Luigi, qui se renfrogna.

Claudicant comme un canard boiteux, il sortit et, ne sachant où aller, choisit une direction et emprunta au hasard un des trottoirs le long de l'avenue, à la recherche d'une idée quand, levant les yeux, il vit une enseigne indiquant « Petit déjeuner français ». Il se dit que la perspective de prendre une boisson chaude lui ferait une pause agréable et propice à la réflexion.

Il s'affala sur une banquette de skaï rouge, commanda un café au patron qui, semblait-il, était occupé à expliquer le fonctionnement de la caisse enregistreuse à une nouvelle employée faisant son jour d'essai.

Intéressé, Luigi glissa à l'oreille de l'homme que lui aussi est patron d'une taverne et qu'il connaît le topo.

— Ah ! Ce personnel, il faut toujours être derrière !

Tout en l'écoutant, celui-ci jeta un regard furtif à la chaussure éclatée de Luigi, mais sans poser de jugement hâtif à ce qu'il voyait, et grommela qu'il avait une très bonne serveuse qui lui donnait satisfaction depuis de nombreuses années, mais qu'elle a mystérieusement disparu dernièrement sans lui donner la moindre explication… Une certaine Anita. Alors le voilà dans l'embarras et il est bien obligé de la remplacer… Mais si jamais elle réapparaissait et voulait reprendre du service, alors tant pis pour elle ! Elle aura définitivement perdu son job. Il ne faut pas pousser bobonne !

Luigi but une première gorgée de café et aperçut sur le côté de sa table, une pile de magazines et de journaux datant de plusieurs jours. Il attrapa le premier du tas et le parcourut distraitement, tournant les pages sans grand enthousiasme.

Ses yeux accrochèrent alors un article titrant :

« Murdochville, théâtre d'un crime horrible ! »

Article dont voici le contenu :

« Ce mercredi, sur le coup de seize heures, un touriste fait une macabre découverte. Désirant louer une chambre dans une auberge champêtre en périphérie de Murdochville, une petite cité minière de Gaspésie, et n'ayant aucune réponse à ses coups de sonnette répétés, le randonneur poussa la porte de l'établissement et découvrit, horrifié, une scène de meurtre.

La propriétaire des lieux, une certaine Lisbeth, gisait sans vie au sol dans la grande salle commune, baignant dans son sang. Celle-ci a vraisemblablement été battue à mort, tandis que son mari, Antoine, fut assassiné à bout portant d'une balle dans la tête et retrouvé à proximité immédiate de son épouse.

Cette auberge, construite en bordure d'un petit lac, en pleine forêt, est suffisamment isolée pour que personne alentour n'ait pu entendre ni les cris des malheureux, ni la détonation de l'arme ayant servi à abattre la victime. Le ou les auteurs du crime sont à ce jour inconnus, ainsi que les motifs qui ont pu pousser à commettre un tel acte, d'une barbarie innommable.

Une piste est néanmoins privilégiée par la police, car une voiture de location a été retrouvée sur place.

Elle aurait été louée à Montréal par une touriste belge qui répond au nom de Clara Nocciole. Il n'y a aucune trace de celle-ci dans la région et elle est actuellement activement recherchée. S'agit-il d'une coïncidence ou est-elle l'auteure des faits ?! La question reste posée et l'aboutissement de l'enquête nous éclairera à ce sujet.

La gérante de l'hôtel le plus proche a déclaré avoir renseigné l'adresse de l'auberge du lac à une jeune dame étrangère parlant français avec un "drôle" d'accent et qui cherchait une chambre libre le soir même où se déroulait en ville une conférence sur le thème de la sauvegarde des différents peuples de la terre. Conférence très controversée, à notre époque où triomphent le mondialisme, l'antiracisme et le multiculturalisme.

L'inspecteur Williamson, chargé de l'affaire, a déclaré n'avoir aucun autre détail à divulguer à ce stade de l'enquête. »

Luigi n'en croit pas ses yeux. Fébrile il relit l'article une bonne dizaine de fois pour se persuader d'avoir bien tout compris.

Il décrocha aussitôt son portable pour raconter l'histoire aux jumeaux.

Il avait ce besoin naturel de se confier et de partager cette information incroyable.

Ceux-ci hurlaient en chœur des choses incompréhensibles tant ils étaient catastrophés.

— Luigi, fais attention à toi ! Mamma mia ! Porca miseria ! Clara ! Qu'est-ce qu'elle a fait, Luigi ?! Stronzo !!! Qu'est-ce qu'elle a fait ?! Madonna !!!

— Mouais ! Je vous avais dit, les gars que j'aurais affaire à des gangsters ! Mais ne vous inquiétez pas, calmez-vous ! Je contrôle la situation ! Je la retrouverai.

XI

Berlin, le 31 août 1939. La veille de l'invasion de la Pologne par les troupes allemandes.

Cela fait maintenant plusieurs années que William a été introduit en grand secret auprès du Führer. Tout s'est déroulé à merveille. Au moins une fois par semaine, quel que soit le lieu ou le moment, William s'entretenait avec lui, lui enseignait les sciences occultes, les influences énergétiques… Les deux hommes s'entendaient comme cul et chemise et prenaient un malin plaisir à se voir.

Le chef d'État faisait son possible pour mettre en application les principes de son enseignement et il réussit durant toutes ces années à mettre en place en Allemagne, un égrégore magnifique qui emportait la population dans un enthousiasme et une positivité extraordinaires.

La situation sociale et financière du pays fit un bond fabuleux en avant.

Une partie du peuple allemand se sentait enfin fier et en confiance, le chômage avait disparu et la qualité de vie, les conditions de travail et le système social étaient inégalés dans le monde.

Mais, car subsistait un énorme « mais », à côté de cela, certaines décisions prises allaient à contre-sens et créaient un malaise grandissant vis-à-vis de tout un pan de sa politique.

Lorsque William lui faisait remarquer, Adolf rentrait dans une colère noire, assurant qu'il ne pouvait faire autrement.

Il fallait pourtant que cet égrégore positif s'étende à toute l'Europe, à tout l'Occident. Et vite !

Mais la France, l'Angleterre, les États-Unis, la Russie, la Pologne et bien d'autres pays ne voyaient pas encore les choses sous cet angle. Et la tension entre les protagonistes augmenta de mois en mois. Bien entendu !

Les infiltrés de la « Grande fraternité hyperboréenne », une fois démasqués, furent physiquement éliminés un à un. Aux États-Unis, il fut mis fin à toute politique visant aux compromis avec le Reich. La tension montait à une vitesse vertigineuse.

Hilda et son organisation perdaient du terrain. L'hécatombe au sein de ses services provoqua des défections volontaires en chaîne, par crainte de l'avenir. Son réseau se détricotait et les rats quittaient le navire car celui-ci prenait l'eau.

Malgré tous ses efforts, Hilda ne parvenait pas à redresser la barre.

Pour les alliés, il était hors de question que le régime nazi, par trop insolent, pensaient-ils, persiste dans son ascension.

Les entités grises, agissant dans l'ombre, étaient bien en train de gagner ce bras de fer puissant pour plonger le monde dans les affres des forces du mal.

Leur pugnacité à imposer à l'Occident leur volonté satanique restait supérieure à toute autre. Leur emprise sur Hitler également…

Ce 31 août, Hilda sut que tous ses efforts pour changer le cours de l'histoire seraient dorénavant sans succès. Le conflit approchait.

Les propositions de paix ont été systématiquement rejetées et la toute-puissance des ténèbres allait inexorablement jeter le monde dans une des guerres les plus horribles et les plus meurtrières de tous les temps.

Hilda ne connaissait que trop bien cette histoire, le dénouement de cette guerre fratricide et ce qu'il adviendrait ensuite du sort des peuples d'Europe. Des dizaines de millions de morts, de familles brisées, d'horreurs en tous genres. Un véritable génocide voulu et programmé.

Tout cela aurait pourtant pu être évité.

Si tous ces hommes, ces femmes, jeunes et beaux, pleins de promesses, avaient pu exercer leur métier et fonder une famille, le visage de l'Europe eut été bien différent par la suite… Oui, bien différent… Mille fois hélas !

Hilda vit s'envoler tous ses espoirs sous ses yeux. Elle se sentit piteuse et se dit que sans doute avait-elle été trop confiante en ses capacités.

Hitler a failli à sa tâche lui aussi, par orgueil sans doute et dépassé par sa propre folie.

Tarantula visitait régulièrement Hilda, lui insufflait de la force, la maintenait et l'aidait tant qu'elle le pouvait dans sa tâche, mais toutes deux se trouvaient maintenant au pied du mur.

Elle, la matrice du monde, devrait créer bien malgré elle cet avenir nauséabond. Mon Dieu ! Quelle tâche ingrate !!!

Sa peine était si grande ! Elle devait enfanter de cette guerre, de cette horreur, contre son gré… Une fois de plus !

Elle n'avait pas le choix, ne pouvait s'y opposer.

Elle se résigna donc à prévenir Hilda et William du danger qui les guette dorénavant.

Les services secrets britanniques ont découvert leur réseau et sont prêts à les arrêter d'un instant à l'autre. Mais Hilda sait déjà cela, elle entrevoit même assez clairement ce qui va lui arriver… Elle a ces capacités.

Un télégramme de son papa lui parvient de Suède.

« Agnetha ma fille - Tu es en danger - Mon Fokker vient te chercher - Demain à l'aérodrome - Huit heures précises - Sois-y impérativement - Papa. »

Papa… Le doux souvenir de son parfum, de ses joues rêches, ses beaux yeux gris…

Hilda alias Agnetha se sentit se liquéfier sur place, elle fut en proie à une peur panique qui lui fit perdre momentanément ses moyens.

L'esprit confus, elle espérait pourtant encore pouvoir être rassurée, enserrée dans les bras costauds de son papa, mais une petite voix intérieure lui murmurait le contraire. Alors elle s'insurgea contre cette petite voix, tenta de la faire taire, mais en vain car il s'agit de la petite voix de la vérité.

Elle est tourmentée. Les visages des gens qu'elle aime défilent dans ses pensées.

Les uns bousculant les autres comme s'ils voulaient se frayer fébrilement un chemin dans cette foule dense pour être au premier rang, aux premières loges et être éclaboussés de la lumière enveloppante de l'amour d'Agnetha, Clara, Loïse… Hilda.

Ce défilé des visages aimés s'arrêta sur celui de William, son mari. Mon Dieu ! Le reverra-t-elle un jour ?! Elle quitta les locaux de l'université et fila chez son hôte, ami de la famille. Celui-ci attendait son retour avec impatience.

— Vite, Agnetha ! Ton père m'a contacté, es-tu au courant ? Il faut que tu sois demain à l'aérodrome à huit heures sonnantes.

Ramasse tes affaires, ma petite, vite ! Le danger guette ! Il faut que tu quittes l'Angleterre au plus vite !

— Oui monsieur Wilson, oui je sais. Je monte boucler ma valise.

— Il ne faut pas que tu dormes une nuit de plus ici, c'est trop dangereux !

Ma sœur aînée t'hébergera. Elle est prévenue. Je t'emmène chez elle en automobile. Ce n'est pas très éloigné de la route de l'aérodrome. C'est elle qui t'y déposera demain matin.

— D'accord monsieur Wilson, attendez-moi, j'en ai pour deux minutes.

Agnetha monta si vite les escaliers menant à sa chambre que les marches n'eurent même pas le temps d'émettre le moindre grincement sous ses pas légers.

La petite valise fut remplie en un temps record.

Pendant que la jeune fille s'affairait, monsieur Wilson sortait son automobile du garage et la stationna devant la porte d'entrée.

En redescendant du deuxième étage, dix minutes plus tard, Agnetha voulut sauter par-dessus les deux dernières marches pour gagner du temps.

Mal lui en prit car à l'arrivée, ses talons, trop fragiles pour ce genre d'exercice, se détachèrent subitement dans un ensemble parfait au contact du carrelage du hall d'entrée.

Projetée vers l'avant, elle se vit contrainte d'embrasser de plein fouet la lourde porte de chêne anglais, de toute la surface de son corps, et dans un fracas épouvantable.

De l'extérieur, Wilson vit le visage déformé de son invitée s'écraser sur la vitre martelée occupant le centre de l'encadrement de bois, puis disparaître aussitôt, comme aspiré vers le bas. BLAF !

— Agnetha ! Pauvre petite, que me fais-tu là ?!

Il ouvrit précipitamment ladite porte pour voler à son secours, et ce faisant, lui cogna violemment celle-ci sur le crâne alors que de l'autre côté, elle était justement en train de se relever. BANG !

Pour sûr, il ne l'a point ratée.

Agnetha, le nez enflé et saignant, le front bosselé, se retrouva nonchalamment assise sur les fatales deux dernières marches du non moins fatal escalier.

— Pauvre petite !

Lui lança Wilson.

— Qu'ai-je fait ?!

— Aïe ! Ouch !

Tout en l'aidant à se relever, il se confondait en excuses.

— Allez viens, cela va passer… Mille milliards, par Saint Patrick ! Suis-je bête ! J'espère que tu pourras me pardonner, mon enfant. Et que tu ne garderas pas un trop mauvais souvenir du vieux Wilson… Maudit soit le jour où l'Irlande m'a vu naître !

— Ah ça…

Jugeant qu'il n'y avait pas de temps à perdre pour des jérémiades, il l'empoigna à bras le corps comme on empoigne un gros sac de farine et la sortit de la maison. Les pieds de la pauvre, qui était encore groggy, traînaient au sol.

Arrivé à l'auto, il pivota sur lui-même pour se mettre en position, et la laissa choir sur le siège arrière avec, ma foi, il faut bien l'avouer, fort peu de délicatesse.

Un couple passant par-là, ne rata rien de cette scène incongrue et fixèrent ce vieux Wilson au ventre rebondi avec beaucoup de suspicion.

— Bonté divine, ma mie, voyez-vous ce que je vois ?

Sourcils plissés, l'homme interpella le suspect d'une voix menaçante.

— Hélà ! Vous là-bas, que faites-vous à cette jeune fille ? Halte-là canaille ! Je vous ai vu !!!

Il marcha d'un pas décidé dans sa direction tout en brandissant sa canne menaçante.

Wilson, surpris et n'ayant pas le temps d'entrer dans de longues explications, se précipita au volant et démarra en trombe pour échapper au justicier du dimanche, renforçant encore plus les soupçons de celui-ci qui aussitôt releva le numéro de plaque minéralogique afin de le divulguer à la police au plus vite car il est maintenant évident qu'il vient d'assister ni plus ni moins à l'enlèvement d'une jeune victime, et que la pauvresse a subi des violences de la part de ce vieux pervers. Il faut agir vite avant que l'irréparable ne se produise.

Tout à son affaire, il mit en application immédiatement son intention et fila, accompagné de son épouse indignée, au poste de police le plus proche, alerter la maréchaussée des faits dont ils viennent d'être témoins.

Wilson filait bon train et ce n'est qu'environ une heure plus tard qu'ils arrivèrent, lui et son infortunée passagère, au petit cottage champêtre de la grande sœur.

Elle les attendait sur le devant et, ignorant tout d'abord son moustachu petit frère, s'empressa d'embrasser Agnetha de manière très chaleureuse, comme s'il s'agissait de sa propre fille.

Elle l'emmena à l'intérieur, lui recommandant de rester discrète, puis s'aperçut de son état et fustigea Wilson du regard.

Celui-ci baissa le sien qui présentait à ce moment précis des similitudes flagrantes avec celui d'un basset « Hound » à qui on vient de confisquer son os à moelle pour mauvaise conduite.

— Vertuchou ! Que t'a-t-il fait, ma pauvre chérie ?

— Euh ! Ce n'est pas de sa faute, madame, euh…

— Simone. Tu peux m'appeler Simone.

Mais peu encline à écouter la plaidoirie d'Agnetha en faveur de l'innocence de Wilson, Simone ordonna sèchement à son frère de monter la valise de « la petite » à l'étage, dans la chambre verte.

Il s'exécuta sans mot dire, n'osant braver l'autorité suprême de Simone.

Il lui semblait complètement soumis.

C'était une femme de grande taille, maigre et voûtée, au visage anguleux et aux traits légèrement masculins. Ses petits yeux vifs enfoncés dans leurs orbites étaient toujours en mouvements et brillaient d'un éclat particulièrement étrange. Elle évoluait avec une souplesse déconcertante pour son grand âge, un peu comme le ferait un félin.

Elle dégageait une force tranquille et rassurante.

Agnetha l'aimait déjà bien, sans trop savoir pour quelle raison particulière. Elle se laissait soigner car Simone avait déjà déployé sur la table du séjour tout l'attirail médical nécessaire à sa remise en état.

— J'étais infirmière dans ma vie active, laisse-toi faire.

Agnetha en profite pour jeter un coup d'œil au style de la maison victorienne qui est très bien décorée, avec beaucoup de goût.

Cet intérieur nous plonge dans le passé, mais dans le sens le plus positif. Le tout offre un ensemble bourgeois très coquet et chaleureux, avec une touche féminine certaine.

De toute évidence, cette femme vit seule. A-t-elle seulement déjà été mariée ?!

La question lui brûlait les lèvres, mais Agnetha se tut car peut-être risque-t-elle de faire preuve d'indiscrétion… Et puis ne dit-on pas que la curiosité est un vilain défaut ?!

La nuit est maintenant tombée. Ce bougre de Wilson, enfin disculpé aux yeux de sa sœur, lui a expliqué l'incident de tout à l'heure avec les passants, à Cambridge.

Alors sur les conseils de Simone, il est reparti chez lui rapidement car la police l'y attendait sûrement et il lui fut confié la mission de retenir au moins jusqu'au décollage de l'avion qui devait emmener Agnetha demain matin, les inspecteurs, en leur racontant ce qu'il voulait. Mais il est impératif de retarder ceux-ci. Qu'il se débrouille !

Il faut qu'Agnetha puisse quitter saine et sauve le territoire anglais.

D'ailleurs, dit-elle, le Fokker atterrira non pas à l'aérodrome comme prévu, mais bien incognito dans une prairie à plusieurs miles de là, et plus tôt dans la nuit.

Ceci pour plus de discrétion et de prudence, car les entités grises sont sûrement déjà au courant de ce transfert et risquent d'envoyer leurs sinistres hommes en noir…

La nuit fut blanche pour Agnetha et Simone, et c'est vers les quatre heures du matin que la maîtresse de maison fit descendre sa protégée, lui mit sur les épaules une épaisse veste bien chaude en mouton retourné de couleur foncée, avec un col enveloppant le cou, lui suggéra d'enfiler un pantalon noir bouffant aux cuisses et aux jambes étroites, pour pouvoir plus facilement chausser de hautes bottes de cuir qui sont, ma foi, assez élégantes.

Un casque bol et des lunettes biseautées de moto complètent la panoplie.

Agnetha s'exécuta et ne posa aucune question. Ces vêtements sont certes un peu trop grands pour elle, mais elle pourra s'en accommoder le temps de sa fuite en Suède.

Simone s'affubla de semblable tenue, ce qui la rendait encore plus impressionnante.

Elle lui dit d'abandonner sa valise, qu'elle ne pourra l'emmener avec elle.

Agnetha ne comprit pour quelle raison que plus tard, lorsqu'elle vit Simone sortir du garage une vieille « Royal Enfield » rouge et chrome, de derrière les fagots.

Elle la mit en marche au premier essai, d'un vigoureux coup de kick

— Monte derrière moi, ma fille !

Et tiens-toi bien, tudieu ! Ça va déménager !

Au son du moteur pétaradant, la moto s'élança dans la nuit froide pour avaler les quelques miles qui les séparaient de la piste d'atterrissage improvisée.

Le faisceau de lumière du phare perçait la brume et louvoyait au gré des circonvolutions de la petite route de campagne.

Dans un virage serré, Simone faillit perdre le contrôle de sa machine infernale, car l'asphalte était humide et glissant.

Heureusement, les talents de pilote de miss caractère eurent raison de la fatalité et elle redressa avec brio son cheval de feu, destrier des temps modernes.

« Cette femme est extraordinaire », pensa Agnetha, qui n'en menait pourtant pas large…

Voici que deux phares éblouissants apparurent soudainement face à la moto, tirant Agnetha de ses pensées.

Simone devina de suite le danger. Voyant que ceux-ci se rapprochaient à grande vitesse, elle fit un demi-tour fulgurant sans prendre la peine de trop ralentir.

Les pneus glissèrent sur la route et mordirent sur le bas-côté, dans la terre boueuse et l'herbe mouillée.

La moto tangua dangereusement, mais Simone mit les gaz à fond en hurlant à l'intention d'Agnetha :

— Shit !!! Ces foutus hommes en noir ! Accroche-toi, fillette, ça va gicler !!!

La gomme des pneus se rogne sur le tarmac humide, dégageant de la fumée bleue.

Une course-poursuite s'engagea alors entre nos amies et cette grosse limousine au moteur puissant qui vrombit quelques mètres à peine derrière elles.

Yeux écarquillés derrière ses lunettes de moto, Agnetha enchaînait les montées d'adrénaline qui fusaient le long de sa colonne vertébrale.

Elle s'accrochait si fort à Simone la furie qu'elle crut un moment l'étouffer, mais il n'en était rien. Simone est incroyablement vigoureuse.

Il se mit à pleuvoir de grosses gouttes.

L'eau giclait au passage des pneus mais elle ne ralentit pas l'allure de sa moto, qu'elle poussait au bout de ses possibilités, et elle semblait la connaître sur le bout des doigts.

Dérapage contrôlé sur dérapage parfois incontrôlé, elle filait droit devant elle, espérant distancer l'auto. Mais au lieu de cela et malgré tous ses efforts, celle-ci se rapprochait de plus en plus.

Des coups de feu retentirent.

— Damned ! My goodness ! Ils vont nous dézinguer, ces furoncles !

Simone devenait grossière. Elle tenta une manœuvre audacieuse, ou plutôt hasardeuse…

À un embranchement, elle braqua sur sa droite, glissant volontairement, pied à terre pour éviter la chute. Le demi-tour effectué avec brio, elle fila en sens inverse, passant de justesse entre la limousine noire et la clôture de barbelés de la prairie bordant la route.

Agnetha, bleue de peur, bouche ouverte, sentit la carrosserie luisante lui effleurer le genou droit, puis les barbelés déchirer le cuir de sa veste au coude gauche.

Elle vit subrepticement l'homme au volant, criant ce qui devait être une injure, sortir son bras par la fenêtre, armé d'un pistolet pointé dans sa direction.

Il n'eut heureusement pas le temps de tirer, trop surpris par la manœuvre osée de Simone.

Le temps qu'ils fassent demi-tour, les deux motardes gagnèrent quelques précieuses secondes.

C'est à la faveur d'un virage, alors que la moto disparaissait à la vue des tueurs, que Simone rentra volontairement à toute vitesse dans un bosquet, tous feux éteints, craquant au passage quelques branches de sapins, dans le but de se soustraire au regard des poursuivants.

Mais avant qu'elle n'ait eu le temps de stopper, la vaillante Royal Enfield buta de la roue sur une souche d'arbre, ce qui projeta les deux femmes au sol.

Lorsqu'elles émergèrent de leur torpeur, elles étaient tenues en joue par trois des sinistres personnages en noir.

Le quatrième étant resté au volant du véhicule.

Simone débita un tas d'insultes si truculentes qu'Agnetha n'aurait jamais pu penser que cela puisse exister dans la bouche d'une lady.

Deux des tueurs se concertèrent brièvement et à la lumière des phares, le troisième, qui reçut des instructions, tendit son bras armé en direction de Simone. L'ombre du pistolet s'avançait sur le visage de celle-ci, lentement. Elle stoppa instantanément son flot d'injures. Elle était à genoux. On n'entendait plus que le ronron du moteur de l'auto.

— À cette distance, tu seras éclaboussé du jus de ma cervelle, pauvre idiot !

Agnetha voulut s'interposer et se précipita de côté pour faire barrage de son corps… Mais trop tard.

Le coup partit et la balle fit éclater le crâne de Simone. Au passage, elle perfora la main d'Agnetha qui se trouvait à ce moment sur la trajectoire du projectile.

Celle-ci hurla. Non pas tant sous l'effet de la douleur physique, mais bien de la douleur morale.

Ignorant sa blessure et le danger de subir le même sort, elle se jeta sur l'assassin, repensant à Simone, mais aussi à Lisbeth et Antoine, Jean, Anita, Louise et Linda.

« Celui-ci payera pour les autres », pensa-t-elle.

L'homme tomba sur le dos. À califourchon sur lui, elle lui enfonça ses doigts dans les yeux, qui furent éjectés de leur logement car il n'y avait pas assez de place pour ceux-ci et les doigts d'Agnetha dans un même temps.

Puis elle tourna en un large delta ceux-ci dans les orbites du tueur qui se projeta de douleur en arrière, enfonçant son crâne dans l'humus et les aiguilles de sapin pour tenter d'échapper aux doigts meurtriers.

Elle le suivit inexorablement dans ses mouvements.

Il tira encore deux coups de pistolet au hasard, car son index s'est crispé automatiquement sur la gâchette du FN belge fabriqué à Herstal.

Et puis de toute façon, au vu la position de ses globes oculaires à cet instant, il ne put objectivement pas tirer à vue. C'eut été surprenant.

Ses pieds battirent frénétiquement la terre du bosquet à en perdre leurs chaussures, qui partirent grotesquement se perdre dans l'obscurité de la nuit, tandis que la peau de ceux-ci s'écorcha profondément sur les grosses échardes saillantes d'une souche mal tronçonnée.

Agnetha, qui s'accrochait à lui comme une sangsue, enfonça encore plus profondément ses longs doigts, jusqu'à la garde.

« Simone avait raison », pensa-t-elle, le visage du type qui beuglait comme un goret sous elle était tout éclaboussé des morceaux visqueux de la cervelle de celle qui reposait maintenant en paix, et qui était déjà en passe d'être vengée d'une manière très originale.

C'est là-dessus que le bruit de succion provoqué par les doigts d'Agnetha, qui se retiraient des orbites de la victime, concorda avec le soubresaut final de ce type qui maintenant devait se faire emmener au bout de la fourche acérée d'un diablotin ricanant, au pelage rouge mat et aux yeux de jais. Direction les flammes éternelles de l'enfer.

Il n'a fallu à Agnetha que quelques petites secondes pour venir à bout de celui-ci.

Secondes durant lesquelles les autres hommes restèrent médusés par la réaction si bestiale d'une si jeune et si jolie fille.

Les trois restants, pourtant habitués aux situations violentes, sont restés sans réaction, pétrifiés, à contempler bouche bée l'agonie de leur coreligionnaire.

Jamais ils n'avaient vu une chose pareille !

Ils étaient juste chargés de capturer vivante la responsable d'un réseau terroriste, leur a-t-on dit, Hilda, une jeune oie blanche, une intellectuelle aux mains manucurées, inoffensive et apeurée…

Or, ce qu'ils avaient sous les yeux était bien une fille, oui, jeune, oui, et jolie qui plus est… Mais…

Ils se ressaisirent juste au moment où leur prisonnière sauta comme un fauve sur le suivant, bien décidée à lui faire subir le même sort.

Les doigts d'Agnetha, dégoulinants de sang et d'un liquide indéfinissable, sont à peine à deux centimètres des yeux du deuxième sur la liste, quand le troisième larron asséna un violent coup de crosse sur le crâne de la furie.

— Ouf !!! Merci Ted, il était moins une…

Cette folle m'aurait crevé les yeux, comme à Elliot !

Pauvre Elliot !

Il contourna le cadavre aux orbites vides, les yeux reposant au sol à quelques dizaines de centimètres de là.

Au passage, il refila de grands coups de pied dans le corps inanimé d'Agnetha.

— Doucement, Boris ! Doucement… Il faut la livrer vivante…

— Salope !!!

Boris ne se refusa pas un dernier coup de pied dans la tête de la pauvre, ce qui finit de lui éclater le nez.

Puis ils lui lièrent les pieds et les mains derrière le dos, lui bâillonnèrent la bouche et les yeux.

Ils la jetèrent ensuite sans ménagements dans le coffre de la grosse auto.

C'est à ce moment, dans le lointain, que se fit entendre le vrombissement de moteur d'un Fokker qui s'apprêtait à atterrir.

La limousine noire, elle, prit la route de Londres, laissant dans les bosquets deux corps rendus méconnaissables par les soins du troisième larron dont le nettoyage est la spécialité. C'est sous une fine pluie persistante qu'il les enterrera. Après, il se chargera de faire disparaître la moto et d'effacer toute trace compromettante.

Il rejoindra ses camarades plus tard par ses propres moyens.

Agnetha reprit connaissance durant le trajet. L'obscurité dans cette malle est totale.

Les bosses de la route et les virages la ballottent dans tous les sens et son thorax en particulier la fait souffrir. Les lancements dans ses côtes sont insupportables. Elle doit en avoir quelques-unes de cassées. Heureusement, son épaisse veste de mouton retourné a pu au moins un peu amortir les chocs.

C'est sans parler de son nez qui semble affreusement gonflé et meurtri, ainsi que de sa main perforée… Ses liens ont été volontairement trop serrés. Elle gémit.

À ce moment, elle prend conscience que son père doit être fou d'inquiétude… Elle espère de tout son cœur qu'ils ne l'ont pas capturé ou tué, lui aussi… Puis elle se dit que c'est peu probable, puisque son statut d'homme d'État doit le protéger. Elle suppose que l'Angleterre voudra éviter à tout prix tout incident diplomatique avec la Suède.

Quant à elle, elle suppose également que les autorités du Royaume-Uni nieront toute implication dans sa disparition…

« Tarantula, ma petite sœur chérie, il faut que tu interviennes ! Sors-moi de ce cauchemar, je t'en supplie ! »

Sa prière est forte et puissante.

Mais Tarantula ne peut rien pour elle à ce stade. Du moins pas de la manière dont Agnetha le désirerait.

Elle se manifeste cependant dans son esprit, l'apaise, lui chuchote doucement des mots réconfortants, compatit à son désarroi. Elle ne peut faire plus…

Un énorme frisson saisit Agnetha qui vient de prendre conscience que sa vie prend un autre tournant, prévisible, mais tragique.

Maintenant qu'elle est emprisonnée dans ce corps, il va falloir assumer le destin qui lui est attaché et boire jusqu'à la lie le vin âpre qui sera sa pitance quotidienne jusqu'à sa délivrance, délivrance rime avec impatience.

Mais nom d'un chien, n'y a-t-il donc jamais moyen de contrecarrer les plans machiavéliques de ces monstres ?!

L'échec de sa mission est maintenant total.

Odin, mon Dieu, pourquoi n'imposes-tu pas ta volonté envers et contre le libre arbitre, juste une fois ?! Question évidemment inutile car sans réponse, Agnetha sait pertinemment que Dieu ne revient jamais sur ses lois. Jamais il ne s'y opposera.

Un coup de frein violent projeta Agnetha au fond de la malle.

Celle-ci s'ouvrit et plusieurs mains vigoureuses en extirpèrent la malheureuse.

Elle gémit de douleur.

Trop faible pour tenir sur ses jambes, elle fut traînée jusqu'à une porte épaisse en bois, bardée de métal.

Ils la franchirent et traversèrent de longs couloirs peints d'une couleur jaune malade brillante, ce qui donne sous l'éclairage blafard, une atmosphère quelque peu glauque et inhospitalière.

Les semelles claquent sur les pavés et dans la tête d'Agnetha qui tourne de l'œil et sombre dans un coma profond.

William, tétanisé, apprit la mauvaise nouvelle quelques heures à peine après les événements.

Pris de panique, il se dit que son tour viendra lui aussi et qu'il peut désormais s'y attendre d'un moment à l'autre. Le temps passe.

Le Reich est maintenant en pleine débâcle. Hitler ne sauvera pas l'Europe… Les erreurs commises sont irréparables.

Les forces soviétiques avancent à un rythme effrayant sur Berlin, semant mort et désolation sur leur passage. Elles sonnent le glas de ce régime en perdition, étouffé dans l'œuf.

Le Führer, forte personnalité, a en de trop nombreuses occasions outrepassé les conseils de William. Il ne fut pas si aisément docile aux enseignements de celui-ci car il avait trop bien ancré son idéal propre dans son esprit fiévreux.

L'opération de retournement prévue par la grande fraternité hyperboréale a finalement avorté. Les troupes allemandes ont été décimées à plus de quatre-vingts pour cent sur le front de l'Est.

Quant à l'Ouest, la situation n'est guère plus enviable.

Pris en tenailles entre capitalistes et bolchéviques, le Reich, qui devait durer mille ans, se mourait.

Son chef, malade et affaibli, se retranchait dans son bunker et William connaissait évidemment sa fin tragique… À moins qu'il ne fuie en grand secret au Neuschwabenland…

Cela avait pourtant commencé favorablement. L'intervention de William auprès de celui-ci était prometteuse.

Avant-guerre, l'enthousiasme dû à la reprise économique était très communicatif.

Le grand rassemblement de Nuremberg, grandiose, gigantesque, enflammait les cœurs et cette foule innombrable projetait dans l'univers son enthousiasme comme par une antenne ultra puissante, et modifia par ce fait, la qualité vibratoire de la planète entière. À l'insu de tous si ce n'est des initiés, ce niveau vibratoire ainsi libéré servait, à cette période du moins, les desseins de la fraternité.

Mais en parallèle, ce qui allait à contre-sens, c'étaient toutes les déviances indésirables mises en place par la propagande du régime totalitaire et qui imprégnaient malheureusement l'esprit du peuple malgré lui. William s'en arrachait les cheveux de rage.

Ce qu'Agnetha et William ont omis de prévoir, c'est que la puissance de ces fréquences vibratoires contradictoires d'un haut niveau a provoqué une onde de choc telle sur le reste de l'humanité que le retour de flamme a embrasé la situation et le déclenchement de la guerre fut malheureusement inévitable.

Ceci conjugué aux erreurs d'appréciation des chefs d'État dans leur ensemble et la fourberie des décideurs de l'ombre, a abouti à l'innommable.

Le cours de l'histoire ne put donc être redressé comme prévu en faveur de la paix, mille fois hélas !

Le malheur fut, dans le cas qui nous occupe, d'avoir eu affaire à des esprits humains hautement imparfaits.

Le pire aurait encore pu être évité avec un peu de bonne volonté, mais il n'en fut rien.

Lorsque Berlin passa aux mains des vainqueurs et que le chaos régnait en maître en Allemagne, William profita de la confusion générale pour fuir sur les routes sous une fausse identité.

Les exécutions sommaires tant qu'arbitraires allaient bon train et sa vie était en danger.

Il offrait ses services dans les fermes contre gîte et couvert et son périple dura plusieurs semaines avant qu'une patrouille de « nettoyage » lui mette la main dessus.

Il s'agissait d'unités chargées de traquer toute personne « à abattre » pour leur activité dans le régime nazi. Ils les exécutaient souvent froidement, sans jugement, simplement sur place.

Ceux-ci étaient là sur dénonciation.

William s'attendait à être tué immédiatement comme de trop nombreux infortunés mais curieusement, les militaires n'en firent rien.

Il n'était pas fiché comme nazi mais pour intelligence avec l'ennemi. Traître.

Ils l'emmenèrent sous les yeux médusés du fermier.

Battu et malmené, William se retrouva enfermé momentanément dans un de ces camps de concentration à ciel ouvert dans lesquels une grande partie des douze millions d'Allemands de tous bords, en déportation, attendaient d'être fixés sur leur sort.

Près de deux millions d'entre eux y périrent de froid, de faim ou de mauvais traitements.

C'est avec un certain nombre de ces prisonniers que notre ami fut envoyé en Sibérie, dans un camp de travail forcé où il mourut d'épuisement comme un pauvre hère, à peine trois ans plus tard.

Les interrogatoires musclés et les conditions de vie déplorables ont fait de lui une véritable loque humaine.

Il s'éteignit un matin de décembre sous une tempête de neige. Son corps chuta comme une masse sur le sol gelé du nord de la Russie, bien loin de son Yorkshire natal et de son grand amour dont il n'eut jamais plus de nouvelles.

De grands oiseaux noirs tournaient autour de sa pauvre dépouille, comme célébrant une messe funèbre, et prévinrent Tarantula du triste événement.

Hans, lui, selon les rumeurs, aurait pu quitter l'Allemagne à bord de l'un des nombreux U-boats portés disparus dans les derniers moments de l'agonie du Reich.

Certains d'entre eux auraient été aperçus faisant escale dans un petit port d'Amérique du Sud, sur la route maritime de l'Antarctique.

Agnetha, quant à elle, n'avait que peu d'espoir de retrouver sa liberté.

Malgré elle, son corps s'évertuait coûte que coûte à rester en vie. Les interrogatoires se succédaient, tous plus éprouvants les uns que les autres.

Elle avoua n'importe quoi, tout ce qu'ils voulaient entendre, pourvu qu'ils lui fichent la paix…

Elle apprit que le bâtiment où elle était tenue au secret abritait un autre prisonnier de choix. Rudolf Hess en personne, le bras droit d'Hitler qui fut fait prisonnier en mai 1941 alors qu'il atterrissait en Écosse dans une vaine et dernière tentative désespérée de négocier des accords de paix avec l'Angleterre.

Ironie du sort, il fut condamné à perpétuité.

Jamais Agnetha n'aura l'occasion de le croiser.

Il sera d'ailleurs, par la suite, emmené purger le reste de sa peine dans une prison de Berlin où il mourra dans l'indifférence générale en 1987.

Agnetha, elle, eut plus de chance. Enfin, c'est une question de point de vue car elle resta effectivement en vie.

Heureusement, le temps lui parut un peu moins long que pour le commun des mortels du fait de ses capacités psychiques qui lui permirent de sortir de son corps et de voyager ainsi dans d'autres dimensions.

Cette attente longue de plusieurs dizaines d'années lui parut cependant interminable.

Ce qui la maintenait en vie était l'espoir fou de revenir à elle-même ainsi qu'elle se l'était juré lorsque son âme a adombré ce corps.

Elle ne fut enfin libérée qu'en 2019. Elle n'eut jamais de procès digne de ce nom, si ce n'est une grotesque mascarade dont le verdict était connu d'avance.

De toute la durée de sa détention, Tarantula est restée présente à ses côtés, elle avait tissé sa toile dans un coin de la cellule, mais restait invisible aux yeux des gardiens car elle évoluait sur un plan bien trop subtil pour eux.

Aux moments où l'angoisse serrait trop fort la poitrine d'Agnetha, Tarantula se glissait en elle et de ses longs doigts fins, dénouait les nœuds de chagrin et apaisait les peines de la détenue pour l'emplir toute entière de rayons de lumière, se diffusant au cœur de toutes ses cellules. Jusqu'à ce que la sérénité refasse surface et chasse les basses énergies de la pauvresse qui se cognait journellement, inlassablement aux parois mornes, trop étroites du cachot qui ressemble à s'y méprendre à un caveau.

Oui, un caveau dans lequel ils l'ont enterrée vivante et sans doute y serait-elle morte de chagrin si elle n'avait eu le soutien de Tarantula.

Elle avait tout le temps de se rappeler toutes ses vies successives… Loïse, Clara… Pauvre Agnetha qui pleure à nouveau des larmes acides qui rongent, dissolvent les couleurs de ses yeux devenus ternes. Les années passent et aucun cancrelat ne sort du sterput pour se moquer d'elle.

Pour la distraire, Tarantula se montre à elle en « Dusha Zlata » et fait bondir ses boucles cuivrées à chaque soubresaut de son rire éclatant. Elle lui saute au cou et l'embrasse goulûment sur la joue comme si elle voulait manger le soleil.

Les nuits de pleine lune, elle pose ses lèvres froides sur celles d'Agnetha. Elle sent bon la pivoine, puis s'en va nue au cimetière, drapée de la seule clarté timide de l'astre des émotions d'argent.

Elle fait ce qu'elle peut pour entretenir la petite flamme d'amour de sa sœur, petite flamme vacillante qui faillit plus d'une fois s'éteindre à tout jamais dans les affres de l'insupportable indignité.

La poitrine compressée en permanence, le petit corps plein de vie et de vigueur de la jeune et jolie suédoise se racrapota. Sa peau devint flasque et grise, son regard perdit son éclat et le cheveu se fit rare.

Sur ses lèvres minces et pincées, plus aucun sourire ne s'affichait depuis bien longtemps.

Agnetha a maintenant cent et cinq ans.

La porte de sa cellule s'ouvre.

Harry, son fidèle gardien qui la côtoyait depuis de nombreuses années, et qui a vieilli de concert avec elle, est mort le mois dernier et c'est le petit nouveau, « Antipathique », c'est comme ça qu'elle l'appelle, qui lui annonça une étonnante nouvelle d'une voix neutre.

— Miss, vous devez me suivre. Votre libération est maintenant effective. Le directeur vous attend dans son bureau.

Ne réalisant pas de suite la situation, Agnetha se leva péniblement et suivit clopin-clopant le sbire jusqu'au bureau dudit directeur de l'établissement pénitentiaire.

— Bonjour Miss Olofsson. Asseyez-vous, je vous en prie.

Ainsi que Tony a dû vous en avertir, j'ai une excellente nouvelle à vous annoncer.

Par grâce spéciale de Sa Majesté, et eu égard de votre grand âge, vous recouvrerez votre liberté dès demain matin. Vous serez entièrement libre de vos mouvements.

N'est-ce pas là une merveilleuse nouvelle ?

Vous recevrez de nouveaux vêtements et la somme de cinq cents livres pour couvrir les frais de vos premiers besoins.

En outre, une chambre vous est réservée à vie dans une maison de retraite de la capitale.

— Oh ! Shit ! La reine s'est fendue !

Je lui en suis reconnaissante. C'est bien là la moindre des choses, n'est-ce pas, monsieur le directeur ?!

Celui-ci ne répondit pas à l'invective narquoise d'Agnetha et sans un au revoir ni même un dernier regard, il lui désigna la porte du doigt en guise d'invitation à quitter son bureau.

Ce qu'Agnetha fit aussi vite que ses pauvres petites jambes le lui permettaient.

De retour dans sa cellule, elle aperçut un paquet de papier gris contenant une moche combinaison cagoulée, uniforme civil désormais en vigueur, qui avait été déposé sur son grabat. À côté, un autre papier gris contenait les vêtements qu'elle portait lors de son arrestation… La veste de mouton retourné de Simone, le pantalon bouffant aux cuisses et les bottes de cuir…

Agnetha pleura à chaudes larmes, longtemps, pliée en deux et serrant fort ceux-ci tout contre elle.

Tarantula lui sourit tendrement et la prit dans ses longs bras glacés.

Libérée à son dernier souffle de vie ! Quelle ironie !

Vraiment, le gouvernement anglais fait preuve d'un humour cinglant…

Alors il faut faire vite, très vite avant que…

Au petit jour du lendemain, la lourde porte d'acier de la prison se referma sur les pas d'Agnetha, dans un grincement sourd.

Elle foulait pour la première fois, depuis la fin de la guerre, le sol de la liberté.

Elle chancela. Un gardien la soutenait par le bras, héla un taxi et enjoignit le chauffeur de la conduire là où elle le désirait.

Il paya même grassement, de sa poche, la course. Malgré sa fonction, cet homme a un grand cœur et la vieille dame l'a attendri par son regard un peu perdu qui oscillait entre la joie de la libération et la peur du monde inconnu qui l'attend, ainsi que la tristesse à la perspective de ne pas pouvoir en profiter suffisamment longtemps, vu son âge très avancé.

Une fois assise sur la banquette arrière du taxi, Agnetha dit au chauffeur, d'un air pensif :

— Je vous en prie cher monsieur, conduisez-moi à l'aéroport...

XII

Luigi, qui avait tourné désespérément au Québec durant plusieurs semaines sans résultat probant, allant d'indice en témoignage, a tout de même suivi la trace de Clara jusqu'en France, au château de Haut-Regard qu'il trouva vide, avec les scellés de la police sur la grille d'entrée.

Le propriétaire, d'origine russe, avait disparu alors que le jardinier a été retrouvé mort, lâchement assassiné. Lui a-t-on dit dans le village.

Son périple s'arrêtait donc là.

Résigné et la tête basse, il prit le chemin du retour, bredouille, sans sa Clara.

Poussant la porte vitrée du Fiorino, les enfants de Massimo lui sautèrent au cou.

— Luigi !!! Te revoilà enfin !

Manuel, Pauline et Héléna sont frère et sœurs et s'adorent.

Ils adorent aussi Luigi qui est si drôle d'habitude.

Mais ce jour-là, il ne l'était pas. Il se montrait même très déprimé.

Maurizio, Massimo et les enfants l'entouraient, fébriles, à l'idée de l'entendre et lui posèrent mille questions.

— C'est vrai que tu t'es battu contre des gangsters, dis ?

— Si ! Une gifle et ils étaient tous à terre, Manuel ! Puis je les ai finis avec un grand coup de pied dans les… Enfin, tu sais, quoi… ! Ils ne rigolaient pas face à Luigi, je peux te le dire !

— Luigi, où est Clara, dis ? Tu l'as retrouvée, hein ?!

— Non, hélas ma petite Héléna…

Une grosse larme perla. Les enfants firent la moue.

Luigi s'affala comme une loque sur la banquette recouverte du velours tout râpé où Clara avait l'habitude de frotter sa main gauche.

Pauline, l'aînée, lui prit le visage entre ses mains et lui donna un gros bisou d'amour sur le front.

— Je sais que tu as fait tout ce que tu pouvais, Luigi !

— Je suis épuisé. Il faut que je dorme !

Alors la petite troupe l'emmena jusque dans ses appartements, à l'étage, et le laissa en silence se reposer avec du chagrin plein les yeux.

Chacun était perdu dans ses pensées.

Luigi s'endormit d'un sommeil particulièrement profond, plein de rêves étranges.

Le lendemain matin, les yeux bouffis qui semblaient être de plomb, il émergea péniblement et d'emblée, une sensation peu habituelle le saisit. De puissants frissons lui parcouraient le corps.

— Madonna !!! Quel rêve ! Ouff ! Il faut que je raconte ça à Clara.

Porca miseria ! On aurait dit du vrai vécu…

Il s'assit sur son lit et passa en revue les souvenirs de cette nuit, qui se bousculaient dans son crâne comme les autos du périphérique de Paris, un matin à l'heure de pointe.

Il glissa ses doigts dans sa tignasse ébouriffée et nota dans son carnet, tout ce qui lui revenait de ce foutu rêve qu'il venait de faire.

Le plus follement réaliste de toute sa vie !

Mais l'heure avance et il doit ouvrir le « Fiorino ». Andiamo !

Il sortit de sa salle de douches et, pimpant comme un sou neuf, cheveux gominés et tirés en arrière, il tourna comme d'habitude à l'heure exacte, la clé dans la serrure de la porte principale de son commerce.

Le brasseur décharge ses fûts et ses casiers devant l'établissement à grand renfort de « Han ! » et de « Houmpff ! »

Héléna et Manuel, sur le chemin de l'école, poussent la porte pour embrasser Luigi en vitesse.

— Bonjour Luigi ! Bisou ! Vite, on va être en retard !

— Buon giorno bambini ! Rapidamente ! Si vous avez une arrivée tardive, gare à vous ! Vous devrez faire la vaisselle chez Luigi pendant une semaine ! Hahaha !

Voilà Jacques et Michel, les cuistots, qui arrivent les bras chargés de caisses remplies de légumes frais et de diverses marchandises pour le plat du jour.

Et la journée débute ainsi, comme toujours.

Vers neuf heures cinquante, Clara apparut sur le seuil et Luigi se précipita vers elle, impatient de l'accueillir.

— Buon giorno Clara mia ! Content de te voir !

Mamma mia, ma chérie, que t'est-il arrivé, dis-moi ?! Tu as les joues toutes gonflées, c'est horrible !!!

Il la prit dans ses bras et la serra fort, très fort.

Il sait que Clara adore quand il fait ça.

Elle lui raconta un truc à propos de son dentiste, elle lui a donné une grosse baffe… Puis elle lui commanda un cappuccino bien onctueux, accompagné d'un croissant nature croustillant…

Ils discutèrent un moment et évoquèrent leurs souvenirs d'enfance, les circonstances de leur première rencontre dans la cour de récréation alors que Luigi venait à peine d'arriver en Belgique.

Clara était assise à sa place habituelle et s'apprêtait à déguster sa boisson encore fumante, tandis que Luigi était en discussion avec un client.

Agnetha se leva ce matin-là dans une chambre d'hôtel de Liège.

Ses articulations lui faisaient horriblement mal, mais elle rayonnait littéralement de bonheur. Pour elle, ce jour était LE grand jour tant espéré… Tant attendu !

Elle a repris du poil de la bête et des couleurs, la vieille dame suédoise.

Le voyage pour la Belgique n'a pas été une mince affaire, mais elle s'en est bien sortie et surtout, les hôtesses et le personnel de l'aéroport ont été d'une amabilité exceptionnelle avec elle.

Les avantages du grand âge…

— Zut ! dit-elle en regardant sa montre datant d'une autre époque.

— Je dois faire vite !

Sur le devant de l'hôtel, face à la majestueuse gare Calatrava, elle prit l'autobus, en descendit fébrilement à l'arrêt choisi et trottina vers un but précis.

— Voilà, voilà… Je me souviens… C'est là ! Oui c'est ça… Plus qu'une rue à traverser… Vite !!! Oh mon Dieu !

Je suis si heureuse…

Son regard accrocha l'enseigne d'un commerce. Une larme de joie, comme une résurgence du passé, coula sur sa joue. Sa cagoule la gêne.

Puis à travers la vitre de l'établissement, sur laquelle les reflets de lumière l'empêchaient de bien distinguer l'intérieur, apparut petit à petit, au rythme lent de ses petits pas, le visage, le beau visage d'une jeune femme de type italien. Elle était là, assise tout contre la baie vitrée, et s'apprêtait à mordre à pleines dents dans un croissant croustillant.

Les yeux d'Agnetha brillaient, pétillaient de bonheur pur. Un large sourire s'afficha sur son petit visage fripé, à présent tout rosé d'une joie indicible.

Elle reconnaît, malgré la combinaison à cagoule qu'elle porte comme tout le monde, cette jeune femme assise à sa place habituelle. Oui, c'est elle !!! C'est Clara !!!

Elle voulut crier, mais aucun son ne sortit de sa bouche.

Et cet imbécile qui klaxonne et qui hurle en agitant ses bras dans sa voiture… Peu importe cet idiot, Agnetha n'y fait pas attention. Alors elle fait un signe de la main à l'intention de Clara, car celle-ci regarde maintenant dans sa direction, l'air intrigué…

Elle ne comprend pas !

— Clara ! Clara, c'est moi… Clara !!!

« Quel bonheur d'enfin me retrouver moi-même ! »

Se dit-elle, lorsque soudain…

— Oh ! Mon cœur !!!

Agnetha s'écroula comme une masse sur le tarmac crasseux de la chaussée, en plein milieu du passage pour piétons.

À quelques mètres à peine de Clara.

Un stupide arrêt cardiaque, l'œuvre de la grande noire.

Dans la mort, elle gardait les yeux fixés sur son but ultime. Sa promesse a été tenue, elle s'est retrouvée. Enfin, il s'en est fallu de si peu… C'est comme si.

Clara ne comprenait rien à tout cela, car elle avait encore la marque de l'ange sur les lèvres, et n'avait pas conscience que cette vieille dame n'était autre qu'elle-même dans un autre corps.

Agnetha est morte heureuse.

Son âme, enfin apaisée, fut prise immédiatement en charge par un être invisible aux yeux des mortels, une grande et belle femme-araignée aux yeux ronds et roses, aux longs cheveux noirs bleutés et à la peau d'une blancheur surnaturelle.

Celle-ci enveloppa l'âme d'Agnetha d'un fil d'argent tiré de son sexe, et lui chanta une douce mélopée dans un ruissellement de couleurs et de diamants d'une beauté à couper le souffle.

Puis elle offrit cette âme purifiée en cadeau à Clara qui, debout derrière la vitre, la reçut inconsciemment dans un grand frisson, un grand vertige qui lui fit perdre son équilibre l'espace d'un instant.

Celle-ci reprit ses esprits alors qu'elle était à genoux au sol, tout contre la vitrine du « Fiorino », se demandant ce qui venait de lui arriver… Une jeune femme se précipita pour lui venir en aide.

Occupée à se relever, elle ne remarqua pas une magnifique petite fille rousse à l'air espiègle qui l'observait fixement de ses yeux qui crollent, de derrière les jambes d'un agent de police qui chassait les badauds attirés par le triste événement.

La petite souriait étrangement, puis disparut dans la foule.

Luigi s'approcha de Clara et s'assura qu'elle n'était pas trop choquée… Puis s'assit face à elle pour, l'air mi- sérieux, mi- amusé et sur le ton de la confidence, lui dire :

— Tu sais Clara, cette nuit, j'ai fait un rêve véritablement particulier…

Écoute-moi ça…

Cette vieille femme morte là, que l'ambulance est en train d'emmener, eh bien j'en ai rêvé ! Si, je te le jure !

Puis dans ce rêve, tu es partie en coup de vent… C'est comme si ça se passait… Euh ! Demain, tu vois ?!

Tu étais en retard pour manger tes gnocchis sur ton temps de midi. Ensuite, tu as vu une petite fille rousse remonter des toilettes, elle t'a laissé un mot dans la main et tu as filé comme une bourrasque.

Alors je suis parti à ta recherche jusqu'au Québec, à Montréal. Car tu étais en danger. Puis, dans un bled qui s'appelle Murdochville, il y avait des tueurs en noir qui ont assassiné une aubergiste et son mari. Je me suis battu comme un diable pour toi contre des gangsters, dont un qui s'appelait Edmond et qui était déguisé en chauffeur de taxi…

Puis tu es passée par un château en France, Haut-Regard je crois, oui c'est ça ! Mais en fait, je ne t'ai jamais retrouvée… Tu te rends compte ?! Un rêve de dingue, je te dis ! Et puis après…

Clara l'écoutait d'une oreille peu attentive, les yeux ronds comme des billes.

Elle aussi avait des rêves étonnants à lui raconter. Des rêves c'est ça, oui. Ceux d'un échec cuisant. Une mission de sauvetage de l'humanité qui a tourné court. La part de rêve dans une vie est un peu la part de vérité, dit-on.

Et la frontière entre rêve et réalité est souvent ténue. Ils semblent, il est juste de le dire, quelquefois si vrais…

Distraite, elle ne l'écoutait déjà plus et le regard dans le vide, elle aperçut Héléna et Manuel sur le trottoir, qui se disputaient en riant un petit carton bleu-gris trouvé au sol, à l'endroit où est tombée la vieille dame.

Sur ce carton était dessiné aux crayons de couleur, une petite araignée sur sa toile, accompagnée de quelques mots : « À très bientôt, petite sœur. Je t'aime ! »

— Pardonne-moi Luigi, je dois prendre l'air. Je ne me sens pas très bien.

— Oh ! Je t'ennuie avec mes histoires… Excuse-moi, Clara chérie.

Alors, n'oublie pas de réajuster ton uniforme, une mèche de tes cheveux dépasse de ta cagoule et la police idéologique arpente les rues de Liège pour faire appliquer la nouvelle loi.

Fais bien attention à toi.

Eh oui, les temps ont changé, tu sais bien… Porca miseria !

Clara sortit, et le haut-parleur entonna l'appel à l'adoration obligatoire, du haut du clocher de la cathédrale Saint-Paul, en l'honneur du nouvel ordre établi… Restrictif et dictatorial. Ceci depuis que l'Europe a perdu sa colonne vertébrale et son âme.

Imprimé en Allemagne
Achevé d'imprimer en août 2020
Dépôt légal : août 2020

Pour

Le Lys Bleu Éditions
83, Avenue d'Italie
75013 Paris